刀剑神域 001
艾恩葛朗特

REKI KAWAHARA　ABEC　BEE-PEE

SWORD ART ONLINE
AINCRAD

[日]川原 砾/著　[日]abec/绘　周庭旭/译

SAO
SWORD ART ONLINE

CTS　湖南美术出版社

"便宜买进便宜卖出
一向是本店做生意的原则。"

——艾基尔 § 位于艾恩葛朗特第五十层的都市
"阿尔格特"里的道具屋老板。

"真难得啊，亚丝娜。
竟然会出现在这种垃圾场。"

——桐人 § 以到达艾恩葛朗特最上层为目标
的"独行"剑士。

"桐人！"

亚丝娜 § 拥有"闪光"异名，公会"血盟骑士团"的副团长。

"跟我交手，如果你获胜的话就可以带走亚丝娜。
不过，若是你败给了我，就得加入血盟骑士团。"

—— 圣骑士希兹克利夫 § 最强公会"血盟骑士团"
会长，使用十字盾。

巨大浮游城

艾恩葛朗特

由岩石与钢铁建造的城堡，共有百层。内部有好几个都市、为数众多的街道与村落、森林和草原，甚至还有湖的存在。上下楼层之间都会有连接的阶梯，但阶梯都存在于充满怪物的危险迷宫区域里。而玩家们只能靠着自己手上的武器来闯荡这些楼层，找出通往上层的阶梯后，打倒强力守护兽，努力朝城堡的最顶端迈进。除了与怪物战斗之外，也有冶炼与皮革工艺、裁缝这种制造系技能；更有钓鱼或者烹饪、音乐等日常系技能。玩家们在广大的区域中不只是冒险，还能像文字所描述的那样，在里面"生活"。

"艾恩葛朗特"是号称世界上首次出现的VRMMO类型游戏"Sword Art Online刀剑神域"里的主要舞台。

"这虽然是游戏，
但可不是闹着玩的。"

—— "SAO 刀剑神域"设计者·茅场晶彦

SWORD ART ONLINE
Aincrad

REKI KAWAHARA

abec

bee-pee

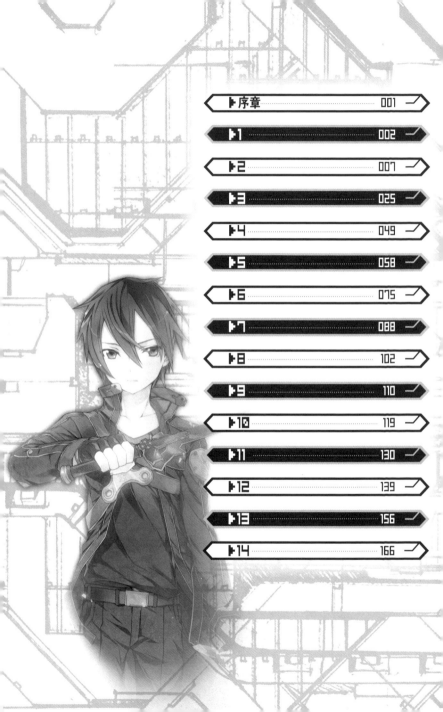

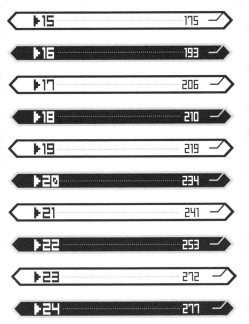

目录
CONTENTS

SWORD ART ONLINE

▶序章

飘浮在无限苍穹当中的巨大岩石与钢铁城堡。

这便是这个世界所能见到的全部景象。

一群好奇心旺盛的高手花了整整一个月测量后，发现最底层区域的直径大约有十千米，足以轻松容纳下整个世田谷区。再加上堆积在上面百层左右的楼层，其宽广的程度可说超乎想象。整体的档案量大到根本无法测量。

这样的空间内部有好几个都市、为数众多的小型街道与村落、森林和草原，甚至还有湖存在。而连接每个楼层之间的阶梯只有一座，阶梯还都位于充斥怪物的危险迷宫区域之中，因此要发现并通过阶梯可以说是相当困难。但只要有人能够突破阻碍抵达上面的楼层，上下层各都市的"转移门"便会连接起来，人们也就可以自由来去两个楼层之间。

经过两年的时间，这个巨大城堡就这样被逐渐地往上攻略，目前已到达第七十四层。

城堡的名称是"艾恩葛朗特"。这座持续飘浮在空中，吞噬了将近六千人，充满着剑与战斗的世界其另一个名字是——

"Sword Art Online刀剑神域"。

▶1

闪烁着深灰色光芒的剑尖，浅浅地划过我的肩膀。

那固定显示在视线左上角的细长横线，略微缩短了长度。同时，似乎有只冰冷的手掌，抚摸过我胸口深处。

横线——那称为HP条的蓝色条状物，可以看出我的生命残值。虽然它还有八成左右的残值，但不能把事情看得太过于乐观。因为相对来说，我已经朝死亡深渊前进了两步。

在敌人的剑再度进入攻击动作之前，我就先往后跳开一大步，以保持与敌人之间的距离。

"呼……"

我硬是吐了一大口气来调整一下气息。在这个世界的"身体"虽然不需要氧气，但在另一边，也就是躺在真实世界里的真正身体，现在呼吸应该非常剧烈。而随意摆放的手应该正流着大量冷汗，心跳也加速到极限了吧。

这也是理所当然的事。

就算我眼前所见全部都是虚拟的立体影像物件，减少的也只是数值化的生命值，但我现在的确是赌上自己的性命在战斗。

从赌上性命这点来看，这场战斗真是相当不公平。因为，眼前的"敌人"——这除了拥有闪耀着光芒的深绿鳞片皮肤与长手臂外，还有着蜥蜴头与尾巴的半人半兽怪物，不只外表不是人类，甚至没有真实的生命。它只不过是不论被杀掉多少次，都可以由系统无限重生的数据档案集合体。

——不对。

目前，操纵这只蜥蜴人的AI程式正在观察、学习我的战斗方式，用以不断提升自己的应对能力。但这些学习档案，在该个体消灭后便会重置，而且不会反馈到下次出现在这个区域的同种个体上。

所以，就某种意义上来说，眼前的这个蜥蜴人也算是活着。可以说是这个世界上独一无二的存在。

"……也是啦。"

虽然不可能理解我的自言自语，但是蜥蜴男——等级82级怪物"蜥蜴人领主"，竟然露出它那排列在细长下颚上的尖牙，呜呵呵地笑了一下。

是真的。这个世界的一切都是真实的，没有什么是想象当中的虚拟怪物。

我把右手握着的双刃直剑架在身体中央，摆好姿势。

蜥蜴人也举起左手的圆盾，右手的单刀弯刀向后缩去。

微暗的迷宫通道上，一股不知道从哪里吹过来的风，将墙壁上的火把吹得晃动了起来。火焰闪烁着反射在潮湿的石板上。

"呜哇哇！"

蜥蜴人领主的脚向下一蹬，伴随着凄厉的咆哮声往这边冲了过来。弯刀从远处划出一道锐利弧线，在空中留下炫目又鲜明的橘色轨迹，直往我怀里进逼。这是弯刀部门里属于上位的剑技——单发型重攻击技"弦月斩"。这是能在零点四秒内越过四米射程进攻的优秀突击剑技。

可惜的是，我已经先预测出它的攻击模式了。

其实我是故意不断拉开我们之间的距离，好诱导敌人AI学习系统做出这样的攻击。躲过离鼻尖只有几厘米距离的刀锋，我一边闻着飘进鼻子的焦臭味，一边放低姿势冲向蜥蜴人。

"嘿呀……"

右手中的剑伴随着吼叫声横砍出去，刀刃闪耀着水蓝色光效，深深刺进了鳞片较薄的腹部，鲜红色光芒代替血液飞溅而出。接着响起"呀"一声沉重的悲鸣。

但剑并没有就此停住。随着砍击，系统自动辅助我的动作，以超乎常理的速度发出下一波攻击。

这就是这个世界里决定战斗胜负的最大要素，"剑技"——"Sword Skill"。

从左边向右回砍的剑再度撕裂蜥蜴人胸口，我接着将身体回转一圈，将第三道攻击深深地切入敌人身体。

"呜咕噜噜哇！"

蜥蜴人在从大技挥空后的硬直中恢复的瞬间，右手的弯刀伴随着不知是愤怒还是恐惧的怒吼往下砍了过来。

但是我的连续技也还没结束。向右切开的剑仿佛弹簧反弹般往左上角弹跳，直击敌人心脏——也就是敌人的最大弱点。

四次的连续攻击，在我周围画出正方形水蓝色光线，炫目地扩散开来。这就是水平四连击剑技，"水平方阵斩"。

鲜明的光效照亮了迷宫的墙壁，接着变淡消逝。同一时间，蜥蜴人头上的HP条也一点不剩地完全消失。

绿色巨大身躯一边挣扎，一边向后倒去，在不自然的角度下忽然停止——

接着发出玻璃破碎般的巨大声响，变成细小的多角碎片爆开来。

这便是这个世界的"死亡"。短暂、简洁，一种不留下任何痕迹的完全消灭。

看了一眼浮现在视线中央显示获得经验值的紫色字体与道具列表，我把剑左右挥舞了一下，收进背后的剑鞘里。接着我后退了几步，直到背部碰到了迷宫墙壁才慢慢地滑坐到地上。

先将闷在胸口的气大口地呼出来，再紧紧闭上双眼。或许是长时间单独战斗所带来的疲劳使然，我太阳穴深处传来沉重的刺痛感。用力地摇了几次头，摆脱了刺痛的感觉后，我才再度睁开了眼睛。

视线右下角那个小小发着亮光的时刻表，显示时间已经超过下午3点。现在不离开迷宫的话，就赶不及在天黑之前回到城镇了。

"该回去了……"

虽然没有任何人会听见，但我还是一个人自言自语，慢慢地站起身来。

一整天的"攻略"终于结束。看来今天也很幸运地从死神手中逃脱。但是回到家，经过短暂休息后，立刻又得面对明天的战斗。就算做好了万全准备，只要不断进行这种胜率不是百分之百的战斗，总有一天会遭到命运女神背叛。

而最大重点就是——在我抽中王牌之前，是否能"完全攻略"这个世界。

如果以生存为最优先考虑的话，完全不离开属于安全范围的城镇，耐心等待有人完全攻略的日子到来，才是最聪明的办法。但是我却不采取这种方法，每天都单独潜入最前线，不断以死亡的危险来换取级别的提升，这究竟是已经中了这个虚拟大型线上游戏的毒，还是——

想靠自己的剑来解救整个世界的我，根本就是个超级大笨蛋呢，虽然这么说可能有点太过于自傲了。

想到这里嘴角不禁扬起了一丝自嘲的微笑。我一边朝着迷宫区的出口走去，一边忽然回想起那一天的事情。

两年前。

想起那个一切全都结束，又重新开始的瞬间。

"呜哦……哇呀……呜咿!"

配合着奇怪的吼叫声,胡乱挥舞的剑尖只是不断切着空气。

紧接着,身躯虽然巨大却能以敏捷动作躲开剑刃的蓝色山猪,朝着攻击者发动猛烈的突进。看见攻击者被山猪扁平的鼻子给撞飞,在草原上打滚的样子,我不由得笑出声来。

"哈哈哈……不是那样。重要的是一开始的动作啦,克莱因。"

"痛痛痛……这家伙……"

嘴里一边咒骂着一边站起身来的攻击者——队伍成员克莱因看了我一眼,很没出息地回了我一句话。

"你说的我也知道,桐人……但那家伙会乱动啊。"

我在几个小时前,才刚刚认识这个用额上的头巾将红色头发竖起来,瘦长身躯上裹着简朴皮革铠甲的男人。如果是用本名,我们根本就还没熟到能直呼对方的名字。但是他的名字克莱因和我的名字桐人,都只是为了参加这个游戏所命名的角色名称,所以加上先生或同学这些称谓反而会显得相当滑稽。

看见克莱因摇摇晃晃的脚步,我心里想着,他应该是头晕了,于是用左手从脚边的草丛捡起一颗小石头,肩膀摆好动作拉开架势。系统检测出剑技的起始动作后,小石头开始发出些微绿色的光芒。

接着，左手上的小石头一闪之后，便在空中划出一条鲜明的光线，直接命中了准备再度进攻的山猪眉间。山猪发出"噗叽"一声的怒吼，将目标转往我这个方向。

"当然会动啦，这可不是训练用的稻草人。但是只要准确做出动作来发动剑技的话，接着系统就会让技巧命中敌人了。"

"动作……动作……"

克莱因嘴里一边像念咒语一样重复呢喃，一边轻快地挥动右手的海贼刀。

蓝色山猪，正式名称为"狂躁山猪"，虽然只是等级1的小喽啰，但在不断挥空和遭受反击之下，克莱因的HP已经减少了一半左右。虽然就算死亡也能马上在附近的"起始之城镇"复活，但要从那边走到这个练级区还得花上一段时间。而且这场战斗再进行下去，也只剩下一次左右的攻防。

我一边用右手的剑抵挡住山猪的攻击，一边侧头考虑着。

"该怎么说才好呢……不是说一、二、三然后照顺序摆出动作，接着砍下去就好，而是要在起始动作时稍微停顿一下，感觉到技巧已经准备好了之后才"磅"的一声砍下去……"

"是这样吗？"

那张在印着低俗图案头巾下的刚毅脸孔，一边露出了难为情的表情，一边将曲刀举在中段的位置。

一吸一吐的深呼吸之后，重心放低，像要把刀扛在右肩上似的往上举。这次系统终于感应到规定的动作，慢慢划出弧形的刀刃发出橘色光辉。

"喝呀！"

克莱因在发出浑厚吼叫声的同时，左脚用与之前完全不同的流畅动作往地面一踢。响起"咻锵"一声听起来相当舒服的效果音后，刀刃在空中划出火焰般的痕迹。单手用曲刀基本技"掠夺者"漂亮命中进入突进状态的山猪脖子，将它同样只剩下一半的HP给消灭了。

发出"呜叽"这种可怜的死前哀号后，山猪的巨大身躯便像玻璃一样破碎。我的面前浮现出用紫色字体所显示的经验值获得量。

"太棒了！"

克莱因做出夸张的胜利姿势后，带着满脸笑容转向我，然后高高地举起了左手。用力击掌庆贺后，我也不禁笑了起来。

"恭喜你首次获胜。但是……刚刚的山猪，就跟其他游戏里面的史莱姆一样。"

"咦，真的假的！我还以为那是中头目哩。"

"怎么可能。"

笑容逐渐转变成苦笑后，我把剑收回背后的剑鞘里。

我嘴里虽然开着玩笑，但其实很能理解克莱因的喜悦与感动。在这场战斗之前，都是由比克莱因多了两个月经验跟知识的我打倒怪物，所以他到现在才总算尝到用自己的剑粉碎敌人的那种爽快感。

或许是想要复习吧，克莱因一边发出高兴的怪声，一边重复使出了相同的剑技。我暂时先抛下他不管，往四周看了一圈。

往四方蔓延的广大草原，在开始略带红晕的阳光照耀下闪闪发亮。遥远的北方浮现出森林轮廓，南方则是闪着光的湖面，东边可以稍微看到一点城镇的城壁，而西边则是无限延伸的天空与被染成金色的云群。

目前，我们位于巨大浮游城堡"艾恩葛朗特"第一层南端的开始地点，"起始之城镇"西侧的宽广区域。周围应该有为数不少的玩家与我们一样正在和怪物战斗，但因为这空间实在太过于宽广，所以我们的视野内没有看到别人存在。

好不容易才满足的克莱因将剑收进腰间的剑鞘里，然后往我这里靠近，接着跟我一样视线往四周环绕了一圈。

"话说回来……不论看几次都难以相信。这里竟然是'游戏里面'。"

"虽说是游戏里面，但也不是魂魄被吸进游戏世界什么的。只是我们的脑代替眼睛、耳朵，直接看到、听到由'NERvGear'利用电磁波传送进来的情报……"

我耸耸肩说着，并像个孩子似的噘起嘴来。

"你这家伙或许已经习惯了，但这可是我第一次体验'完全潜行'！这真是太厉害了……真的，能生在这个时代真是太好了！"

"你这家伙太夸张了。"

我虽然笑着，但心里也有完全相同的感觉。

"NERvGear"——

这就是运作这个VRMMO-RPG（虚拟实境大规模线上角色扮演游戏）——"Sword Art Online刀剑神域"的游戏机的名称。

而它的构造与上一世代的定点式游戏机完全不同。

与需要平面屏幕装置与手握控制器这两个人机界面的旧式

游戏机不同,NERvGear的界面只有一种而已，那是将头部到脸部完全覆盖住的流线型头盔。

它的内侧埋藏了无数的信号元件，而头盔则通过这些元件所产生的复数电场，与使用者的脑部直接连结。使用者不需要使用自己实际的眼睛与耳朵，就能因为机器直接给予脑的视觉皮质区及听觉皮质区情报，而让使用者有看到与听到的感觉。其实除了听觉与视觉外，触觉、味觉与嗅觉，也就是所谓的五感，全部都能由NERvGear读取出来。

将头盔戴上，并锁上下颚的固定杆后，只要从嘴里说出开始指令"连结开始"这句话，瞬间所有噪音都将被隔离，视线也由一片黑暗包围，接着只要穿过从中央出现的七彩光环，就能处于完全由数据档案所建构起来的世界里。

总而言之。

半年前，在2022年5月发售的这部机器，终于完全将"虚拟实境"给实现了。开发出NERvGear的大型电子机器厂商，将连结至其创造出的假想空间称为"完全潜行"。

这实在是个相当符合实际状况的名称。因为一旦连结后，就真的与现实世界完全隔离。

因为使用者不只是接收假想的五感情报而已——连由脑部向自己身体所发出的命令也会遭到阻断与回收。

这可以说是为了在虚拟空间里自由行动所必需的机能。若是脑部对在现实世界的身体所下达的命令依然有效，比如说，完全潜行中的使用者一旦在假想空间内产生了"跑步"这样的想法，真实世界里的身体也将同时跑动起来并撞上房间的墙壁。

正因为NERvGear会将延髓往肉体发出的命令回收，接着将命令转变为活动游戏人物的数据信号，我和克莱因才能在假想战场上，自由地东奔西跑并且挥舞我们手上的剑。

完全进入游戏当中。

这种体验给人的冲击性，让包含我在内的许多游戏玩家深深为之着迷。几乎足以确定自己不会再回到用触摸笔或传感器程度的游戏界面去了。

我对眺望着随风摆动的草原以及远方城壁而感动到眼眶湿润的克莱因发问道：

"那这套'SAO'也是你第一次玩的NERvGear游戏吗？"

克莱因那张犹如战国时代年轻武士的威风脸孔转向我之后，"嗯"的一声点了一下头。

他面露认真表情时，的确帅到能在时代剧里扮演主角。但是这个外表当然不是他在现实中的容貌，这是从零开始微调了许多不同参数后，创造出来的游戏角色外形。

当然，我的角色也同样帅到让人有点不好意思，他具备有如同奇幻冒险动画里的主角一般的容貌。

克莱因用他那应该也与现实世界里不同，强而有力的美声继续说道：

"说起来，应该是买了'SAO'后，才赶快去买了游戏机。因为第一批出货量只有一万套而已，我可以算是很幸运了。嗯，不过说到幸运，成为SAO封闭测试玩家的你，可以说比我还要幸运十倍才是。那名额应该只限定一千人而已吧！"

"嗯，嗯，应该是吧。"

由于一直被盯着看，我不由得搔了搔头。

到现在我还是无法忘记，当看见各大媒体强力报道"Sword Art Online刀剑神域"这个游戏名称时，我所感觉到的那种兴奋与狂热感。

NERvGear虽然实现了完全潜行这种新世代游戏环境，但是对应这种崭新机械构造的游戏软件却都不怎么有趣。每一款都是小而精美的解谜、教育、环境系的游戏，像我这样的游戏中毒者，对这种情况可说累积了相当多的不满。

NERvGear能创造真正的假想世界。

但是，创造出来的却只是走个一百米就会碰到墙壁的狭小世界，那根本就是本末倒置嘛。从机体发售开始，就梦想能够进入游戏世界的我以及其他游戏狂们，会开始期待某种类型的游戏，也是理所当然的。

我们期待的当然就是对应网络连线的游戏——而且是有数千、数万的玩家同时上线，培育自己的分身来战斗、生活的线上角色扮演游戏。

在期待与渴望已经达到临界点时，游戏公司充满信心发表的，就是这款称为世界首次出现的游戏种类，虚拟实境线上游戏"Sword Art Online刀剑神域"了。

游戏的舞台是拥有一百层楼的巨大浮游城堡。

每层里面都有草原、森林、街道，甚至连城镇都有，而玩家们只能靠着自己手上的武器来闯荡这些楼层，找出通往上层的阶梯并打倒强力守护兽，努力往城堡的顶楼迈进。

这款游戏大胆地把奇幻冒险线上游戏里，一向被认为是必须要素的"魔法"给排除，将其取而代之的是"剑技"这个被设定成接近无限数量的必杀技。之所以会这么做，是因为想让玩家运用自己的身体，以自己的剑来战斗，令玩家能够体验到完全潜行环境的最大魅力。

除了战斗用技能外，也有冶炼或是皮革工艺、裁缝等制造业，还有钓鱼或者烹饪、音乐这些日常系等多种技能，玩家们在广大的区域里面不只是冒险，还能像文字所描述的一样，在里面"生活"。按照个人的意愿与努力，也可以在里面买下自己专属的房子，然后过着耕田牧羊的生活。

这些情报陆续被公布出来，游戏玩家们的狂热程度也跟着水涨船高。

仅限千人的封闭测试玩家，也就是正式开始服务前的营运测试参加者的募集，就有将近当时NERvGear贩卖台数一半的十万人参加。我能够通过那道窄门顺利被抽中，只能说真的是侥幸。更棒的是，封闭测试玩家还能得到正式版的优先购买权这个礼物。

两个月的测试期间，每一天对我来说都是如梦似幻般的日子。在学校的时候，也是不断想着技能构成以及装备道具的事情，一放学就马上冲回家，一直潜行到快天亮为止。转眼之间，封闭测试期间便结束了，当培育的角色被重置的那一天，我感受到仿佛被人夺走了半个自己般的失落感。

接着时间终于来到今天——2022年11月6日，星期日。

下午1点，一切准备妥当的"Sword Art Online刀剑神域"正式开始运营。

当然我也是在三十分钟前就准备好，时间一到便一秒不差地准时登入游戏。从服务器状况看来，线上人数瞬间就超过了九千五百人。换句话说，其他能买到游戏的幸运儿应该也跟我的情况差不多。每家大型购物网站的首批出货都在几秒钟内全部销售完毕，还有人为了昨天的店面贩卖，从三天前就熬夜排队，甚至闹成新闻。从这几点来看，可以想象买到游戏的人几乎百分之百都是网络游戏的重度中毒者。

这种线上游戏狂热分子的模样，也在这个名叫克莱因的男人身上忠实地表现出来。

当我一登入SAO，并且再度踏上了"起始之城镇"那令人怀念的石板路后，马上就朝着位于复杂小路里头的便宜武器店跑去。克莱因可能是从我那毫不拖泥带水，直接往前冲刺的模样推测出我应该是封闭测试玩家。在叫住我之后，就马上对我做出"稍微带我一下嘛"这样的要求。

这种才初次见面，就理所当然地要人家带他的厚脸皮程度，让我不由得感到相当佩服，只好顺势回答出"哦，哦。那……要去武器店吗"这种像指导NPC才会说的话，之后更直接与他组队，并且在练级区里面教导他战斗的初步方法，一直到现在——这就是我们两个认识的经过。

老实说，我在游戏世界里也跟在现实世界的时候一样不善于交朋友。封闭测试时虽然认识了许多人，但称得上是朋友的却连一个都没有。

但是这个名叫克莱因的男人，却很不可思议地能够马上进入他人的内心世界，还不会让人感到不愉快。我内心一边想着或许能跟这家伙打起长久的交道，一边再度开口说道：

"那……接下来怎么办？继续打怪直到你找到手感为止？"

"那还用说！虽然很想这么回答你……"

克莱因端正的眼睛往右边一瞥，确认了一下显示在视线角落的时间。

"……但也该下线去吃个饭了。我已经预先叫比萨店在5点半送比萨到我家来了。"

"准备得真周到。"

克莱因挺起胸膛，对着发出惊叹声的我答了一声"当然"之后，又像忽然之间想起了什么似的，继续说：

"啊，对了，等一下我要在'起始之城镇'里面，跟之前在别的游戏里认识的一群家伙见面。怎么样，我介绍你们认识，要不要也加他们当好友啊？这样随时都可以发消息，也比较方便吧。"

"咦……嗯——"我突然不知该说什么。

跟这个叫克莱因的男人虽然处得不错，但不保证同样也能跟他的朋友合得来。反而还有可能因为没办法跟他们好好相处，连带着跟克莱因也变得有点尴尬。

"说得也是……"

听到我不干脆的回答，克莱因或许是察觉到我的心意了吧，他马上就摇头说：

"没关系，我当然不会勉强你。之后应该还有机会介绍你们认识才对。"

"……嗯嗯。不好意思，谢谢你了。"

道歉完之后，克莱因又再度用力摇摇头。

"喂喂，应该道谢的是我才对！你这家伙真的帮了我很大的忙，我一定要找个机会好好谢谢你。不过，当然是精神上的感谢就是了。"

说完之后咧嘴一笑，又看了一次时间。

"……那么，我先下线了。桐人，真的很谢谢你，以后也请多指教了。"

对着他用力伸过来的右手，我心里一边想着这个男人在"别的游戏"里一定是个很不错的领导者，一边伸出手回握。

"我才要请你多指教呢。如果还有什么事想问，随时可以找我。"

"嗯，全靠你了。"

说完之后，我们的手便放开了。

对我而言，艾恩葛朗特——或者该说，称为"Sword Art Online"的这个世界，从这一刻起，就再也不只是属于娱乐的"游戏"了。

克莱因退了一步，右手的食指与中指一起笔直举起，接着往正下方一挥。这是调出游戏"主画面视窗"的动作。一个发着紫色光芒的长方形，立刻与铃铛般的效果音一同出现。

我向后退了几步，往附近合适的石头上一坐，然后也打开视窗。接着开始动起手指，准备整理到目前为止以山猪为对手的战斗中，所捡到的战利品。

这时候……

"咦……"

克莱因忽然发狂似的叫了起来。

"这是怎么回事……没有退出的按钮？"

听到这句话，我停下手上的动作，抬起头来说道：

"没有按钮……怎么可能？仔细找找。"

听到我用惊讶的声音说完，高大的曲刀使瞪大了低俗图案头巾下方的眼睛，脸往手边靠了过去。

在起始状态下的细长状长方形视窗中，左边会有几个选单标签，右边则是显示出自己道具装备状况的人形轮廓。而在这个选单的最下方应该会有"LOG OUT"——也就是从这个世界脱离的按钮才对。

我正准备将视线再度移回在几个小时的战斗中所得到的道具一览表时，克莱因又稍微提高音量地对着我说：

"真的找不到。你也找找看嘛，桐人。"

"我不是说了，怎么可能会有那种事嘛……"

我边叹气边嘟囔道。之后敲了一下自己视窗左上角那个回起始选单的按钮。

右边开着的道具栏顺畅地关闭起来，视窗回到起始状态。装备栏还有许多空白的人物模型图案浮现出来，左手边则整齐排列着选单标签。

我用相当熟练的动作把手指移到最下方——

这一刻，我全身的动作停了下来。

没有。

正如克莱因所说的，封闭测试时——不对，今天下午1点登录游戏时还确实在那里的退出按钮，现在却消失得一干二净。

我凝视着那个空白的地方几秒钟后，再度把选单标签从上面开始慢慢看了一遍，确认过按钮的位置没有改变后，我把视线抬了起来。克莱因歪着脸露出"对吧"这样的表情。

"……没有对吧？"

"嗯，没有。"

虽然有点不高兴，但我还是老实地点了点头，曲刀使微笑着摸摸自己强壮的下巴。

"因为今天是游戏正式上线的第一天，的确有可能会出现这种bug。现在GM专频应该已经被刷爆，营运公司可能快哭出来了吧。"

克莱因悠哉地这么说道，但我却有点坏心眼地吐槽他说：

"你还这么悠哉啊？刚刚不是才说拜托了比萨店在5点半的时候送比萨来吗？"

"啊啊，对哦！"

看到他瞪大了眼睛跳起来的模样，我的嘴角也不禁上扬了起来。

将不用的物品从因负荷过重而泛红的道具栏里删除后，整理完道具的我站起身来，走到嘴里喊着"糟糕了，我的鳀鱼比萨和姜汁汽水怎么办啊"的克莱因身旁。

"总之你也去GM专频那边申诉看看吧。说不定可以从系统那边直接让你下线。"

"我已经试过了，根本没有反应。啊啊，已经5点25分了！

桐人啊，难道没有别的方法可以下线吗？"

克莱因一脸狼狈地张开双手如此说道。当我听完他的话之后——

我脸上原本的微笑整个僵住了。因为有股莫名的不安抚过我的背脊，让我感到一阵发冷。

"这个嘛……要退出的话……"

我一边呢喃一边思考。

要脱离这个假想世界，回到现实世界里自己的房间，就只要打开主视窗然后按下退出按钮，接着按下从右边浮现出来的确认选项YES按钮就可以了。真的很简单。但——除此之外我也不知道有什么其他的方法了。

抬头看向克莱因高高在上的脸庞，我慢慢地摇了摇头。

"抱歉……没有。自行退出除了操作菜单外，没有别的办法了。"

"怎么可能……一定还有什么方法才对！"

克莱因像是要否定我的回答似的大声说完之后，又忽然大吼了起来。

"回去！退出！脱离！"

当然什么事也没有发生。SAO里面没有装载这种声音识别指令的功能。

克莱因继续东喊西喊，甚至开始用力跳了起来。我压低声音对他说：

"克莱因，没用的。说明书上也没记载任何紧急断线的方法。"

"但是……这真的很夸张嘛！就算是bug好了，竟然没有办法按照自己的意志返回自己的房间和身体，这真是太过分了！"

克莱因露出沮丧的表情，转身面对我这么叫着。他所说的其实我也有同感。

真的很夸张，实在太没道理了。但却是铁铮铮的事实。

"喂喂……骗人的吧，真不敢相信。我们现在没办法从游戏世界里离开了！"

用有点迫切的声音"哇哈哈哈"笑了几声之后，克莱因连珠炮似的继续说道：

"对了，切断机体的电源就可以了。不然就是把'头盔'从头上拔下来。"

克莱因像是要摘下透明帽子似的把手放到额头上，我则是内心再度感到有些不安，冷静地对他说道：

"你说的两种方法都办不到。我们现在……没办法控制真正的身体行动。我们由脑部向身体发出的命令，全部在这里被'NERvGear'……"

我用手指在后脑勺下面，也就是延髓的地方敲了一下。

"……所阻断，然后变换成活动这个角色的信号了。"

克莱因听完我说的话之后也沉默下来，慢慢地把手放下。

我们两个人就这么沉默着各自想着事情。

NERvGear为了实现完全潜行环境，把从脑往脊髓传达的命令信号完全取消，转变成活动这个世界的身体的信号。在这里不论多么用力挥手，现实世界里躺在自己房间床上的我，手臂却是连动也不会动一下，这样才不会因敲到桌角而造成淤青。

但是，正因为这个机能，现在我们没有办法依照自己的意志解除完全潜行状态。

"……那现在只能等他们修复bug，或者现实世界里有人帮我把头盔拔下来了。"

克莱因依然用茫然的语调喃喃自语。

我只是默默点了点头同意他所说的话。

"但我是自己一个人住，你呢？"

稍微犹豫了一下，我还是老实地回答：

"……跟我妈妈和妹妹，总共三个人。所以，如果我在吃饭的时间没有下去，应该就会被强制解除潜行了……"

"哦？桐，桐人的妹妹几岁？"

我按住眼睛突然发亮并探出身子的克莱因的脑袋，用力将他推了回去。

"现在这种状况你还这么有闲情逸致。我妹是运动社团的，而且最讨厌游戏了，像我们这种人跟她完全不会有交集。先不说这个……"

为了赶快改变话题，我把右手大大伸展开来说道：

"你不觉得……有点不太对劲吗？"

"bug这种东西本来就是不太对劲了。"

"这可不光是bug那么简单的事。发生'无法退出'这种事，可是攸关今后游戏营运的大问题啊。实际上我们待在这里的这段时间，你的比萨正逐渐变冷，这也算是造成现实世界里金钱上的损失对吧？"

"……冷掉的比萨比不黏的纳豆还要难吃啊……"

我没理会克莱因这种莫名其妙的呻吟，继续说道：

"这种状况的话，营运公司不管怎么样都应该先把服务器停下来，然后把所有的玩家强制断线才对。但是……从我们注意到这个bug到现在已经过了十五分钟了，别说是断线，营运公司连个相关公告都没有，这实在是太奇怪了。"

"唔，听你这么一说，的确是这样。"

克莱因好不容易出现了比较认真的表情，开始用力搓着自己的下巴。他的头巾被高挺的鼻梁向上推，在脸上形成一片阴影，而他那细长的眼睛正在阴影底下发出锐利的光芒。

如果把这个游戏的账号删掉，我们就不会再相遇了吧！但我们两个人的分身现在却在虚幻世界里，讨论关于现实世界的事情，这实在让我感到有些不习惯。克莱因继续说：

"……SAO的开发营运公司'ARGUS'，是以重视玩家权益出名的游戏厂商对吧！就因为他们值得信赖，所以就算第一次推出线上游戏，仍然造成大家的抢购。然而第一天就搞出这么大的问题，这根本就是自砸招牌嘛！"

"你说的没错。而且SAO还是这类虚拟实境线上游戏的先驱，如果现在就发生问题，这类型的游戏或许就会被禁止了也说不定。"

我和克莱因两个人虚构的脸孔面面相觑，然后同时低声叹了口气。

艾恩葛朗特的四季是依据现实世界来演变的，所以现在也与现实世界一样刚刚进入冬天。

我深深地吸了一口假想的干冷空气后，一边感受着肺里假想的空气一边把视线往上移。

数百米的遥远上空，第二层的底部被一片紫色云雾给笼罩着。用眼睛顺着它凹凹凸凸的平面一路看过去，可以看见遥远的彼方有一座巨大的塔——也就是往上层的通道"迷宫区"耸立着，同时也可以看见它连接着最外圈的开口部分。

时间已经超过5点半，我眯起眼睛窥看被夕阳染成一片赤红的天空。斜射的太阳光让广阔的草原闪耀着金色光芒，即使现在身处异常状况，我依然因这美丽的假想世界而感动得说不出话来。

但在这之后。
这个世界永远失去了它原本的面貌。

3

突然，"叮当——叮当——"这种像钟声——或者说像警报的声音响了起来，我跟克莱因两个人都吓了一跳。

"什么……"

"怎么回事？"

我们两个同时大叫然后看向对方，接着瞪大了自己的眼睛。

因为我与克莱因的身体整个被蓝色的光柱给包围起来。透过这层蓝色的膜向外看去，只见到草原的景色渐渐淡去。

像这种现象，我在封闭测试的时候也经历过好几次。这是使用场地移动道具之后的"瞬移"。但是我现在没有握着道具，也没有念出指令。就算是营运公司所发动的转移好了，为什么没有任何何的公告？

刚想到这时，包围我身体的光线变得更加强烈，让我没有办法看见任何东西。

随着蓝色的光辉逐渐变淡，我又可以看见周围的景色。但我已经不是身处在夕阳照耀下的草原了。

现在可以看见的，是一片广大的石板地面、环绕四周的行道树，以及潇洒中世纪风味的街道。在前方远处，还有一座发出黑色光芒的巨大宫殿。

毫无疑问，这里就是游戏开始地点"起始之城镇"的中央广场。

我与在旁边张大了嘴巴的克莱因先是面面相觑，接着两个人同时来回望着将四周挤得满满的人群。

看到这群眉清目秀的男女，以及他们身上各式各样的装备、发色，就可以确定他们跟我一样都是SAO的玩家。看起来人数有数千——应该说将近一万人。目前游戏里的全部玩家，可能都跟我和克莱因一样，被转移到这个广场来了。

数秒钟之间，人群因为搞不清楚状况而沉默，接着开始慌张地看着周围的环境。

不久之后，各个地方开始传出嘈杂的声音，而且音量逐渐变大。耳朵里不断听见"到底怎么回事""这样就可以退出了吗""快点让我退出啊"这样的话。

过了一阵子，群众的嘈杂声开始带有焦躁的气氛，也开始可以听见"别开玩笑了""GM给我出来"这样怒吼的声音。

忽然间……

有人的叫声压下这些嘈杂的声音。

"啊……看上面！"

我和克莱因反射性地往上看。接着，就看见了一种奇妙的景象。

在一百米上空，也就是第二层底部，染上了一层鲜红色棋盘状的花纹。

仔细一看，就可以发现花纹是由两个英文单词交互排列而形成。至于那两个由鲜红色字母所写成的单词，则是"Warning"以及"System Announcement"。

一时间感到相当惊讶的我，在看见单词之后，心里想着"啊啊，营运公司的公告终于来了"而松了一口气。这时广场里的喧扰声也平息下来，感觉上每个人都竖起耳朵准备听取公告的内容。

但是，接下来的现象却狠狠地背叛了我的预料。

覆盖整个天空的红色图样，它的中央部分就像一滴相当浓稠的巨大血滴，慢慢向下滴落。但是血液并没有滴落地面，而是突然在半空中改变了形状。

出现在那里的，是一个身高将近有二十米，身穿深红色斗篷的巨人。

不，这么说又有点不正确。因为我们是从下面往上看，所以应该可以看到拉得非常低的帽子里的脸孔——但是那个部位没有脸孔，整个是一片空洞，甚至可以清楚看见帽子内部以及边缘的缝线部分。而下垂的长长下摆里面，也同样只是一片微微的黑暗。

我曾经见过这样的斗篷。那是封闭测试时，由ARGUS社员所担任的GM一定会穿着的服装。但在当时，男性GM一定是长得像魔法师，留着一脸长胡子的老人；女性的话，斗篷底下一定是戴着眼镜的女性角色。现在可能是因为发生什么问题而没有办法创出角色，所以至少先让斗篷出现，但深红色斗篷底下一片空荡荡，让我有种说不出的不安感。

周围无数的玩家应该跟我有同样的感觉吧。因为到处可以听见"那是GM吗""为什么没有脸呢"这样的声音。

这时候，仿佛是要制止这些声音般，斗篷的右边袖管忽然动了起来。

从扩大的袖口里，可以见到纯白色的手套。但是袖子和手套很明显也是互相分开，完全看不见有肉体的部分。

接着左边的袖子也慢慢举起。在一万名玩家的头上，空的白色手套往左右张开，感觉像无脸人正在张开自己的嘴，然后马上就有男子低沉又通彻的声音从遥远的上方传来。

"各位玩家，欢迎来到我的世界。"

我一时无法理解它所说的话。

什么叫"我的世界"？如果那件红色斗篷是营运公司的GM，那他的确像神一样，拥有操纵这个世界的权限，但像这种大家早就知道的事，现在根本没有必要再提出来。

我跟克莱因哑口无言地对望，这时候红色斗篷缓缓放下双手，而它说的话也继续传进我们耳里。

"我的名字是茅场晶彦，是现在唯一能控制这个世界的人。"

由于实在太过惊讶，我的分身，甚至可能连我真实的身体也一起被呛到了。

茅场——晶彦！

我知道这个名字，怎么可能没听过。

几年前，ARGUS还只是为数众多的弱小游戏开发公司当中的其中一家而已，如今能够发展成业界最大游戏开发公司，原动力就是来自这位年轻的天才游戏设计师兼量子物理学者。

他不但是SAO这款游戏的开发制作人，同时也是NERvGear这套设备的基础设计者。

对于身为一个游戏迷的我来说，茅场是令人非常憧憬的对象。只要是有关于他报道的杂志，我一定会买，为数稀少的访谈也重复读到几乎可以背诵的地步。光是听到刚刚简短的声音，我的脑海里面就自动浮现经常穿着白衣的茅场那张聪明脸孔。

只不过，到目前为止都只居身幕后，极力避免出现在媒体上，当然也应该从没担任过GM这种角色的他——为什么会做出这种事？

浑身僵硬的我，努力运转自己快要停止的思考，希望能够尽可能掌握现在的状况。但是从空洞斗篷下面传出来的话，就像是在嘲笑努力想要理解状况的我一样。

"我想各位玩家应该都已经注意到退出按钮从主要选单画面里消失的情况。但这并不是游戏有什么问题。我再重复一遍。这不是游戏有问题，因为'Sword Art Online刀剑神域'本来的版本就是如此。"

"本……本来的版本？"

克莱因沙哑地低声说道。茅场像是要打断他的话似的，继续用低沉的声音流畅地宣布：

"从今之后，各位在到达这座城堡的顶端之前，将无法自己退出这个游戏。"

我没办法马上理解"这座城堡"这句话的意思。在这座起始之城镇里，究竟什么地方有城堡存在呢？

但是，茅场接下来所说的话，一瞬间就将我的疑惑一扫而空了。

"……此外，没有办法靠外部的人来停止或者解除NERvGear的运作。如果有人尝试这么做的话——"

短暂的沉默。

接下来的这一段话，就在一万人屏住呼吸的沉重寂静里，慢慢地说了出来：

"——NERvGear的信号元件发出的微波将破坏各位的脑，停止各位的生命活动。"

整整好几秒的时间，我与克莱因都带着呆滞的表情对视。

虽然我的脑部似乎拒绝去理解那段话的意思。但是茅场非常简洁的宣言，却以凶暴的硬度与密度直接从头到脚将我贯穿过去。

将脑部破坏。

也就是将人杀害的意思。

将NERvGear的电源切断，或者解开固定锁准备将它从头上拿下来的话，装戴NERvGear的使用者将会被杀害，茅场的宣言就是这样。

从人群的各个地方传出了骚动的声音。但还没有大声喊叫或是暴动的人出现。我想是因为包含我在内的众人，都尚未或者是拒绝理解茅场所说的话。

克莱因的右手慢慢地举了起来，似乎是想抓住应该存在于现实世界里的头盔，同时也发出了干笑的声音。

"哈哈……那家伙在说什么啊。这根本不可能。这种事根本不可能办到嘛。NERvGear……只不过是游戏机而已。怎么可能做到……破坏脑部这种事。你说是吧！桐人！"

他的声音在说到后半段时已经沙哑。而就算他再怎么凝视着我，我也没有办法点头同意他所说的话。

NERvGear是通过埋藏在内部的无数信号元件，来发出微弱的电磁波给予脑细胞做某种事情时的拟似感觉。

确实可以说是走在时代最尖端的超科技。但其实与它的原理完全相同的家电制品，日本的所有家庭都早在四十年前就已经接受了。那也就是——微波炉。

只要有充分的输出功率，NERvGear的确有可能让我们脑细胞中的水分产生震动，接着借由摩擦生热来将我们的脑部蒸熟。但是……

"………原理上来说并不是不可能……但是我想这一定只是吓唬人的而已。因为只要把NERvGear的电源线拔掉，它就无法发出那么高功率的电磁波了。只要它没有内藏大容量的电池在里面……的话……"

克莱因应该已经察觉到我说到一半就没办法再说下去的理由了。

这个高个子的美男子用空洞表情呻吟般说道：

"的确……有内藏电池。听说是占头盔三成重量的充电电池。但这根本没道理嘛！如果忽然停电的话怎么办！"

说到这里，茅场仿佛听见克莱因说的话似的，从上空继续传来他的声音：

"更具体来说，外部电源切断十分钟以上、网络断线两小时以上、尝试破坏NERvGear本体或是解除固定锁——只有在上述这几个条件下，脑部破坏程序才会执行。而这些条件，都已经透过本公司以及媒体在外面的世界发出去了。顺带一提，现在这个时间点上，已经有不少玩家的家人朋友，无视我们的警告，尝试强制解除NERvGear，而结果就是……"

大声响起的金属质感声音讲到这个地方，稍微吸了口气。

"——很遗憾，目前已有两百一十三名玩家，永远从现实世界及艾恩葛朗特里退场了。"

不知道从什么地方响起唯一的一声悲鸣。除此之外，四周大多数的玩家不是不能相信，就是不愿去相信这个事实，脸上只浮现些许笑容或是呈现恍惚状态。

我的脑部也依然拒绝接受茅场所说的话。但是身体却率先背叛了自己，我的脚忽然开始发起抖来。

因为膝盖发抖使得我在往后倒退了几步后，好不容易撑住自己才没倒下。而克莱因则是一脸虚脱的表情，整个人一屁股坐到地上去了。

已经有两百一十三名玩家……

这句话不断地在我耳朵深处重复播放着。

如果茅场所言属实——那现在这个时间点，已经有超过两百人丧生了吗？

这里面一定也有跟我一样是封闭测试的玩家吧。说不定还有我曾听过角色名称、或看过角色脸孔的玩家呢。NERvGear已经把这些人的脑给烧了——茅场的意思是这些人已经死了？

"我才不信……我才不信呢。"

跌坐在石板地面上的克莱因哑着嗓子说道：

"只是吓唬人的吧。这种事不可能办得到。别在那边废话了，赶快把我弄出去啊。我没那么闲可以陪你在这边玩。没错……这一切全都是游戏的活动吧。是为了游戏开场所做的表演对吧，没错吧。"

我的脑袋深处也不断呐喊着跟克莱因相同的话。

但是，就像要消灭包含我在内所有玩家的希望一样，茅场那种像在宣布工作事项般的广播，又再度开始了。

"各位没有必要担心放在现实世界里的身体。现在所有的电视、广播、网络媒体都不断重复报道着这个状况，以及有多数牺牲者出现的情形。所以各位头上的NERvGear被强制拆下来的危险性，可以说已经降到相当低的程度了。今后，各位在现实世界里的身体，应该会在戴着NERvGear下的两小时断线缓冲时间里，被运送到医院或是其他的设施，然后加以慎重地看护才对。希望各位可以安心……把精力放在攻略游戏上就可以了。"

"什……"

到这个地步我终于也忍不住了，从嘴里爆发出尖锐的叫声。

"到底在说些什么！居然要我们专心攻略游戏？在不能退出的情况之下，还能放心地玩游戏吗？"

狠狠瞪着飘浮在上一层底端附近的巨大红色斗篷，我继续吼道：

"这根本已经不能算是游戏了！"

结果，茅场晶彦像是又听到我的话般，继续用他那没有抑扬顿挫的声音平稳地宣布：

"但是，希望大家要特别注意。对各位而言，'Sword Art Online刀剑神域'已经不再只是游戏，而是另一个现实世界。今后……游戏中将取消所有复活的机能。所以当HP变成零的瞬间，各位的角色将永远消灭，同时……"

我可以完全预测出他接下来要说的话。

"各位的脑将被NERvGear破坏。"

一瞬间，有股想要大笑的冲动由腹部深处往上涌，但我拼命忍耐下来。

现在，我视线的左上角有一条发着蓝光的细长横线。仔细一看，上面重叠显示着342/342的数字。

Hit Point，生命的残值。

当它变成零的瞬间，我将会真正地死去——根据茅场所说的，会因为脑部被微波给烤熟而马上死亡。

这的确是个游戏。是个真正攸关生死的游戏。也就是，死亡游戏。

我在为期两个月的SAO封闭测试当中大概已经死了上百遍，每次都会伴随着令人感到不愉快的笑声，在位于广场北方的宫殿"黑铁宫"复活，再次投身于战场。

所谓的RPG就是这么回事。它是种不断死亡，通过获取经验值来提升自己技能的游戏。现在竟然说没办法复活？而且一旦死亡了就会真的失去生命？更夸张的是——还不能够主动停止这个游戏？

"……真是太蠢了。"

我低声呻吟。

在这种条件之下，会有人想跑去危险区域吗？所有玩家一定都会躲在安全街道区里面。

但是，对方就像能不断看透我以及其他玩家的想法似的，又发出了新的宣告：

"能够将各位从这个游戏里解放出来的条件就只有一个。就是我刚刚提过的，到达艾恩葛朗特的最高层，也就是第一百层，然后打倒在那边等待的最终魔王。我保证在那个瞬间，存活下来的全部玩家都可以安全地退出游戏。"

一万名玩家全部沉默了下来。

现在我终于能够了解到，一开始茅场所说的"到达这座城堡的顶端"的真正意思为何了。

这座城堡，指的就是——把我们吞噬在最下层，而上面还有九十九层并且持续飘浮在空中的巨大浮游城堡，艾恩葛朗特。

"全破……要到第一百层？"

克莱因忽然吼了起来。他迅速站起身，右拳猛地朝着天空举了上去。

"怎，怎么可能办得到嘛！听说封测的时候就很难攻上去了！"

克莱因说的没错。一千人参加的SAO封闭测试，在为期两个月的时间里，也仅仅攻略了六个楼层而已。如今的正式上线，则大约有一万名玩家潜行在游戏里，但只靠这些人要攻略到一百层，究竟得花上多久的时间？

被集中在这个现场的所有玩家，应该都在考虑这无解的问题吧。笼罩在现场的寂静，没多久便被低声的喧嚣给淹没了。但是传出的喧嚣中几乎听不见恐怖或是绝望的声音。

我想大部分的玩家应该都还没办法判断，究竟现在的状况是"真正的危机"，或者只是"开幕活动里多余的演出"而已。这是因为茅场所说的话实在太过于恐怖，所以反而没有什么真实感。

我抬头仰望天空，直瞪着那空荡荡的斗篷看，努力地想要把思绪和目前的状况整合起来。

现在我已经没办法退出这个游戏。没有办法回到现实世界里自己的房间，也没办法回归自己原本的生活。得有人打倒这座浮游城堡顶端的大魔王，我们才能回到属于我们的日常生活。而在那之前只要有任何一次HP变成零——我就会死亡。真正的死亡将降临在我身上，我这个人将永远消失在这个世上。

但是……

不论我再怎么努力，也没办法把这些情报当成事实。五六个小时前，我才刚刚吃完母亲做的午饭，跟妹妹说了几句话后才上楼。

我没办法回到那个地方了？这真是现实的状况吗？

这时候，思考永远比我和其他玩家快上一步的红色斗篷，轻飘飘地动了一下右手，用不带有任何感情的声音公布：

"最后，来让大家看看这个世界对你们来说，已经是唯一现实的证据。在各位的道具栏里面有我准备好的礼物。请大家看一下。"

一听到这里，我右手的两根手指几乎自动地往正下方挥去。周围的玩家也都跟我做出同样的动作，广场上响起一连串的电子铃声效果。

从浮现的主要选单上敲了一下道具栏的标签后，显示出的持有道具表最上面，有茅场所说的礼物。

道具名称是"手持小镜子"。

我一边想着为什么要送这种东西，一边点了一下那个名字，从浮现出来的视窗那里选择了实体化的按钮。伴随着响亮的效果音，马上就出现了一面小小的四角形镜子。

我战战兢兢地将它拿到手上，但却什么事都没发生。镜子里所呈现出来的，只是我煞费苦心创造出来，有着勇者脸孔的角色而已。

我觉得奇怪，于是往站在旁边的克莱因那边望去。发现那个有着刚毅容貌的武士，也跟我一样右手拿着镜子，脸上出现呆滞的表情。

这个时候——

克莱因与周围的玩家忽然被白色的光线笼罩起来。与此同时，我自己也同样被白光所包围，眼里所见尽是一片苍白。

仅仅两三秒的时间，光线便消失了，原本的景色再度出现在眼前……

不对。

现在在我面前的不是克莱因那熟悉的脸孔。

金属板连结起来的铠甲、低俗图案的头巾以及怒发冲天的红色头发都跟原来一样。但只有脸变成另外一个人的样子。原

本细长的眼睛，变成一双凹陷的铜铃大眼。细直的鼻子成了长长的鹰钩鼻。而且脸颊和下巴还留着胡茬。如果说原本的角色是爽朗的年轻武士的话，那现在的样子就像是战败的武士——或者可以说是山贼。

我完全忘记现在的状况，只是呆呆地嗫嚅道：

"你……是谁？"

结果，眼前的这个男人也问了跟我相同的问题：

"喂……你这家伙是谁啊？"

这一瞬间，一种预感闪过我的心头，我也同时了解了茅场的礼物"手持小镜子"究竟是怎么回事了。

我迅速地举起镜子，瞪大眼睛往镜子里面看去，而镜子里面出现的……

是留着一头很普通的黑发，长长的刘海下有一双柔弱的眼睛，穿着便服跟妹妹一起出去的话，到现在还常被误认为是姐妹的细长脸孔。

几秒之前"桐人"所拥有，如同勇者般坚强的面孔已经不知道消失到哪去了。出现在镜子里的——

是我非常不喜欢的，现实世界里真正的脸孔。

"呜哦……这不就是我嘛……"

旁边跟我一样看着镜子的克莱因大吃一惊。

我们两个再度对看，同一时间叫了起来：

"你是克莱因？""你就是桐人？"

两个人发出的声音都因为语音效果停止，而与原本的声调产生了明显的变化，但这时候已经没有多余的心力去注意这种事情了。

镜子从我们两人的手上掉落到地面后，随着细微的破碎声消失了。

重新看了一下四周，可以发现，那些几十秒前还长得一副像在奇幻冒险游戏里出现的俊男美女相貌的人，全都不见了。取而代之的，是像把游戏展览会场里众多的客人聚集起来，然后让他们穿上盔甲的一群现实世界里的年轻人。更恐怖的是，男女比例产生了相当大的变化。

到底为什么会发生这种事呢？我与克莱因以及周围全部的玩家们，都从自己创造的角色变成真实世界里的模样了。虽然仍是由多边形材质所构成，细节的地方多少还是有点奇怪，但仍然可以说是相当了不起的模拟程度。简直就像在我们脸部施加了立体扫描一样。

扫描——

"……原来如此！"

我抬起头看着克莱因，从嘴里挤出细微的声音道：

"NERvGear以高密度的信号元件将使用者从头到脸完全覆盖住。也就是说不只是脑部，它连脸部的表面形状也能完全掌握……"

"但，但是，像身高和……体重这些资料呢。"

克莱因一面用更细微的声音回答，一面瞄着四周围的环境。

周围哑然失声地看着自己与其他人容貌的玩家们，平均身高显然比"变化"之前降低了不少。我为了防止视点的高度差异造成动作上的妨碍，所以把角色身高设定跟真实世界里的身高一样，这点我想克莱因应该也跟我有相同的想法才对。但是其他大多数的玩家，应该都设定比现实世界里的身高高出十几二十厘米吧。

还不只如此，身材横向发展的平均值也着实上升了不少。但是这些方面的信息，只限戴在头上的NERvGear应该没有办法扫描出来才对。

不过克莱因马上就解答了这个疑惑。

"啊……等等。因为我昨天才刚买了NERvGear，所以还记得很清楚。第一次戴上头盔时出现的设定程序里，不是有个叫做……测定器调整什么的，要我们到处碰自己的身体吗？可能就是靠那个来……"

"啊，嗯嗯……对了，一定就是这么回事……"

所谓的测定器调整，就是为了重现着装者的身体表面感觉而进行测量，以"手要移动到什么样的程度才能碰到自己身体"的动作掌握基准值的工作。这也等于把自己真正的体格资料，在NERvGear里面档案化。

所以在这个SAO世界里，要把全部玩家的分身完全转变成真实世界相貌的多边形角色，的确是办得到的事。

而这么做的动机可以说是再清楚不过了。

"现实……"

我嘴里低声说了这么一句话。

"那家伙刚刚说了，这就是现实。这个多边形的角色……以及被数值化的生命值都是我们真实的肉体，也是我们的生命。茅场就是为了强制让我们了解这一点，才会重现我们在现实世界里的容貌和体格……"

"但是……但是呢，桐人……"

克莱因使劲搔着自己的头，头巾底下的大眼睛发着光大声吼着：

"为什么？他到底为什么要这么做……"

我没有回答他的问题，只是用手指了指上面后说：

"再等一下吧。反正他马上就会回答了吧。"

茅场果然没背叛我的预测。几秒之后，染成血红色的天空传来了可称为庄严的声音：

"各位现在心里一定会想为什么。为什么——SAO以及NERvGear的开发者茅场晶彦要这么做？这是大规模的恐怖行动吗？或者是为了赎金而犯下的绑票案呢？"

先前语调完全不带任何感情的茅场，这时候的声音却带有某种情感。虽然场合不对，但我心里还是忽然浮现出"憧憬"这两个字。明知应该不是这么想的时候才对。

"这些都不是我的目的。甚至可以说，我如今已经没有任何目的或理由了。要说为什么的话……那是因为对我而言，这个状况就是最终目的。创造出这个世界并观赏它，我就是为了这个目的才会发明NERvGear，并创造出SAO。而现在，我的所有目的都达成了。"

持续了一段短暂的时间后，茅场那回复成无机质的声音响了起来。

"……'Sword Art Online刀剑神域'正式营运的游戏说明就到此为止，各位玩家——祝你们好运。"

最后的一句话残留了一些回音便消失了。

鲜红色的巨大斗篷无声无息地上升，从帽子尖端部分开始，仿佛融化般逐渐与覆盖住整个天空的系统信息同化。

它的肩膀、胸膛以及四肢慢慢沉入血红色的水面，最后只留下一个波纹扩散开来。接着，布满整片天空的讯息又跟出现时一样，突然消失了。

吹过广场上空的风声以及由NPC乐团所演奏，城镇街道上的BGM由远方逐渐靠近，平稳地触动着我们的听觉。

游戏再度恢复成原本的模样。而唯一的变化，就是游戏的某些规则有了改变。

紧接着——事情到了这个地步，总算……

一万人的玩家集团，这才出现应该有的反应。

总之就是许多地方都发出压倒性的超大声响，令整个广场震动了起来。

"骗人的吧……这是怎么回事，一定是骗人的！"

"别开玩笑了！放我出去！把我从这里放出去！"

"这样我很困扰！接下来还跟人有约呢！"

"不要啊！让我回去！让我回去啊啊啊！"

悲鸣、怒吼、尖叫、痛骂、请求，以及咆哮。

在短短几十分钟里由游戏玩家变成囚犯的人们，有的抱着头蹲在地上，有的双手朝天举起，有的互相拥抱，有的甚至开始互相谩骂。

然而，听着无数喊叫声的同时，我的思绪不可思议地逐渐冷静下来。

这一切全都是真的。

茅场晶彦所说的全部都是事实。如果是那个男人，的确有可能会做出这种事。应该说他会这么做一点也不奇怪。茅场给人的那种毁灭性天才的印象，让人不得不这么想，而这也正是他的魅力所在。

我会有一段时间——几个月，或者更长的时间没有办法回到现实世界。我将没有办法和母亲以及妹妹见面，甚至是交谈。而且说不定我已经没有机会再见到她们了，如果我在这个世界里死亡——

就代表我将真正死去。

因为脑部被游戏机，同时也是监狱大锁跟刑具的NERvGear给烧焦而死。

缓缓吸了口气，然后吐出来之后，我开口说道：

"克莱因，你过来一下。"

曲刀使在现实世界里一样比我高出不少，我抓住他的手臂后，快步穿过开始发狂的人群。

看来我们应该是在人群的外围部分，我们很快就穿出了人群。当走进了从广场呈现放射状散开的其中一条街道后，我们马上冲进停在那里的马车阴影中。

"克莱因……"

我用最严肃的声音，再度叫了一次这个男人的名字，虽然他看来仍一副失魂落魄的样子。

"你听好了，我现在马上就要离开这个城镇前往下一个村庄，你也一起来。"

克莱因瞪大了在低俗图案头巾底下的那双眼睛看着我，我则压低声音继续说道：

"如果那家伙说的全是事实，那为了在这个世界里存活下来，我们得拼命强化自己才行。我想这点你应该也很清楚才对，线上角色扮演游戏这种东西，就是玩家之间的资源抢夺战。抢到越多系统所提供的有限金钱、道具以及经验值的人才能变强。跟我们有同样想法的家伙……应该会在这座'起始之城镇'周边区域不断地练级，这样资源马上就会枯竭了。最后只会变成大家不断地找寻系统的刷怪地点而已，所以趁现在赶快把下个村落当成据点才是最好的选择。往下个村落的路径以及危险的地点我都很清楚，就算现在等级只有 1 也可以安全到达。"

克莱因动也不动地听着寡言的我把一长串话说完。

过了几秒之后，他稍微苦着脸说道：

"但是……但是呢。我刚才也说过了，我跟在其他游戏里认识的好朋友，一起通宵排队买了这个游戏。那些家伙应该也已经登录，而且刚刚应该也在那个广场里才对。我不能放下他们不管……"

"……"

我屏住呼吸，咬着自己的嘴唇。

我完全可以感受到克莱因那紧张眼神里所流露的感情。

这个男人——这个爽朗讨喜，应该也很会照顾人的男人，希望我能够把他所有的朋友也一起带走。

但是我却无论如何都没办法同意。

如果只有克莱因一个人的话，就算现在等级只有 1，我也还有自信能从好战的怪物手中，保护他安全到达下一个村庄。但如果再增加两个人——不对，应该说再增加一个人的话，情况就会相当危险了。

如果在路途当中出现牺牲者，而结果也真如茅场所说，那名玩家的脑因此被烧焦，而造成在现实世界里死亡的话……

这份责任就得归咎到提议离开安全的起始之城镇，然后还没有办法守护同伴生命安全的我身上了。

我实在无法背负这么重大的责任，绝对不可能办得到。

克莱因似乎又聪敏地看出我突然犹豫了起来的原因。他那留着胡茬的脸颊上，浮现出勉强做出来的爽朗笑容，慢慢地摇了摇头。

"不……我不能再继续给你添麻烦了。怎么说我在上一个游戏里也担任过公会会长，不要紧的，有你刚刚教我的技巧应该就没问题了。而且……这些有可能都只是无聊的恶作剧，马上就能够退出了也说不定。所以你不用在意我，快到下一个村庄去吧。"

"……"

我保持着沉默，在几秒钟之间，内心有了前所未有的强烈挣扎。

接着，我选择说出了之后整整让我痛苦了两年的话。

"这样啊……"

我点了点头，往后退了一步，用沙哑的声音说道：

"那我们就在这里分手吧。如果有什么事的话就发消息给我……那我先走了，克莱因。"

克莱因叫住低下头准备转身的我。

"桐人!"

"……"

我用眼神询问他叫住我的用意,但他只是微微抖动脸颊骨,没有再说什么。

我轻轻挥了一下手,身体转向西北——下一个村落所在地的方向。

当我走了五步左右的距离时,背后再度传来他的声音:

"喂,桐人!你这家伙真正的脸还蛮可爱的嘛!是我喜欢的类型!"

我苦笑了一下,背对着他直接叫道:

"你现在那张落魄武士的脸才真是适合你呢!"

我就这样背对着在这个世界认识的第一个朋友,专心地直直往前走。

在往左右弯曲的小路上走了几分钟后,回头看了一下,但当然已经看不见任何人的身影。

我咬紧牙关,将塞在胸口的奇妙感情压抑下来,开始跑了起来。

跑向起始之城镇的西北门、广大的草原与森林,以及越过这些地方之后的小村庄——全力朝着今后将不断持续下去,永无止境的孤独求生战场跑去。

ᠮᠮ

游戏开始一个月就有两千人死亡。

最后，还是没有办法从外部解决问题。更糟糕的是，没有任何由外部传进来的消息。

虽然我没有亲眼目睹，但听说终于相信没有办法离开这个世界时，玩家们的恐慌可说是极为疯狂。当时有人大吼大叫，有人号啕大哭，甚至还有人嚷着要破坏游戏世界，而准备把街道的石板挖起来。当然建筑物全都是无法破坏的物体，他们的尝试都只是徒劳无功罢了。我还听说全部的人接受这个现实，开始思考今后的方针已经是过了好几天以后的事情了。

玩家们一开始大概分成了四个集团。

首先是大约占了一半人数，不相信茅场晶彦提出的获救条件，等待着外部救援的人们。

我非常能够理解他们的想法。因为自己的肉体明明就还悠闲地躺在椅子或床上呼吸着。对他们来说，那才是真正的自己，现在的状况只是"虚幻"，只要一点机会、一个小小的契机，应该就能回到真实世界了。现在的确没有办法从选单里面退出，但只要在内部发现任何之前没注意到的事，就可以——

不然的话，如今在真实世界中，营运公司ARGUS以及政府，一定正在尽最大的努力来解救所有玩家才对。其实根本就不需要慌张，只要待在这里等待一阵子，就可以平安无事地在自己房间醒过来，与家人感动重逢，接着成为学校或公司里的话题人物。

其实他们会这么想也无可厚非。因为其实我内心也还存有几分这样的期待。他们所采取的行动基本上就是"待机"。完全不离开街上一步，只靠着初期所配给游戏内的货币——这个世界以"珂尔"为单位来表示——每天只使用一点钱来买粮食，住在便宜的旅馆里，然后几个人组成一个小团队，浑浑噩噩地过日子。

幸好"起始之城镇"占了底层面积的二成左右，号称可以与东京的一个小区相匹敌，所以的确是有足以收容五千名玩家生活，而又不显得拥挤的空间。

但是，不论等了多久，救援仍然没有出现。每天从睡梦中醒来，窗外所见的永远不是蓝天，而是一片阴郁覆盖在头顶的上层底部。而只靠初期的资金也没有办法永远维持生活，不久之后，他们也被迫必须开始采取行动。

第二个团体占全部玩家的大约三成。这个有三千人左右的集团，是以互相帮忙来积极求生为目标的集团。而他们的首领，是日本国内最大网络游戏情报网站的男性管理员。

玩家们在他的手下分成了几个集团，共同管理获得的道具并且收集情报，然后前往攻略有通往上层阶梯的迷宫区。首领自己的集团，则占领了面对起始之城镇中央广场的"黑铁宫"，用以囤积物资并给予手下集团各种指示。

这个巨大集团一开始没有名称，但从他们开始给所有参加者配给制服后，不知道是谁便开始以"军队"这种挖苦人的名称来称呼他们。

第三个团体推定有一千人左右，这是群一开始便毫无计划性地浪费珂尔，但又提不起劲跟怪物作战来获得物资，生活因此陷入困顿的人。

顺带一提，即使在假想世界SAO内部，也依然会有睡眠以及食欲这两种生理需求。

因为脑部没有办法辨别获取的感觉情报究竟是来自于现实世界或是假想世界，所以玩家们会想睡觉也是理所当然的事情。当玩家想睡时，便到街上的旅馆，根据自己财力选择适合的房间然后进去休息。拥有大量珂尔的话，当然也可以在自己喜欢的城镇里，购买自己专用的房间，但所花费的金额那不是简单就能存到的。

至于食欲则让许多玩家感到不可思议。虽然实在不愿意去想象在现实世界里，身体的状况究竟如何，但应该是有用某种手段强制给予身体所需要的营养吧。总之，就算因感到肚子饿而在这里吃东西，现实世界的胃里也不可能有食物出现。

但是，实际上在游戏里吃进假想的面包或是肉类等食物后，空腹感确实会消失并且感到饱足。但这些现象的原理，我想就得去请教脑部的专家了。

反过来说，只要空腹感一出现，没有进食的话，肚子饿的感觉就绝不会消失。虽然我觉得应该不至于会因为绝食而死，不过这仍是相当难以忍耐的欲望，所以玩家们还是每天都冲进NPC经营的餐厅，拼命把虚拟食物塞进自己胃里。虽然有点多余，但还是提一下，在游戏里面没有排泄的必要。至于在现实世界里的排泄问题，则是比进食更让人不愿意去想象。

好了，让我们回归主题——

一开始便把钱用光的人，姑且不提睡觉的地方，由于没办法吃饭，在不得已的情况下，大部分都选择参加之前提过的共同攻略集团"军队"。因为只要听从上级的指示，就能获得配给的食物。

但不论哪个世界里都会有缺乏互助精神的家伙存在。压根没有考虑过参加什么集团，或是犯下过错而被放逐的人们，便把起始之城镇的贫民窟当成根据地，开始干起强盗的勾当来。

在城镇当中，也就是所谓的"安全圈内"，系统将会自动保护玩家，所以玩家无法有任何互相伤害的行为。只不过在城镇外就没有这种限制了。这些堕落者聚集在一起组成帮派，躲在城镇外面的区域或是迷宫区里，袭击某种意义上比怪物更有油水，而且危险性更低的猎物，也就是其他玩家。

抢劫归抢劫，他们也还不至于会去"杀人"——至少刚开始的第一年是如此。这个集团的人数一点一点地增加，刚刚也有提过，现在人数推测应该有一千人左右。

最后是第四个团体，简单来说就是剩下来的人们。

以攻略为目标，但不属于巨大集团的玩家们所组成的小集团大约有五十个，人数大约是五百人。这些集团被称为"公会"，他们善用军队所没有的机动力，来实实在在地进行攻略与战力增强行动。

此外，还有非常少数选择工匠、商人职业的人。虽然只有大约两三百人的规模，但他们也组成了自己的公会，为了赚取生活所需的珂尔而进行技能的修行。

剩下不到一百个的人，就是我所隶属的团体——人称"独行玩家"的一群人。

这是认为不加入任何集团，只靠单刷来自我强化才是最有效生存手段的利己主义团体。这些人几乎全是封闭测试的参加者。他们利用已有的知识从游戏一开始就全力冲刺，在短期间内便提升了自己的等级，而在得到可以独立对抗怪物与盗贼的力量之后，老实说，与其他玩家一起战斗一点好处都没有。

更何况这个名为SAO的游戏，因为没有"魔法"，也就是"必中的远距离攻击"的存在，所以单独一人也可以轻易对付复数怪物。只要有熟练的技巧，独行玩家获得经验值的效率比组队玩家要好多了。

当然独行玩家也有其风险性。例如组队的话，可以让队友帮忙补血，而只有自己一个人的话，只要遭到"麻痹"攻击就有可能直接面临死亡。事实上在游戏初期，独行玩家的死亡率是在所有玩家类别里面最高的一种。

但是只要拥有足以回避危险的充分知识与经验，就保证能获得高于风险的报酬率。而包含我在内的封闭测试玩家们，早就拥有这样的经验与知识了。

独占宝贵的知识，以猛烈速度提升等级的独行玩家们，与其他玩家之间产生了严重的争执。所以在游戏里的状况比较稳定之后，每个独行玩家都离开了第一层，以更上层的城镇作为自己的根据地。

黑铁宫里原本是"复活者房间"的地方，被设置了一面封闭测试时没有的巨大金属碑，它的表面刻有全部一万名玩家的姓名。上面竟然还很贴心地在死亡玩家的名字上，画了简单易懂的横线，旁边还详细记录了死亡时间与原因。

得到第一个被画上消除线荣誉的人，在游戏开始三个小时后便出现了。

死因不是与怪物战斗，而是自杀。

这个男人提出了一个论点——就是以NERvGear的构造来说，只要能够切断与游戏系统的连线，应该就可以自动恢复意识。于是他便越过位于起始之城镇南端，也就是位于艾恩葛朗特最外围展望台的高栅栏，纵身跳了下去。

无论你如何睁大眼睛去看，也看不见浮游城堡艾恩葛朗特下方的陆地，能见到的只是连绵不绝的天空与层层相连的白云而已。在许多看热闹的人将身子探出展望台的旁观之下，那个男人的身影伴随嘴里拖着长长尾音的哀号逐渐变小，最后消失在云层之间。

两分钟之后，男人的名字便被简洁且毫不留情地画上一道横线。死亡原因写着"由高处落下"。实在不愿意去想象在这两分钟之间，他到底有了什么样的体验。而从游戏内部也无法得知，这个男人究竟是已经回到现实世界了，还是就如茅场所说的，脑部被彻底烧焦了。

只不过，几乎所有的玩家都认为，如果靠这么简单的手段就可以脱离这里，那我们全部的人早就应该从外部切断连线，然后被救出去了。

即使如此，那个男人从游戏世界里消失之后，偶尔还是会有人将自己的生死托付给这种简单就能得到结果的诱惑。包含我在内的所有玩家，怎么样也无法对SAO内的"死亡"有什么真实感。

这种情况就算到了现在也没什么改变。因为HP变成零、构成身体的多边形消灭，这种现象对我们来说实在太过熟悉，也就是实在太像一般游戏里"GAME OVER"的感觉了。所以，除了亲身去体验之外，大概没别的办法能让我们了解SAO里面死亡的意义了。缺乏真实感，应该也是让玩家快速减少的确定因素之一吧。

话说回来，"军队"以及隶属于其他团体的玩家，特别是待机组那些人，当他们慢慢开始进行游戏攻略后，也就开始有因为与怪物战斗而丧失生命的人出现。

SAO里的战斗的确是需要一些感觉与熟练度。自己不随便乱动，而"依靠"系统辅助可以说是战斗的诀窍。

就以单纯的单手剑上段斩击来说好了，学习到"单手直剑技能"之后，在剑技表里点了"上段斩击"的人，只要内心一边想着这个技巧一边做出起始动作，之后系统便会自动帮助玩家做出斩击。然而没有点技能的人，就算勉强去模仿斩击动作，也会因为挥击动作缓慢或攻击力低下，使得根本没办法在战斗里派上用场。总而言之，这有点像是格斗游戏中，输入指令来使出必杀技的感觉。

不习惯这种战斗方式的人，即使握着剑也只是随便乱挥，就算对上的是只用初期状态就会的基本单发技也能战胜的山猪或野狼，仍会落得手忙脚乱的下场。

即使如此，在HP减少到一定程度时，放弃战斗而选择脱离、逃亡的话，应该就不至于会死亡——

不同于一般屏幕上平面绘图的敌人，SAO里栩栩如生的怪物会凶狠地露出牙齿，朝玩家袭击而来，面对如此真实的怪物时，人类心中原始的恐惧感都会被唤醒吧。

连封测时都有人因为战斗而陷入恐慌了，何况现在还有实际死亡这种恐怖结果在等待着玩家。许多陷入恐慌的玩家根本忘了使出剑技，也忘了逃跑，随便就把HP浪费光而永远从这个世界退场了。

自杀、与怪物作战而败北。被残酷地画上横线的名字，以非常惊人的速度增加。

当游戏开始一个月，死亡人数就达到两千这个令人恐惧的数字时，剩下来的所有玩家都被一股阴暗的绝望感给笼罩住了。如果死亡人数以这种速度增加下去，不到半年，一万名玩家将全部死亡。要突破一百层根本是痴人说梦。

但是——人类可说是习惯的动物。

一个多月后，玩家们终于成功将第一层迷宫区攻略下来，而且短短十天就成功突破第二层后，死亡人数便明显降低许多。有助于存活下来的各种情报传递到各个角落，大家发现到只要老老实实累积经验值来提升等级，怪物其实也不是那么恐怖。

只要能够完全攻略这个游戏，就有可能回到现实世界。抱持这种想法的玩家开始一点一点确实增加了。

虽然离最上层还有相当远的距离，但玩家们以微薄的希望作为原动力，并展开了行动——整个世界也终于开始运转起来。

之后经过了两年时光。未突破楼层数为二十六，生存者为六千人。

这就是艾恩葛朗特目前的状况。

▶5

　　我结束了与栖息在第七十四层"迷宫区"的强敌——蜥蜴人领主的单独战斗。在踏上归途的同时，脑袋里也想着久远之前的回忆，就这么走了十分钟左右，在看到出口的光线出现在前方时，才终于松了一口气。

　　我不再沉浸于过去的回忆之中，加快脚步由通道里出来后，用力吸了一口清新空气。

　　出现在我眼前的，是一条贯穿茂密阴暗森林的小路。回头一看，则可以见到我刚才走出来的迷宫区被夕阳染红，一直延伸到上空——正确来说应该是延伸到上层底部的庞大身躯。

　　以城堡的顶端为最终目标的游戏形式，使得这个世界的迷宫不是在地下，而是一座巨大的高塔。但是徘徊在迷宫内部的怪物比野外的更强大，最深处则有恐怖的头目把关等等，这些设定则是没有变的。

　　现在，这个第七十四层迷宫区已经攻略了八成——也就是已经记录好了地图档案。大概再过几天，就会发现有头目等着的大厅，接下来应该就会组成大规模攻略部队。这时候，身为独行玩家的我也会参加这场战役。

　　我对既感到期待又有些紧张的自己苦笑了一下，便开始往小路上走去。

　　我现在的根据地，是位于艾恩葛朗特第五十层的最大都市之一"阿尔格特"。从规模上来看，起始之城镇是比较大，但那边目前已经完全变成"军队"的根据地，所以不太容易进入。

穿过暮色渐浓的草原后，错综复杂的古树森林出现在我眼前。在森林里面走三十分钟左右，就可以到达第七十四层的"主要街道区"，可以利用那里的"传送门"一瞬间移动到阿尔格特去。

虽然使用手上的瞬间移动道具也可以回到阿尔格特，但现在这东西的价格有点昂贵，除了紧急时刻之外，实在很不愿意使用它。而且现在距离日落也还有一段时间，我只好忍受着能够早点钻进被窝里休息的诱惑，开始往森林里走去。

艾恩葛朗特各层的最外围，除了几个支柱部分外，基本上整个是开放空间。这时阳光以斜角射进来，让森林树木火红得像要燃烧起来一般。流动在树干之间的浓密雾气，在反射夕阳光线之后闪烁着神秘光芒。白天时相当嘈杂的鸟叫声在这时也变得零零疏疏，使树梢随风摇曳的声音显得特别大声。

即使知道就算是刚睡醒的我，也不可能会输给在这附近出没的怪物，但在夜色渐浓的这个时候，无论如何就是没办法压抑自己心中的不安。小时候在回家路上迷路时的那种感觉，逐渐填满了整个心头。

不过我并不讨厌现在这种感觉。还在现实世界里生活时，这种原始的不安感早已经在不知不觉当中被人们所遗忘。置身在空无一人荒野上这种孤独感，可以说是角色扮演游戏真正的醍醐味——

沉浸在乡愁当中的我，耳朵忽然听见不曾听过的细微野兽叫声。

那是种尖锐又清澈，类似草笛的短促声响。我马上停下脚步，慎重搜寻声音来源的方向。在这个世界，遇上从没听过或从没看过的东西出现，就是无法预料的幸运，或是不幸降临到你身上的时刻。

身为独行玩家的我已经彻底锻炼了"索敌技能"，这种技能除了有防止偷袭的效果外，还有一种效用是只要随着技能熟练度上升，就可以识破在隐蔽状态下的怪物或玩家。不久，躲藏在离我十米左右大树枝阴影下的怪物浮现在我眼前。

它并不是多巨大的怪物。我可以看见它那隐藏在树叶里的灰绿色毛皮，以及比身体还长的耳朵。把视线集中在它身上之后，系统自动将怪物设定为攻击目标，视线里出现了黄色箭头以及攻击对象的名称。

一看见它的名字，我不由得屏住呼吸。因为"杂烩兔"可是超少见的怪物。

我是第一次见到实物。虽然这只生活在树上的毛茸茸兔子并不是特别厉害，打倒它能获得的经验值也没有特别高——

但我还是从腰上的皮带里悄悄地拔出投掷用的短锥。我的"飞剑技能"只是为了填满技能格才点的，熟练度没有多高，但我有听说过，已知怪物里逃走速度最快的就是杂烩兔，所以我没有自信能够接近它然后用剑战斗。

趁现在对方还没有注意到我，还有一次可以进行先制攻击的机会。我用右手拿起短锥摆好动作，心里一边祈祷，一边发动飞剑技能基本技"单发射击"的动作。

就算熟练度再怎么低，靠着彻底锻炼过的敏捷度补正技能，我的右手就像闪电般一闪，射出去的短锥留下一抹残光后，便被吸进树梢的阴影当中。开始攻击的一瞬间，表示兔子位置的箭头变成了战斗中的红色，而下面则显示着怪物的HP。

我侧耳倾听着短锥是否命中目标，不久后终于听见一道非常尖锐的哀号传了过来——接着HP往后移动变成零，然后是相当熟悉的多边形破碎效果音。我不禁握紧了左手。

我立刻挥动右手把主选单画面调了出来。手指匆匆操纵面板，打开道具栏后，果然新入手物品的最上面有"杂烩兔肉块"这个名字。在玩家之间的私人买卖里，这可是价值十万珂尔以上的商品呢。这个金额已经足以打造自己的定做武器还有找零。

之所以会有这样的价值，理由其实很简单。因为存在于这个世界的无数食材道具里面，它被设定为最高级的美味食材。

在这个进食可以说是唯一乐趣的SAO里面，一般可以吃到的只有欧洲田园风味——老实说我也不确定是什么口味的简单面包和汤而已。虽然还有一些少数的例外，是选择料理技能的厨师玩家费尽心思，想让食物种类多一些而做出来的食物，但由于厨师人数实在非常稀少，而且高级食材也出乎意料地难以入手，因此这些食物都不是能够轻易吃到的东西，这也让全部玩家都陷入了慢性美食饥渴症。

当然我也不例外，虽然常去的NPC餐厅里的面包与浓汤并不难吃，但偶尔还是会因为想大口咬下柔软又多汁肉块的欲望而备受煎熬。我一边瞪着写有道具名称的文字列，一边发出犹豫的低吟。

今后要再获得这种稀有食材的可能性可说相当低，老实说，真的很想自己把它给吃了，但要料理越高级的食材，所需要的技能等级也越高，所以想吃就得拜托某位达人等级的玩家帮忙料理才行。

我不是没有适当的人选，但总觉得要特别去拜托别人也很麻烦，何况防具也到了该更新的时期了，所以就决定把这个道具拿去换钱。

像是要把犹豫不决的心情甩开似的关上状态画面后，我再度用索敌技能探索周围的环境。虽然在这种最前线——换句话说也就是边境，不可能会有盗贼玩家出没，但现在有了S级稀有道具在身上，再怎么小心也不为过。

想到把这个道具换成钱之后，就可以尽情地购买需要的转移道具，我为了降低危险便决定直接从这里回到阿尔格特去，因此把手伸进腰间的小袋子里。

抓出来的，是闪耀着深蓝色光芒的八角柱形水晶。在这个"魔法"要素几乎全被排除在外的世界里，仅存的一点魔法道具便是这种宝石。它是依照颜色来分类的——蓝色是瞬间移动，粉红色是HP回复，绿色则是解毒。每一种都是即刻生效的便利道具，但因为价格相当昂贵，所以通常情况下，大家通常都是远离敌人之后，使用价格便宜的药水来回复体力。

我帮自己找了个借口——现在应该是紧急时刻，然后握紧水晶叫道：

"转移，阿尔格特！"

水晶马上伴随着许多铃声同时响起般的美妙声音破碎，蓝色光芒也同时包围住我的身体，周围森林的风景就像溶化般消失不见。这时候光芒又更加刺眼了——等到光芒散尽时，就是转移已经结束。接着，冶炼时发出的尖锐铁锤声与热闹喧嚣声，取代了刚刚还听见的树叶摩擦声传进了耳里。

我出现的地方是位于阿尔格特中央的"传送门"。

圆形广场的正中央，有一座高达五米左右的巨大金属门耸立在那里。门里面的空间就像海市蜃楼那样摇晃着，准备传送到其他城镇或者不知道从哪边传送过来的玩家，正络绎不绝地出现与消失。

从广场延伸出去的大路往四方发展，所有道路的两边都满满地挤着小店铺。结束一日冒险后，寻求休憩地的玩家们，在贩卖小吃的摊贩以及居酒屋前面闲聊着。

如果要简单用一句话来形容阿尔格特街道，那真的就只有"杂乱"两个字了。

这里没有任何像起始之城镇那样的大型设施，广大的地域里无数小路重重叠叠穿插在其中，还有许多不知道究竟卖些什么的工作室，以及看起来好像进去之后就出不来的旅馆。

事实上真有玩家在阿尔格特的小巷里迷路，结果好几天都出不来，这种情况可是多到不胜枚举。我投宿在这里的旅馆已经将近一年了，到现在也还没记住多少路，就连NPC的居民也都是一些不知道能干吗的家伙。感觉上，最近把这里当成根据地的玩家，也尽是些怪人。

但我却很喜欢这座城镇的感觉。虽然不想承认，不过这里和我以前常去的电器街很像，躲进位于小巷子里最深处那间我常去的店，啜口有奇怪味道的茶，可以说是我一天中唯一可以松口气的时刻。

我打算在回旅馆前，将刚刚获得的道具给处理掉，于是前往时常交易的道具屋。

在有传送门的中央广场向西延伸的大路上，穿越人群走上几分钟之后，便可以看见那家店。在容纳了五个人就会变得相当拥挤的店里，从陈列架上散发出玩家经营的店面所特有的杂乱感，架上挤着满满的武器、道具，甚至连食品都有。

至于店的主人，现在则站在柜台跟人家谈生意。

游戏里的道具贩卖方式大略可分为两种。一种方法是卖给NPC，也就是电脑操纵的角色，虽然没有被诈骗的危险，但赚取的金额基本上都是固定的。为了防止通货膨胀，那边的价格都设定得比实际市场还要低。

另一种则是玩家之间的交易。这种方法则是依交涉手段而有高价卖出商品的可能，但除了得花费不少工夫找买家外，像交易之后觉得买贵了，或是忽然改变心意，这种玩家之间的争执也可以说是层出不穷。这时候就需要有专门收购货物的商人玩家出面了。

当然，商人职业的玩家并不是只为了做这件事而存在。

其他工匠职业的玩家也跟商人一样，技能格子大概有一半以上都是非战斗系技能。但是，这并不代表他们不会到外面的区域去。商人是为了商品，工匠则是为了素材而必须跟怪物战斗。当然，他们战斗时会比纯粹的职业剑士还要来得辛苦多了。可以说根本没有办法享受到歼灭敌人的爽快感。

换言之，他们的生存意义是建立在"帮助为了完全攻略游戏而前往最前线的剑士"——这种崇高的动机上面。基于这一点，其实我内心是相当尊敬商人与工匠职业的玩家。

——话虽如此，自我牺牲这种话，是绝不可能出现在我眼前的这个商人的字典里。

"那就这么决定了！二十张'幽暗蜥蜴皮革'算你五百珂尔！"

我常光顾的道具屋老板艾基尔，正使劲挥动自己粗壮的右腕拍着买卖对象的肩膀，对方是个看起来相当软弱的枪使。接着他便打开交易视窗，不给对方讨价还价的机会，在自己的交易栏上输入金额。

对方虽然看起来仍有点犹豫，但被艾基尔用他那会让人误认为是身经百战的凶恶战士眼神一瞪——实际上艾基尔除了是商人外，也确实是个一流的巨斧战士——便急忙把物品从自己道具视窗移动到交易栏里，接着按下OK按钮。

"谢谢啦！要再来光顾啊，老哥！"

最后朝枪使的背用力拍了一下之后，艾基尔便豪爽地笑了起来。幽暗蜥蜴皮革可是高性能防具的素材，我虽然觉得五百珂尔实在太便宜了一点，但还是谨守沉默，看着那名枪使离开。心想你下次应该学会学聪明点，知道面对道具屋商人不可以太客气了吧。

"嘿，依然在做黑心生意嘛。"

从艾基尔背后向他搭话后，秃头巨汉转过身来对我咧嘴一笑，回话道：

"哟，是桐人啊。便宜买进便宜卖出一向是本店做生意的原则。"

这家伙说谎都不会感到不好意思。

"便宜卖出这点颇值得怀疑。算了，我也有东西要卖给你。"

"桐人是老主顾了。我不会打什么坏心眼的，我看看……"

艾基尔一边说一边把他粗壮的脖子伸了过来，朝我展示的交易视窗看了一下。

SAO玩家的角色是透过NERvGear的扫描机能，与初期的体型测定器调整，才得以把现实世界的外表精密地呈现出来，但每当我见到这个艾基尔时，都不得不感叹在现实世界里竟然会有这么适合虚幻线上游戏的外表存在。

一百八十厘米高的躯体，由结实的肌肉与脂肪所构成，脖子上方那像在岩石上刻出来的粗豪脸孔，长得简直就像职业摔角里头的坏蛋一样。他还把唯一可以自订的发型设定成大光头，其外表的恐怖程度可以说不输给蛮族系怪物。

但别看他外表这样，那张别有味道的脸在笑起来时还颇讨人喜欢的。年纪看起来应该是不到三十岁吧，不过实在让人很难想象他现实世界里面究竟从事什么样的职业。不询问"另一边"的事情，是这个世界的不成文规定。

厚重且向外突出的眉棱骨下那双眼睛，在看见交易视窗的时候，整个瞪大了起来。

"喂喂，这不是S级稀有道具'杂烩兔肉块'吗？我也是第一次见到现货……桐人，你不缺钱吧？难道就没想过留下来自己吃吗？"

"当然有想过。可能再也没机会得到了吧……只不过，也没有多少人有那么高的料理技能，可以处理这种道具吧……"

这时候，不知道是谁往我背后戳了一下。

"桐人……"

是女生的声音。会叫我名字的女性玩家并不多。应该说会在这种情况之下叫我的女性玩家，也只有一个而已，所以我在转头前就已经知道对方是谁了。我迅速抓住对方仍停留在我左肩上的手后，转过头来说道：

"抓到厨师了。"

"什……什么嘛。"

被我抓住手的人脸上出现讶异的表情并往后退。

这时候我可以看见在对方中分的栗色长直发下，那张小小鹅蛋脸以及散发出炫目光芒的大大淡褐色瞳孔。小巧又直挺的鼻梁下方，樱花色嘴唇为她的美丽又添加了几分风采。细长的身体上裹着以白色及红色为基调的骑士风战斗服，白色皮革剑带上则吊着优雅的白银细剑。

她的名字是亚丝娜，SAO里面几乎无人不晓的知名人士。

她会这么出名当然是有理由的。首先，因为她是游戏里面占压倒性少数的女性玩家，而且又是个外貌无可挑剔的美女。

在这个几乎能将玩家现实世界的肉体，特别是容貌完全呈现出来的SAO世界里，虽然很不愿意这么说，但漂亮的女性玩家真可以说是超S级稀有存在。像亚丝娜这样的美人，更是两只手就数得出来。

另一个让她成为名人的原因，是她那身纯白与鲜红相映的骑士服——那是公会"血盟骑士团"的制服。取公会名称"Knights of the Blood"的英文缩写，也被称作"KoB"。在艾恩葛朗特众多公会里，是被公认为最强的玩家公会。

虽然是只有三十人左右的中等规模组织，但里面全都是高等级的强力剑士，而且统率他们的领袖，还是一个可以称之为传说的SAO最强的男人。亚丝娜外表看起来虽然像个弱女子，实际上却是这个骑士团的副团长。当然她的剑技也不是开玩笑的，一手细剑术让她博得"闪光"这样的别名。

总之，她不论是容貌、剑技都是站在六千名玩家顶点的人物，这样子还不出名就真的太奇怪了。当然玩家当中也有许多人是她的粉丝，而粉丝里面还有偏执狂及跟踪狂存在。除此之外也有非常仇视她的人，所以听说她其实也吃了不少苦头。

只不过，应该也没有人敢正面找身为最强剑士之一的亚丝娜麻烦就是了。但公会为了确保她的安全，还是会派几名护卫跟在她旁边。现在在她后面几步的位置，也有两名身穿白色披风与厚重铠甲的KoB男性成员站在那里，其中右边那个把长发绑在后面的瘦长男子，发现我还抓着亚丝娜的手，看着我的视线便充满了杀气。

我放开她的手，手指朝着那个男人轻轻甩了甩后，回她说：

"真难得啊，亚丝娜。你竟然会出现在这种垃圾场。"

听到我直呼亚丝娜名字的长发男，以及听到自己的店被叫做垃圾场的店主，两个人的脸同时僵住了。但店主一听到亚丝娜对他说"好久不见了，艾基尔"，整张脸又放松了下来。

亚丝娜转身面向我，一脸不满地噘起嘴说道：

"什么嘛。只是因为接下来马上又要进行头目攻略战了，所以来确认一下你是不是还好好活着而已。"

"不是有登录好友名单了，这点小事应该能知道吧。说起来你应该就是用地图上的追踪好友功能，才会找到这里来的不是吗？"

被我这么反驳之后，她马上气得把脸转向别的地方去。

她除了是副领导人之外，也担任公会里攻略游戏的负责人。这份工作的确包含把像我这样任性的独行玩家整合起来，组成对付头目怪物的共同编队，但亲自跑来确认这种事情，说起来也太多此一举了。

亚丝娜接收到我那觉得夸张但又佩服的视线后，两手往腰一叉，抬起下巴来说道：

"活着的话就好。倒……倒是……你刚刚说的抓到厨师是怎样？"

"啊，对了。你现在料理的熟练度到多少了？"

我记得疯狂喜欢料理的亚丝娜，在修行战斗技能的空当，也不断提升自己生活技能中的料理技能。听到我的问题后，她露出自傲的笑容回答：

"听到之后你一定会吓一跳，我上周已经'完全习得'了。"

"什么！"

这家伙……是笨蛋吗。

虽然一瞬间冒出这种想法，但是我当然没把这句话说出口。

熟练度只有当玩家使用技能时，才会以让人几乎无法感觉到的速度缓慢成长，最后在熟练度达到一千时才成为完全习得该技能。顺带一提，通过经验值来提高的等级与熟练度不同，等级上升之后只会增加HP与力量、敏捷等数值，以及"技能格子"这种能习得技能的数量上限而已。

我现在虽然拥有十二个技能格子，但达到完全习得程度的技能只有单手直剑技能、索敌技能、武器防御技能这三种而已。也就是说这位女性将无数时间与热情，投注在了与战斗毫不相关的技能上。

"……有件事要拜托你这位高手。"

我对着她招了招手，便把道具视窗转换成能让其他人看见的可见模式。亚丝娜带着疑惑表情往这边瞅过来，在看到显示出来的道具名称之后，瞪大了眼睛说道：

"呜哇！这……这是，S级食材？"

"跟你提个交易。如果帮我煮这个东西，就让你吃一口。"

我话还没说完，"闪光"亚丝娜的右手便紧紧抓住我胸口的衣服，接着把我拉到离她脸不到几厘米的地方说道：

"我，要，一，半！"

我被她这突如其来的举动搞得慌张不已，反射性地点头答应了她的条件，等回过神来，后悔已经太迟了。而亚丝娜则是兴奋地握紧了自己的左手。我只好在心里想着——可以在如此近的距离细看她那楚楚可怜的脸孔，这点小事也就算了——来强迫自己接受事实。

我一边把视窗关上，一边回头向上看着艾基尔的脸说道：

"不好意思，因为这样所以交易中止了。"

"那倒是没关系……不过，我们也算好朋友吧？也让我尝

一下味道……"

"我会写个八百字以内的感想给你。"

"不，不用这么狠吧！"

艾基尔做出仿佛世界末日到来般的表情，并开始发出哀号声。我没理会他，转身正准备离去时，亚丝娜忽然抓紧我大衣的衣袖问道：

"要我做菜没问题，但你要我在哪煮呢？"

"呜……"

要使用料理技能，除了食材之外，最少还需要一些做菜的道具——炉灶或者或烤箱之类的东西。我房间虽然有些简单的用具，但那种又小又脏的地方，怎么招待得了这个KoB副团长呢。

亚丝娜对着说不出话来的我投以不耐烦的眼神，并且说道：

"我看你的房间也没什么好道具。看在食材的份上，这次就破例提供我的房间当成做菜的地方吧。"

这家伙竟然一脸轻松地说出不得了的提议。

我还没理解她所说的话，脑袋暂时呈现停滞状态。亚丝娜不理会我，转向担任护卫的两名公会成员说道：

"我今天要直接从这里转移到'塞尔穆布鲁克'去，所以你们不用保护我了。辛苦了。"

话才刚说完，似乎已经到达忍耐极限的长发男就叫了起来。如果SAO的表情再现机能再精细一点，他的怒气应该已经让额头上多出两三条青筋了吧。

"亚……亚丝娜大人！您移驾到这种贫民窟来也就算了，现在竟然还让这个来历不明的家伙与您一起回家，这，这真是太不应该了！"

他那种夸张的言辞，立刻令我感到退避三舍。竟然称呼她"大人"，我看这家伙应该可以算是亚丝娜的疯狂崇拜者了吧。我心里这么想着并朝他看去，发现那个人也是一脸非常厌恶的表情。

"这个人啊，来历姑且不提，但剑技确实是非常高超。我想应该比你高个十级以上吧，克拉帝尔。"

"您，您别开玩笑了！我怎么可能会比这种家伙差呢……"

男人的破音响彻了整条巷子。他原本用那看起来像三白眼（注：眼睛的黑色瞳孔部分靠上，左右以及下方全是眼白部分的眼睛。面相学里称此为凶相）的凹陷眼睛恶狠狠瞪着我，但又忽然像想起什么事情似的，脸部表情为之一变。

"对了……你这家伙，应该是'封弊者'对吧！"

所谓的"封弊者"，是指将"封闭测试参加者"与"作弊者"结合起来的SAO专有蔑称。虽然我已经听惯了这个恶毒的名词，但每次只要听到，心里多少还是会感到有些疼痛。这时我脑袋里又掠过第一个对我讲这句话的人——曾经是我朋友的人——的脸孔。

"嗯，没错。"

我面无表情承认之后，男人更加气势凌人地说道：

"亚丝娜大人，这家伙是那种只顾自己的自私鬼！跟这种人扯上关系绝对没有好处！"

至今一直保持平静的亚丝娜，像是感到不快似的皱起眉头。不知道何时周围出现了看热闹的人墙，可以隐约听见从人群里传来"KoB""亚丝娜"这些字。

亚丝娜稍微瞄了一下周围人群之后，对着那名越来越亢奋的名叫克拉帝尔的男人说道：

"总之今天你们就先回去吧。这是副团长的命令。"

丢下这句冷淡的话之后，亚丝娜的左手拉住我大衣后面的皮带，然后就这样一边把我向后拉，一边朝着传送门广场前进。

"喂……喂喂，没关系吗？"

"没关系！"

既然她都这么说了，当然我也没有什么理由拒绝她。留下两名护卫以及到现在还一脸遗憾的艾基尔，我们两个穿过人群走了出去。我最后回头瞄了一眼，发现那个名叫克拉帝尔的男人直挺挺站在原地，脸上露出狰狞的表情直瞪着我看。而他那副恶狠狠的模样，就像残像般一直留在我的视线里挥之不去。

塞尔穆布鲁克是位于第六十一层的美丽城堡都市。

规模虽然不大，但全城都由白色花岗岩精致打造而成，有以华丽尖塔古城为中心的市街，与点缀其中的多数绿地形成美丽对比，市场里商店种类也相当丰富。虽然很多玩家想把这里当成根据地，但房间价格实在太贵——我想大概有阿尔格特的三倍以上吧——所以如果不是等级相当高的玩家，几乎不可能在这里拥有房间。

我与亚丝娜到达塞尔穆布鲁克的传送门时，太阳几乎已经下山，还留在天空的最后一抹夕阳，把街道染成一片深紫色。

第六十一层的大部分区域都被湖水占据，而塞尔穆布鲁克则是存在于湖中心的小岛，从外围部分斜射进来的夕阳，让湖面闪烁一片波光粼粼，就像一幅画般值得欣赏。看见这以广大湖面为背景，闪烁着深蓝与朱红色光辉的街道，我的内心为这太过美丽的景象而深深地感动着。对NERvGear所配备的新世代钻石半导体核心处理器来说，这种光影处理只是雕虫小技而已。

传送门被设置在古城前面的广场，而两旁挟着行道树的主要街道，从广场开始穿越市街，一路往南方延伸而去。道路两边有高级商店与住宅林立，擦身而过的NPC与玩家的打扮也给人一种脱俗感。我甚至开始觉得连空气的味道也与阿尔格特不同，于是我不由得张开双手深呼吸了起来。

"啊——这里又宽广人又少，真是有开放感。"

"那你也搬到这来啊。"

"我的钱完全不够。"

耸了耸肩回答完后，我改用认真的表情，谨慎地问：

"……话说回来，真的没关系吗？刚刚的事情……"

"……"

说到这里，亚丝娜似乎就明白了我指的是什么事，她迅速转身面向后面，低着头用靴子鞋跟敲着地面，使地面发出"咚咚"的声音。

"……虽然我在单独行动时，的确遇过几次不愉快的事情，但派护卫守在我的身边也实在是太夸张了。我也曾经反映过我不需要……不过这是公会的方针，其实应该说是参谋们强迫我接受才对……"

她用有些低沉的声音继续说：

"以前我们只是团长亲自一个个去邀请，进而建立起来的小团体而已。但人数逐渐增加，成员也不断替换……从我们被称为最强公会那个时候开始，感觉上就变得有点奇怪了。"

说完之后，亚丝娜把身体半转向我。这时我似乎从她眼里看见求助的眼神，不由得倒抽一口气。

虽然心里想着应该说点什么话，但像我这种自私的独行玩家还能够说什么呢。所以我们只是沉默着互相凝视了几秒钟的时间。

亚丝娜率先把视线移开。她看向逐渐转变为深蓝色的湖面，接着像要转换现场气氛般，用清楚的声音说道：

"嗯，这不是什么大不了的事，你不用在意！不走快点的话太阳都要下山了。"

我跟着前面的亚丝娜开始走了起来。虽然与不少的玩家擦身而过，但没有人一直盯着亚丝娜看。

我只在半年前，当塞尔穆布鲁克还是最前线时在这里待过几天，现在回想起来，那时候根本没有好好参观过这个城市。现在再度见到这个有着美丽雕刻装饰的街道，让我不禁也开始想在这个城市里生活看看，但随后觉得还是把这里当成观光场所，偶尔前来探访一下就可以了。

亚丝娜住的地方，是从大路上折往东边后，马上就可以抵达的精美小巧公寓三楼。当然，这是我第一次到访。仔细一想，到目前为止，我和这个女生只在头目攻略会议上讲过几次话而已，甚至没有一起去过NPC经营的餐厅。想到这里，即使现在已经到了她家门口，我还是有点想逃走，于是我便在公寓入口犹豫了起来。

"但是……真的可以吗？那个……"

"什么嘛，这件事可是你自己先提起的。而且现在也没有别的地方可以做菜，所以就只能到我家来了！"

说完，亚丝娜把脸转向别处，接着直接爬上楼梯。我下定决心后，也跟在后头走上楼去。

"打……打扰了。"

畏畏缩缩走进门内的我，被眼前的景象吓到只能呆立着，半天说不出话来。

我从没看过如此完善的玩家专用房间。除了有宽敞的客厅兼饭厅之外，邻接在旁的厨房里，摆设着色泽明亮的木制家具，还有极具整体感的暗绿色橱柜点缀在其中。而且这些应该全都是最高级的定做商品才对。

虽然全都是高级物品却又不会过于华丽，反而给人一种相当舒适的感觉。跟我的狗窝比起来，可以说相差了十万八千里。这也更让我觉得没请她到自己家来真是正确选择。

"那个……这些得花多少钱啊？"

对于我这相当实际的问题，亚丝娜开口说道：

"嗯——房间和装潢合起来是四千K左右。我进去换衣服，你先随便坐一下。"

她不经意地回答完便消失在客厅深处的门后。K是表示千的缩语，所以四千K就是四百万柯尔的意思。像我这样每天都在最前线战斗的人，应该也早就赚到这笔金额了，但我却把钱浪费在只是有点喜欢的剑，以及奇怪的装备上，所以根本没存下什么钱。我很难得地开始自我反省，接着往软绵绵的沙发上用力坐了下去。

不久，亚丝娜换了一身简朴白色紧身上衣，与长度未及膝盖的裙子从房间里现身。虽然说是换衣服，但实际上并没有穿脱的动作，只是操纵状态视窗里的装备人物模型而已。但是在更换穿着衣物的数秒钟之间，外表会变成只穿着内衣，如果是豪气万丈的粗犷男性玩家，可能就不会在意，但女性玩家绝对不会在别人面前更换衣服。就算我们的肉体只是3D立体档案，但以这样的状态生活两年后，也就渐渐不觉得只是如此，现在我的目光也自然地移到亚丝娜那毫不遮掩，暴露在外的白嫩手脚上面。

丝毫没有注意到我内心纠葛的亚丝娜直盯着我看，接着开口说道：

"你要穿那身衣服到什么时候啊？"

我急忙把选单画面叫出来，然后把战斗用皮革大衣以及剑带等武装解除。顺便移动到道具视窗把"杂烩兔的肉块"实体化，接着把放在陶制瓶里的肉块静静地放在面前的桌子上。

亚丝娜一脸慎重，把瓶子拿起来之后朝里头看去。

"这就是传说中的S级食材吗……你想做成什么料理？"

"就，就交给厨师全权处理。"

"这样啊……那就做成炖肉杂烩吧。毕竟名字也叫杂烩兔。"

我跟在亚丝娜后面一起走到隔壁房间去。

宽敞的厨房里除了设有柴火烤箱外，旁边还排列着许多看起来就相当高级的厨具。亚丝娜以双击鼠标的方法迅速点了两下烤箱，把弹出式选单叫了出来，设定完调理时间之后又从架子上拿出金属制的锅子。接着把瓶子里的肉移到锅子里，先掺进了许多香草，再加满水，然后把盖子盖上。

"其实还需要很多道手续的，但SAO把做菜程序简化得太夸张，这样实在很无趣。"

亚丝娜一边抱怨一边把锅子放进烤箱，从选单上按下开始调理的按钮。在三百秒的等待时间里，亚丝娜依然迅速动作着，她不断把许多原本库存的食材实体化，接着又用行云流水般的动作将食材逐一调味完毕。她调理食材与操纵选单时那毫无失误的动作，让我不禁看呆了。

　　仅仅五分钟的时间，豪华大餐便已经上桌，我和亚丝娜隔着桌子相对而坐，眼前的大盘子上盛着冒出热气的炖肉杂烩，升起的蒸汽伴随着香味刺激着我们的鼻腔。大肉块覆盖着富有光泽且浓密的酱汁，在盘子里滚来滚去，由奶油的白色线条所画出来的大理石花纹实在是令人食指大动。

　　我们连"开动了"都等不及说，便拿起汤匙，开始将这应该是SAO里最高级的食物送进嘴里。先是充分感受嘴里的热气与香味，当开始咀嚼时，就尝到了由柔软肉块所迸发出的满满肉汁。

　　SAO的进食，不是把牙齿咬碎物体的感觉逐一演算然后模拟出来，而是使用与ARGUS合作的系统环境程式设计公司所开发的"味觉再生"系统。

　　这是一种利用事先输入的资料，来将各种"吃东西"的感觉传送到使用者脑部，让使用者体验到与实际吃东西时相同感觉的系统。据说这原本是为了减肥或是需要节制饮食者所开发的系统，原理就是把伪装信号传送到脑部掌管味道、香气、热度等部位，让脑产生正在进食的错觉。也就是我们在现实世界的肉体在这个瞬间并没有吃任何东西，只是系统不断刺激着脑前叶而已。

　　只是现在这种时候，还要考虑这些事情就实在太煞风景了。我现在所感觉到这自登陆以来尝到最棒的美味，毋庸置疑地是真实存在的感觉。我与亚丝娜两个人不发一语，只是不断重复着把汤匙伸进大盘子然后将肉送进嘴里的动作。

　　不久之后，在完全清空的盘子与锅子面前——真的如文字所述一样，完全没有炖肉存在过的痕迹——亚丝娜深深地叹了口气：

"啊啊……努力活到现在真是太好了……"

我也有相同的感觉。沉浸在久未满足的原始生理需求被完全满足的充实感下，我啜了一口散发出不可思议香味的茶。这时候我心里不经意想着，刚刚吃的肉与现在喝的茶，究竟是记录现实世界里原有食材的味道，还是调整各种参数所创造出来的虚构味道呢。

坐在我对面，两手抱着茶杯的亚丝娜率先开口打破了因为沉浸在飨宴的余韵中而保持了好几分钟的沉默。

"真不可思议……有种好像是在这个世界出生，然后一直生活到现在的感觉。"

"……最近，我有时根本想不起来在另外一个世界所发生过的事。其实应该不只是我……现在拼命喊着要攻略、要离开的家伙也越来越少了。"

"整体来说攻略的速度已经慢下来了。现在还在最前线作战的玩家，我想大概不到五百个人吧。原因不只是有风险……而且大家已经习惯这个世界的生活了……"

我静静地看着亚丝娜那张在橙色灯光照耀之下，陷入沉思的美丽脸庞。

这样的脸孔或许真的不属于活着的人类，那平滑的肌肤、光艳的头发，以一个生物来说实在太过于美丽了。但是，对于现在的我来说，已经看不出来这张脸是由多边形所构成的了。我已经可以完全接受眼前所看见的，就是一个活生生的存在。

我想，如果现在回到真实世界，见到真正的人，我一定会觉得很不习惯才对。

我真的想回到那个世界去吗……

我对于自己忽然浮现的想法感到迷惑。每天早起就一头钻进迷宫区，一边记录前人未到的区域，一边赚取经验值的这种生活，真是为了要离开这个游戏吗？

以前确实是为了早日离开这个不知何时会丧生的死亡游戏没错。但已经习惯这个世界生活方式的现在——

"不过，我还是想回去。"

像是看透了我内心的疑惑一般，亚丝娜用那清晰的声音说道。我回过神抬起头来。

亚丝娜难得对我微笑了一下，继续说：

"因为在那边还有很多想做的事还没做嘛。"

听完她的话之后，我也老实点了点头表示同意。

"说得也是。我们得努力才行，不然就对不起在一旁协助我们的工匠玩家们了……"

我像是要把自己的迷惑一口喝下肚般，把茶大口往嘴里倒。现在离最上层还很远，这些事到时候再想就可以了。

这时我难得想率直地表达出自己的谢意。正当我一边想着该说什么话来道谢，一边凝视着亚丝娜时，她竟然皱起眉头，在我眼前摇了摇手，然后说道：

"啊……快别这样。"

"什，什么啊？"

"至今，已经有好几个露出这种表情的男性玩家，对我提出结婚要求了。"

"什……"

真是不甘心。虽然在战斗技能方面相当纯熟，但对这种场面的经验实在不足，所以嘴巴净是一张一合的，找不到可以回嘴的话。我想这时候自己的脸一定相当可笑吧。

亚丝娜看见我的样子之后，微微地笑了起来。

"看你这样子，应该没有其他比较要好的女孩子对吧。"

"不行吗……我本来就是独行玩家。"

"都已经在玩线上角色扮演游戏了，干吗不多交点朋友呢。"

亚丝娜的笑容消失，用很像大姐姐或老师的口气问我：

"你没有想过要加入公会吗？"

"咦……"

"我也知道，封测出身的人大都很不习惯跟团体一起行动。但是……"

她的表情又更加认真了。

"从超过七十层之后，我就觉得怪物的规则系统中，出现不规则性的比例增加了。"

其实我也有这样的感觉。现在越来越难看出电脑的战术，但不清楚这究竟是当初就如此设计，还是因为系统本身学习的结果。如果是后者，今后游戏的攻略将会越来越棘手。

"自己一个人的话，有可能会遇到无法处理的意外事故。不是每次都能紧急脱离战场。组队的话会安全许多。"

"我有做好万全的准备，很感谢你的忠告……但加入公会实在不合我的个性。而且……"

其实本来话说到这里就好了，但我还是逞强继续说了不该说的话：

"对我来说，队友通常帮不上忙，还会拖累我呢。"

"哎哟……"

"喀嚓"一声，我的眼前划过一道银色的闪光。

等我回过神来，亚丝娜右手上握着的小刀已经紧紧贴在我的鼻尖上。

这是细剑基本技"线性攻击"。虽说是基本技，但由她的高敏捷值补正后，速度可说非同小可。老实说，我完全看不清楚她出剑时的轨道。

我僵笑着把双手轻轻举了起来，做出投降姿势。

"……知道了啦，你是例外。"

"这样啊。"

亚丝娜一脸无趣地将小刀收回去。接着手上一边转着小刀，一边说出让人吓破胆的提议：

"那你就暂时跟我组队吧。身为头目攻略的队伍编组负责人，我得确认一下你是否真如传言所说的那么强。至于我的实力，你刚刚已经看过了。何况这周我的幸运色还是黑色。"

"这，这是什么理由！"

她这种无理要求让我不禁大吃一惊，不由得努力想要找寻理由反对。

"你说要跟我组队，那公会那边怎么办？"

"我们家公会可没规定每天要获得多少经验值才行。"

"那，那两个护卫呢？"

"丢着不管就好了。"

本来想借喝茶来争取点时间，拿到嘴边后才发现茶杯早已经空了。亚丝娜若无其事地把杯子抢了过去，又从瓶子里倒了些热茶进去。

老实说——这是个很吸引人的要求。因为没有哪个男人会不想和可称为艾恩葛朗特第一美女的女性组队。但就算很想接受她的要求，还是会先产生这样的疑惑——为什么像亚丝娜这样的名人，会主动找我组队。

说不定只是看我这个性格灰暗的独行玩家可怜而已。心里一抱持有这种消极的想法，嘴里便不小心说出成为自己致命伤的话：

"最前线可是很危险的。"

亚丝娜再次举起右手的小刀。一看见比刚才还要强烈的光线效果出现，我只好赶紧用力点了点头。虽然心里还是怀疑着，为什么会找在最前线攻略玩家集团，通称"攻略组"里面不算特别突出的我组队。不过我还是下定决心对她说：

"好，好啦。那……明天早上9点，第七十四层传送门口见。"

亚丝娜这才把手放下来，并发出强悍的"呵呵"笑声来作为回答。

完全不知道在独居女生家里能待到几点的我，在吃完饭后便马上起身告辞了。亚丝娜送我到公寓楼梯口，稍微点了点头对我说：

"今天呢……还是要跟你道个谢。感谢你的食材。"

"我，我才得谢谢你呢。虽然以后还想拜托你……但应该也没什么机会再得到那种食材道具了。"

"就算是普通的食材，靠厨师的手艺也能变成一桌好菜哦。"

反驳完我的话后，亚丝娜抬头仰望天空。完全被黑暗笼罩的天空当然不可能有星星存在。一百米上空能见到的，就只有由石头与铁块所制成，覆盖在我们头上的阴暗底层而已。我跟着抬头往上看，嘴里喃喃自语：

"……现在这种状况，真的是茅场晶彦他所想要创造的世界吗……"

这个一半是说给自己听的问题，我们两个人都无法回答。

现在大概躲在某处观察这个世界的茅场，究竟有什么感觉呢。我完全没办法猜测出，茅场对于现在这种在经过动荡的混乱期后重新回复和平与秩序的现况，究竟是感到满足或是失望。

亚丝娜默默地往我身边靠近一步，我的手臂可以感受到一点她的体温。这到底是错觉，又或是忠实的体温模拟所造成的结果呢。

我开始进入这个死亡游戏的时间是2022年11月6日。而现在是2024年10月下旬。在这已经将近两年的时间里，别说是救援了，外部就连一丝消息也没有传进来。我们能做的，就只有努力生存下去，然后一步步向上爬而已。

于是，艾恩葛朗特的一天就这么结束了。

我们究竟该朝何方前进？

这个游戏究竟有什么样的结局在等待着我们？不知道的事情实在太多了。未来的旅程是如此遥远，能见到的光明却是如此稀少。即使如此——我仍然没有完全放弃希望。

我抬头望向上空的铁盖，思绪朝着仍未能见到出口的未知世界飞去。

┡┓

上午9点。

今天的气象设定是多云。笼罩整个街道的晨霭仍未消失，外围射进来的阳光在细微空气粒子上产生乱反射，让周围全染上一片柠檬黄。

依照艾恩葛朗特的历法，现在是属于深秋的"白蜡树之月"。气温是让人感到有些微凉的程度，本来应该是一年当中最为清爽的季节，但我现在的心情却颇为低落。

我在七十四层的主街区传送门广场等着亚丝娜。昨天晚上很难得失眠了，回到位于阿尔格特的房间，钻进简朴的床铺之后，可说是彻夜辗转难眠，真正睡着时已经过了午夜3点。SAO里面虽然有许多辅助玩家的便利机能，但很可惜没有按下就可以马上入睡的按钮。

令人相当纳闷的是，游戏里面有完全相反的机能存在。主选单的时间相关选项里头有一个"强制起床闹铃"，能够在指定时刻用随机音乐来强迫玩家醒过来。虽说还是可以睡回笼觉，但在8点50分被系统吵醒的我还是打起精神，成功从被窝里爬了出来。

游戏里面不需要洗澡及换衣服这点，对一些比较不修边幅的玩家来说，的确是一项福音——虽然说还是有爱干净的人每天沐浴，不过就连NERvGear也有点负荷不了液体效果的模拟，所以没有办法完全呈现真正洗澡时的感觉——我在接近约定时间前起床后，利用二十秒时间整理好装备，摇摇晃晃穿过阿尔格特的传送门，一边为睡眠不足的不快感所苦，一边等待那个女人，但是——

"还不来……"

时间已经是9点10分。比较勤快的攻略组已经不断出现在传送门前，朝着迷宫区走过去。

我漫无目的地调出选单，靠着确认早已牢记的地图以及技能提升状况来消磨时间。发现自己竟然有"如果有带什么便携式游戏机来就好了"这种想法之后，不禁对自己感到相当无力。

竟然想在游戏里面玩游戏，真是没救了，还是回去睡觉好了……正当我有这种消极想法时，传送门内部发出了不知已经是第几次的蓝色转移光线。我不抱多大期望地往门那边看去。下一个瞬间——

"呀啊啊啊啊！快，快躲开——"

"呜哇啊啊啊啊！"

转移者通常会出现在传送门内的地面上，但现在传送门里离地面一米左右的空中竟然开始有人影实体化——然后直接从空中向我飞了过来。

"什……什……"

连要躲开或接住这个人的时间都没有，对方便和我撞个正着。我们两个人都整个跌坐在地上，我的头还因此用力地撞上地面。如果不是在街上，应该会被扣除一点点HP值吧。

也就是说这个笨蛋玩家是直接跳进原来楼层的传送门，然后又直接被转移到这里——应该是这么一回事吧。想不到我在这种时候，脑袋竟还能悠哉地思考事情发展的经过。在头昏脑涨当中，我为了推开压在身上的蠢蛋，伸出右手用力一抓。

"……"

结果手上竟然传来舒服又不可思议的触感。为了明确出这柔软又富有弹力的物体究竟是什么，我又用力抓了两三次。

"呀，呀——"

耳边忽然响起很大声的尖叫，接着我的后脑勺再次被激烈地捶到地面上，同时压在身上的重量也消失了。受到新的冲击之后才好不容易回过神来的我，猛然撑起上半身来。

有个一屁股坐在地上的女性玩家就在我的眼前。她身穿白底红刺绣的骑士服和膝上迷你裙，剑带上系着银制细剑。不知为什么，她除了眼中带着难以解释的杀气直瞪着我看之外，脸上还出现最大的感情效果，连耳根都红彤彤一片，两条手臂则紧紧交叉在胸前……胸？

我突然理解到右手刚刚抓的究竟是什么东西，这才发现自己所处的危险状态。虽然从平时就一直锻炼逃避危机的思考方法，但在这时候却完全派不上用场。我只能不断张开又合起不知往哪摆的右手，然后露出僵硬的笑容开口说道：

"哟……早啊，亚丝娜。"

感觉上——亚丝娜眼中浮现的杀气似乎变得更加强烈了。那应该是在考虑要不要让猎物逃走时的眼神吧。

正当我立刻开始研究选择"逃亡"指令的可行性时，传送门再度发出蓝色的光芒。亚丝娜像吓了一跳似的转过身去，然后慌张地站起来躲到我背后。

"怎么了……"

搞不清楚怎么回事的我只能呆站着。这时传送门光芒更加耀眼，门中央出现了新的人影。

这次的传送者两只脚确实站在地面上。

光线消失后，站在那里的是曾经见过的脸孔。一袭夸张的纯白斗篷上印有红色徽章。穿着公会"血盟骑士团"制服，装备有装饰过多的金属铠甲与双手剑的这个男人，就是昨天跟着亚丝娜的长发护卫。记得名字应该是克拉帝尔吧。

由传送门里出来的克拉帝尔见到躲在我身后的亚丝娜后，原本就刻画在眉头与鼻梁间的皱纹变得更深了。虽然年纪应该没有多大，只是二十出头吧，但那些皱纹让他显得格外苍老。他用力咬了咬牙根，带着满腔怨恨的样子开口说道：

"亚丝娜大人，您这样擅作主张属下会很难办的……"

听到他有点歇斯底里的尖锐声音，我心里有些畏惧地想着，这下事情可不妙了。闪烁着凹陷的三白眼，克拉帝尔又继续说：

"来吧，亚丝娜大人，我们回本部去吧。"

"不要，今天又不是活动日！……倒是你，为什么一大早就在我家门口站岗呢？"

在我背后的亚丝娜同样相当气愤地反问。

"哼哼，我早就料到可能会有这种事发生，所以我在一个月前，就开始在塞尔穆布鲁克进行晨间监视任务了。"

克拉帝尔充满自傲的回答实在让人哑口无言。亚丝娜也跟我同样僵在现场。过了一阵子才用生硬的声音回问：

"那……那应该不是团长的指示吧？"

"我的任务是担任亚丝娜大人的护卫！所以当然也包含您家外面的监视……"

"怎么可能会包含这种事呢，笨蛋！"

这时，克拉帝尔脸上愤怒与焦躁的表情更加明显，他大剌剌地走过来并粗暴地将我推开，然后抓住亚丝娜的手腕。

"请不要不听劝告。……来，我们回本部吧。"

听见他那情绪快要爆发出来的声调，连亚丝娜也瞬间感到胆怯。她对站在旁边的我投以求救眼神。

老实说在她看我之前，自己那怕麻烦的坏习惯又开始发作，原本甚至想就这么一走了之。但在看见亚丝娜的眼神后，右手便自己动了起来。我握住克拉帝尔那抓着亚丝娜的右手腕，仔细控制自己力道以免市街圈内的防止犯罪指令发动。

"不好意思，你们家的副团长今天是属于我的。"

虽然是连自己听了都觉得恶心的台词，但也没有别的方法了。到目前为止一直故意忽视我存在的克拉帝尔，瞬时整个脸部扭曲，将我的手甩开。

"你这家伙……"

他用破锣嗓般的声音这么吼道。脸上表情就算没有经过系统加强，也让人看得出已经有种脱离常轨的感觉。

"亚丝娜的安全由我来负责。况且今天又没有要打头目战，你就自己回本部去吧。"

"别……别开玩笑了！像你这种杂碎玩家，怎么能够胜任亚丝娜大人的护卫！我……我可是光荣的血盟骑士团的……"

"我比你要适合多了。"

老实说，这句话算是自己多嘴。

"臭小鬼……你，你这么有自信的话，那就证明给我看啊。"

克拉帝尔脸色苍白，用发着抖的右手叫出视窗并且快速地操纵着。我的视线里马上就出现了半透明的系统信息，内容不用想也知道。

"克拉帝尔向您提出 1 VS 1 对决的要求。您愿意接受吗？"

默默发出光芒的文字下面有 YES ／ NO 以及几个其他选项。我稍微瞄了一下隔壁的亚丝娜，她虽然看不见信息，但应该已经理解是什么状况才对。原本以为她一定会阻止我，但令人吃惊的，亚丝娜竟然用僵硬的表情微微点了点头。

"……可以吗？不会在你的公会里造成问题吗……"

我小声问道，她也同样用细微但坚定的口气回答：

"没关系，团长那边我会向他报告。"

我点点头，按下 YES 按钮，从选项当中选择了"初击胜负模式"。

这模式的规则是先以强力攻击击中对方，或是先让对方 HP 降到一半以下的一方获胜。信息变成"您接受了与克拉帝尔 1 VS 1 对决的挑战"后，下方就开始了六十秒倒数计时。当数字变成零那一瞬间，我与那家伙两个人在市街区里的 HP 保护便会消失，彼此将用剑对打，直到分出胜负为止。

不知道克拉帝尔是怎么看待亚丝娜答应让我们决斗的事，只见他努力压抑住自己兴奋的情绪吼道：

"请亚丝娜大人看个仔细！我会证明除了我之外，没有人可以担任您的护卫！"

接着用像在演戏般的动作，把他巨大的双手剑从腰间拔了出来，发出"喀喇"声后摆出战斗姿势。

确认亚丝娜已经往后退了几步之后，我也从背部把单手剑抽了出来。不愧是名门公会的成员，那家伙的武器在外观上比我要华丽多了。除了双手剑和单手剑在大小上原本的差距之外，我的爱剑是忠于实用性的简朴样式，但对方剑上有看来就像由一流工匠所雕刻出的华丽装饰。

我们两个人隔了大约五米的距离，彼此相对，等待倒数的这段时间里，周围聚集了越来越多的围观人群。除了因为这里是位于城市正中央传送门广场外，我和这家伙也都算是小有名气的玩家，所以有这么多人围观也是理所当然。

"独行的桐人和KoB成员单挑了！"

群众里有个人忽然这么大喊，接着就引起了非常大的欢呼声。一般来说，都是朋友之间为了比试剑技才会进行对决，而这些旁观者也不知道我们双方交恶的来龙去脉，所以净在旁边吹着口哨，大声嚷嚷地骚动着。

只不过随着时间倒数，我也逐渐听不见这些嘈杂声了。就如同跟怪物对决时所感觉到的，仿佛有一条锐利又冰冷的线贯穿全身。我看着因为在意叫器声，而对周围投以焦躁视线的克拉帝尔全身，集中全部精神，准备从他持剑以及张脚姿势当中预测出他的"意图"。

人类玩家比怪物更容易有预先将自己准备使出的剑技暴露出来的习惯。自己是要使出突击系、防御系、从上段或是下段的攻击，若是让对手知道这些情报，就会成为在对人战斗时致命的败因。

克拉帝尔有点像是扛着剑般，将剑摆在中段，身体则采前倾姿势，重心放低。很明显，他准备进行上段攻击。当然这也可能只是他的幌子。实际上我现在就是把剑摆在下段轻松地站着，让自己看起来像一开始就准备进行下段小攻击的样子。至于如何读出彼此之间动作的虚虚实实，就得靠感觉与经验了。

当倒数时间只剩个位数，我便把视窗关掉。这时早已听不见周围的杂音了。

最后，视线一直在我与视窗之间来来回回的克拉帝尔终于停下动作，全身因紧张而紧绷起来。接着"DUEL"的文字随着紫色闪光在我们两人之间弹了出来，同一时间，我猛然踹了一下地面往前冲去。从靴子底下飞散出火光，被我撕裂的空气大声嘶吼。

仅仅晚了我些许时间，克拉帝尔的身体也动了起来。不过他脸上倒是还带着些惊愕的表情。我想那大概是因为做出下段防御姿势的我，出乎意料地往前突进了。

如我所料，克拉帝尔的第一个动作果然是双手用大剑上段冲刺技"雪崩"。对上这个招式时，如果只使用一般防御，就算抵挡下来，也会因为冲击过大而无法立即展开反击；如果选择躲开，使用者也会因为冲刺力而取得距离优势，而有足够时间重组攻势，可以说是相当优秀的高等剑技。只不过，这仅限于对手是怪物的时候。

已经猜出对方剑技的我，选择使出同样的上段单手剑突进技"音速冲击"。两边剑技的轨道将会在空中交错。

光论剑技威力的话，是对方比较高。通常在双方武器攻击互相冲突的情况下，使出重击的一方将会获得有利的判定。现在这种状况，一般来说应该是我的剑会被弹开，而对方剑技的威力虽然会减小，但还是足以在我身上造成输掉这场胜负的伤害。只不过，我攻击的目标并不是克拉帝尔本人。

两人之间的距离因为彼此惊人的速度而快速缩短。但我的知觉也同时跟着加速，逐渐觉得时间流动变得相当缓慢。我不知道这是SAO系统所造成的结果，又或是人类本来就有的能力。只不过，我眼里可以清楚看穿那家伙全身的动作。

大大往后抬起的大剑发出橘色效果光，向我挥击过来。真不愧是最强公会的成员，整体来说，素质算是不错，剑技产生的速度也比我想象中来得快。强劲又耀眼的刀身马上朝我逼近。虽说是一击结束的对决，但如果我正面遭受到这带有必杀威力的一击，应该也会受到不容忽视的伤害才对。确信自己会获胜的克拉帝尔，脸上露出藏不住的喜色。但是——

我抢得先机，比对方早一步挥出的剑尖在划出倾斜轨道后，带着黄绿色的光芒，直接命中克拉帝尔那还在挥击途中尚未产生攻击判定的大剑侧面。一阵激烈的火花瞬间爆发出来。

武器与武器的攻击互相冲突时，还会有另外一种结果，就是"武器损毁"。

当然这不是时常会发生的事。只有在技巧起始或结束等不存在攻击判定的情况下，在那把武器构造上脆弱的位置从适当的角度施加强烈打击时才有可能会发生。

但是我确信它会折断。因为装饰华丽的武器，耐力通常都不怎么样。

不出我所料——仿佛要冲破耳膜般的金属声四处飞散，克拉帝尔的双手剑从中间整个折断。夸张的光线效果就像爆炸一般地迸发出来。

我跟他两个人在空中交错而过，落地之后位置互换，站在刚刚彼此等待战斗的地方。那家伙的半截断剑一边旋转一边高高飞起，在天空中反射耀眼的阳光后，掉下来插在两人中间的石板地面上。之后，那半截剑尖与克拉帝尔手中的握柄部分，变成无数多边形碎片飞散开来。

整片广场陷入短暂的沉默。每个看热闹的人都张大了嘴，直挺挺地站着。而我则是从着地姿势站起身来，按照自己的习惯将剑往左右挥舞了一下。接着，人群中响起一片欢呼声。

听着人群里传来许多像"太厉害了！刚刚是瞄准剑攻击的吗"这种对刚刚一瞬间的攻防所做的评论，我只得把叹息往肚子里吞。虽说只是一招剑技，但在众人环视之下，展现自己的实力还是让我感到很不舒服。

垂着右手上的剑，慢慢走向背对着我，蹲在地上的克拉帝尔。可以看得出来他包裹在白色斗篷之下的身体正在发抖。我把剑收回背上剑鞘时故意发出声音，然后小声对他说道：

"如果你要换武器重新打过，我也奉陪……不过我看是没有必要了。"

克拉帝尔没有看我，只用双手抓住石头地板，身体像得了疟疾似的不断发抖，不久便用沙哑声音说："I Resign." 其实用日文说出"投降"或"我认输了"也可以结束对决就是了。

话语刚落，在跟开始时同样的位置上，闪起了宣告对决结束以及胜利者姓名的紫色文字，接着周围再度响起一阵欢呼声。克拉帝尔摇摇晃晃地站起身，对着看热闹的人群吼道：

"这可不是表演啊！滚开！滚开！"

接着更转向我叫道：

"你这家伙……我杀了你……我一定会杀了你……"

我得承认他这时的眼神确实让我感到有点发冷。

SAO里的感情表现的确让人感到有些夸张，但就算没有系统强化效果，浮现在克拉帝尔三白眼里的憎恨，可以说比怪物还要恐怖。这时，有个人影从躲到一旁，静静不说话的我身后走了出来。

"克拉帝尔，我以血盟骑士团副团长的身份命令你，从今天起，解除你的护卫任务。在没有别的命令之前，先在本部里待机。完毕。"

亚丝娜的声音，有着比表情还要冰冷的感觉。不过我可以听出隐藏压抑在她声音里的苦恼。在无意识之中，我把手搭上了亚丝娜的肩膀。亚丝娜紧张又僵硬的身体微微摇晃了一下，就整个人靠在我身上。

"……你说……你说什么……你这……"

到这个部分为止，都还能听见克拉帝尔的声音。但接下来他嘴里念念有词的，应该是数百句诅咒，同时还狠狠盯着我们看。我想他一定是准备重新装上预备的武器，然后就算知道会被防止犯罪命令给阻止下来，也要朝我们砍过来吧。

不过，那家伙在最后好不容易克制住自己，并从斗篷内侧抓出转移水晶，接着用要把水晶捏碎般的力道紧握住它并举起来，嘴里呢喃着"传送……格朗萨姆"。在被蓝色光芒包围、消失前的最后一瞬间，克拉帝尔对我投以极为憎恨的眼神。

传送光消失后，广场被一片令人感到不舒服的沉默笼罩。看热闹的群众，每个人都被克拉帝尔粗暴的言行吓得说不出话来，但不久后也就三三两两地散去。最后只剩下我和亚丝娜两个人还待在现场。

脑袋里虽然拼了命想说点话，但这两年来，我只顾着强化自己，根本想不出什么安慰人的话。说起来，我甚至不确定听她的话接受对决，然后获得胜利这件事究竟做得对不对。

不久，亚丝娜退了一步，用完全感觉不到平常那种高姿态的语调，轻声对我说：

"……很抱歉，把你扯进这种麻烦事里。"

"不会啦……我是没关系，倒是你这样真的不要紧吗？"

最强公会骑士团的副团长缓缓地摇了摇头，露出刚强却又软弱的笑容。

"嗯，公会现在会变成这个样子，老是把攻略游戏摆在第一位，进而把规范强加在团员身上的我也有责任……"

"那也是没办法的事……反过来说，如果没有你这种人，那攻略的进度会比现在慢上不少。这虽然不是像我这种独行又随便的家伙能说的话……嗯，该怎么说才好呢……"

连我也搞不清楚自己究竟想说些什么，只能慌慌张张地接着说道：

"……所以呢，你就算想偶尔跟我这种随便的家伙组队，借此休息一下，也没什么好让人抱怨的……我是这么认为啦。"

结果亚丝娜以呆滞的表情，眨了好几次眼睛之后，脸上露出有点算是苦笑的笑容，但她紧绷的脸总算是和缓了下来。

"……不过还是要跟你道个谢。那我就恭敬不如从命，好好来享受一下，今天就拜托你当前锋啦。"

她说完便快速转身，朝着通往城镇外面的街道走过去。

"不是吧，你等等，前锋通常是轮流当的吧！"

抱怨完之后，我也只能叹口气，追着那摇晃着的栗色头发跑了过去。

旧日

往迷宫区延伸的森林小路，被一片暖洋洋的空气所包围，昨天晚上那种恐怖气氛就像骗人似的，完全不复存在。树梢间照射进来的晨光形成好几条光柱，在光柱的缝隙之间还有蝴蝶翩翩飞舞着。可惜这只是没有实体的视觉效果，就算追过去也抓不到真的蝴蝶。

我们的脚步在柔软茂盛的草地上踩着，发出听起来相当舒服的沙沙声。这时亚丝娜像在取笑我般说道：

"话说回来，你怎么老是穿同一套衣服？"

我一下子回不上话，只好朝自己的身体看。可以看见自己身穿又脏又旧的黑色皮革大衣，再加上同色的衬衫与长裤，几乎没有穿戴什么金属防具。

"有，有什么关系啊。有这钱买衣服的话，我还宁愿拿去买点好东西吃……"

"你穿得一身黑有什么合理的理由吗？还是只为了造型？"

"你，你还敢说我，你自己还不是每次都穿一身红白造型，像在过节似的……"

我嘴里这么回答，并习惯性对四周使用索敌扫描。目前没有怪物的反应。只不过——

"那有什么办法，这是公会的制服……嗯，怎么了吗？"

"没有……"

我迅速举起右手，打断亚丝娜的话。在几乎快到索敌范围外的地方，出现玩家反应。将视线集中在后方，可以看到好几个表示玩家存在的绿色箭头不断闪烁着。

这不可能是由玩家组成的犯罪者集团。那些家伙只会找上比自己等级低的玩家，所以很少会出现在最高等级玩家们聚集的最前线。而且玩家一旦犯下罪行，会有很长一段时间，箭头颜色会由绿色变成橘色。所以现在我所在意的，是这个集团的人数以及列队方式。

我从主选单里把地图调出来，然后把它设定为可见模式，让亚丝娜也能看到。显示出周边森林地形的地图上，因为索敌技能的作用，而有显示玩家所在的绿光浮现出来。玩家共有十二个人。

"真多……"

我点头同意亚丝娜所说的话。队伍人数如果太多，将会很难互相配合，所以一般都是五六个人一起组队。

"而且你看他们的列队方式。"

从地图边缘火速往我们这边靠过来的光点群，是以排列得相当整齐的两列纵队行进着。如果是在危险的迷宫也就算了，但在这种没什么厉害怪物的练级区里，还组成如此整齐的队形，可说是相当罕见。

如果可以得知这个集团成员的等级，大概就能稍微推论出他们的来历。但彼此互不认识的玩家，别说是等级了，连名字都不会轻易表示在箭头上面。这一切都是为了要防止随便"PK"——也就是防止玩家杀人所设定的预设模式。像这种时候，只能直接用肉眼检视他们的装备，然后推测出等级了。

我关掉地图、瞄了亚丝娜一眼，说道：

"我想确认一下。我们就躲到旁边，让他们走过去吧。"

"好吧。"

亚丝娜一脸紧张地点了点头。我们两个离开道路，爬上土坡，找到一处大概有一般人身高那么高的灌木丛之后，便躲在那边的树荫底下。这是可以由上方观察下面道路的绝佳位置。

"啊……"

亚丝娜忽然注意到自己的穿着。红色与白色的制服在绿色灌木林里可说非常醒目。

"怎么办，我没有带替换的衣服……"

地图上的光点集团已经来到相当近的距离，马上要进入肉眼可见的范围了。

"抱歉了……"

我把皮革大衣的前面打开，包住蹲在旁边的亚丝娜。她虽然瞪了我一眼，但最后还是乖乖地把自己的身体全部藏在大衣里面。黑色的破旧大衣虽然不美观，但隐蔽的附加功能相当强。躲得这么隐秘的话，只要对方不用高等级的索敌技能来搜寻，应该就没办法发现我们。

"你看，我这身衣服偶尔也会派上用场。"

"真是！嘘……他们来了！"

亚丝娜小声说完后，把手指放在嘴唇前面。我们立刻将身体蹲得更低一些，这时可以听见些微相当有规律的脚步声传了过来。

不久之后，那个集团的身影便出现在前方的蜿蜒小路上。

所有人的职业都是剑士。身穿一致的青铜色金属铠甲加上墨绿色战斗服。装备全部都是相当实用的设计，不过前面六个人手上拿着的大型盾牌上，刻有相当明显的城堡图案。

前卫六个人的武器是单手剑，后卫六个人则拿着巨大斧枪。因为所有人都把头盔边缘压得相当低，所以没有办法看见他们的表情。看着他们这种整齐划一的行进，感觉上就仿佛这十二个人全都是由系统操纵的同一种NPC。

看到这里已经可以确定，他们就是以底部楼层作为根据地的超巨大公会"军队"的成员。身旁的亚丝娜似乎也已经察觉他们的来历，我可以感觉到她现在正紧张地屏住自己的呼吸。

对于一般玩家来说，他们绝对不是什么敌对的存在。甚至可以说他们是最热心推动防止犯罪行为的团体。只不过他们采取的方法太过于偏激，一旦发现有犯罪者标志的玩家时——因为箭头的颜色又被通称为"橘色玩家"——就马上不分青红皂白发动攻击，对于投降者就解除他们武装，然后送进根据地黑铁宫的监牢区里监禁起来。至于不投降又没能成功逃离的人，将会遭受何种待遇，各种恐怖谣言也早已绘声绘色地传遍了大街小巷。

此外，因为他们时常以多人数的队伍来行动，并且长时间占据练级区，所以在一般玩家之间便有了"别轻易接近'军队'"这样的共识产生。原本这群人主要是在五十层以下的低层区域里，进行维持治安与扩大版图的工作，很少会在最前线看见他们的身影。但现在——

在我们屏住气息的注视之下，十二个重武装战士就这样发出铠甲互相摩擦的金属声，与沉重靴子的脚步声，齐步走过我们下面的道路，最后消失在茂密的森林之中。

现在被囚禁在SAO里面的几千名玩家，应该都是在发售日当天便将游戏入手的超级游戏狂。而这些游戏狂应该是跟"纪律"这个名词最扯不上关系的人群。虽说已经过了两年的时间，但现在他们能够有如此整齐划一的动作，真的非常了不起。他们应该是"军队"里面最精锐的部队吧。

在地图上确认他们已经离开索敌范围之后，我和亚丝娜保持着蹲姿，大大地松了一口气。

"……看来那个传闻是真的……"

被我的大衣包裹着的亚丝娜小声说道。

"传闻？"

"嗯。我是在公会的例行会议上听到的，听说'军队'改变方针，准备到上层区域来进行活动。他们本来也是以完全攻略为目标的公会，只不过在攻略第二十五层时损失惨重，所以才把方针由攻略游戏转变为加强组织，而不再到前线来了。结果听说最近内部开始有不满的声音出现，所以方针才又有所转变，据说他们目前的想法是，与其跟上次一样派许多人进入迷宫结果产生混乱，倒不如派出少数精锐部队，靠他们获得的战果来表现出公会完全攻略游戏的意志。那时候的报告还说，他们的第一批部队应该差不多该出现了。"

"靠实际的行动来宣传自己的公会吗。不过，马上就到这种还没来过的楼层，真的不要紧吗……虽然等级看起来是还蛮高的没错……"

"说不定……就是打算要来攻略头目……"

各层的迷宫区里，都一定会有头目怪物守护着连接上层的楼梯。虽然这种头目级的怪物只有一只，但因为拥有非常恐怖的实力，所以打倒它的确可以造成很大的话题。这想必是很有效的宣传活动。

"所以才会来这么多人吗……但怎么说还是太乱来了。还没有人见过第七十四层的头目呢。通常是要经过不断地侦察，确认过头目的战力和倾向之后，才会招募巨大的队伍前去攻略才对吧。"

"只有在进行头目攻略的时候，才需要公会之间彼此互相协助。那些人不知道有没有这个意思？"

"这很难说……不过那些家伙应该也知道不能随便挑战头目才对。我们也快点走吧。希望在里面不要遇上他们……"

虽然觉得结束这种与亚丝娜紧靠在一起的状况，实在非常可惜，但我还是勉强站起身来。从大衣里钻出来的亚丝娜，可能觉得有些冷而缩起身子。

"马上就要冬天了……我也买件外套比较好。你这件是在哪买的？"

"嗯……我记得是在阿尔格特西区，一位玩家开设的商店里买的……"

"那冒险结束之后带我去吧。"

说完，亚丝娜用轻巧的动作朝三米下方的小路跳了下去。当然我也跟着她一起往下跳，靠参数补正的帮忙，这点高度根本算不了什么。

差不多已是正午时刻。我与亚丝娜一边注意地图，一边尽可能用最快的速度前进。

幸好在穿越森林的途中没遇见任何怪物。穿越森林之后，出现在我们眼前的是开有许多浅蓝色花朵的草原。道路贯穿整个草原往西延伸，底端则可以看到第七十四层的迷宫区，就像在展示自己的威容般屹立在我们眼前。

迷宫区最上面通常会有一间特别大的房间，里面会有凶恶的头目守护着通往上一层——目前是往第七十五层的阶梯才对。突破头目的封锁，到达上一层的主要街道区，让转移门开始运作之后，就算成功达成一个楼层的攻略了。

"开拓城镇"时，会有相当多的玩家为了一探新城镇的风貌与文物而下层涌上来，到时候城镇全体将会笼罩在一片宛如祭典般的欢乐气氛当中。目前的最前线——第七十四层的攻略已经进行了九天，头目的房间应该快要被发现了才对。

耸立在草原另一端的巨塔，是由红褐色砂岩所构成的圆形建筑物。虽然我和亚丝娜已经多次造访内部，但随着距离逐渐拉近，那座几乎要掩盖整个天空的巨大建筑物，仍给我们相当大的压迫感，而这还只是占艾恩葛朗特全体的百分之一高度而已。虽然知道不可能，但我心里还是悄悄怀着有朝一日，要从外部眺望这座巨大浮游城堡全貌的愿望。

看不见军队那群人的身影，应该是已经进入迷宫了吧。我们两个人不禁加快脚步，朝着好不容易离我们越来越近的迷宫区入口前进。

6

大家公认的最强公会——血盟骑士团，到目前为止已经成立了一年以上。

成立伊始，被称为"传说中的男人"的骑士团团长自不用说，连副团长亚丝娜那顶级剑士的身手也为众人所知，"闪光"这个别名在艾恩葛朗特当中，可以说是无人不晓。我现在终于有这个机会，能在近距离看见等级更高，而且已经完成细剑使技能构成的亚丝娜在对上一般怪物时的战斗技巧。

我们现在的位置是靠近第七十四层迷宫区最高处，左右两边有圆柱并排着的回廊中间点。

目前我们正在战斗，敌人是名为"恶魔奴仆"的骷髅剑士。超过两米的身躯缠绕着蓝色磷光，右手拿着长直剑，左手则装备有圆形金属盾。虽然身上没有任何肌肉，但力量值却非比寻常，可以说是相当棘手的怪物。不过，就算面对这样的强敌，亚丝娜还是一步也没有退让。

"呼噜噜咕噜噜噜噜！"

伴随怪异的吼叫声，骷髅手中的剑带出一道蓝色残光，由上方挥了下来。这是四连续技"垂直四方斩"。我在后面几步的位置不安地看着状况，只见亚丝娜踩着忽左忽右的华丽步伐，彻底躲开了对方所有攻击。

就算现在是二对一的状况，但只要遇上有装备武器的敌人，就无法两人同时进行攻击。这并非系统不允许，而是在肉眼看不见的高速刀光剑影下，两个人同时进攻最大的缺点就是会妨碍到彼此的剑技。所以在组队战斗时，就得用上需要高度配合力的"切换"这个技巧了。

恶魔奴仆在四连击技最后的大斩击被躲过后，身体稍稍失去了平衡。亚丝娜趁这个机会马上展开反击。

闪耀白银光芒的细剑，由中段不停刺进敌人身体。她所发出的每一道攻击都命中敌人，而骷髅的HP也随之减少。虽说一击的威力并不是很大，但攻击次数可说是多到难以计算。

连续三次中段突刺后，转换成对开始准备防御的敌人下半身反复砍击，接着往上斜挑的剑尖散发出纯白效果光，并且对敌人施加两次强力突刺攻击。

她竟然使出了八连续攻击剑技。我记得这是名为"星屑飞溅"的高等剑技。即使对上细剑最难应付的骷髅系怪物，她的剑尖还是准确地命中敌人，这里显示出她的技能数值实在高到难以估计。

除了剑技有削除骷髅三分之一HP的威力外，使用者本身在进攻时，那华丽的身影也让我不禁看呆了。我想，所谓的剑舞一定就是我眼前所看到的景象吧。

亚丝娜的背后仿佛长了眼睛，忽然对正在发愣的我喊道：

"桐人，要切换喽！"

"哦，好！"

我急忙拿起剑重新摆好姿势。同时，亚丝娜使出单发的强烈突击剑技。

　　但骷髅用左手的金属盾挡下了剑尖，还因此飞散出大量的火花。不过这只是预料中的结果，敌人在抵挡重攻击后，将会因短暂的硬直时间而没办法马上展开攻击。

　　当然，重攻击被抵挡下来的亚丝娜也会僵硬一段时间，但重要的是要取得这个"时机"。

　　我在千钧一发之际，以突进系技巧冲进敌人正面。故意于战斗中创造出短暂的空当时间，并借此与同伴互换位置，便是所谓的"切换"。

　　用眼角的余光确认过亚丝娜已经退出相当距离后，我重新握紧右手的剑，接着便对敌人发动猛攻。基本上，对付像恶魔奴仆这种身体空隙很多的敌人，砍击技会比突刺技来得有效。当然，如果是像亚丝娜那样的用剑高手又另当别论了。其实最有效的应该是杖锤系的敲击武器，但我与亚丝娜都没有敲击武器的技能。

　　我使出的"垂直四方斩"连续四次攻击都漂亮击中敌人，也大大削减了它的HP。骷髅反应变得颇迟钝，这是因为怪物的AI有一种特征，那就是在面对不同模式攻击时，得需要一点时间来反应。

　　昨天我一个人时，为了营造出这种状况，花了很长时间来诱导蜥蜴人领主的AI；但有同伴在的话，就只要进行切换就可以了。这就是组队战斗最大的优点之一。

　　用武器将敌人的攻击反弹开之后，我开始使用大技来与它一决胜负。首先从右斜上角往下砍的攻击来揭开序幕，接着手腕反转用与高尔夫挥杆时相同的轨道往回砍上来。敌人那只有骨头的身体，每当被剑尖砍中时，都会有橘色光芒随着"铿锵"这样的碰撞声散开来。

敌人原本举起盾牌准备防御由上段砍下来的剑，但我却出乎它意料地奋力用左肩撞去。接下来更朝着失去平衡的骷髅那空荡荡的身体，使出右向水平斩，下一个瞬间再马上用右肩冲撞。这就是为了弥补连续使用强力攻击出现的硬直时间，而用身体冲撞怪物的罕见剑技"陨石冲击"。不是我自夸，除了单手剑之外，还要有体术技能才能够使用这招式。

经过这些攻击，敌人的HP值已经大幅减少到濒死的状态了。我用尽全身力气将七连击最后的上段左向水平斩使了出来。剑就这么带着效果光划出圆弧形，并且准确地像被吸进去般砍进骷髅的脖子，脖子部分的骨头一下子就被切断，当头盖骨因此快速朝天空飞去的同时，留在地上的身体就像断了线的木偶般散落地面，并发出清脆的声音。

"干得好！"

收起剑后，亚丝娜用力拍了一下我的背。

我和亚丝娜暂不分配战利品，继续往迷宫深处前进。

目前为止总共遇到了四次怪物，但我们几乎都没受到损伤便成功打倒它们。跟战斗时喜欢连续使用大技的我相反——亚丝娜的得意招数是通过小、中剑技的连续攻击，来给予敌人AI负担——当然负担指的不是让CPU在运算时产生困难，而是在合理的系统规则内，让敌人动作有所迟疑——进而在战斗中形成对自己有利的状态，从这方面看来，我们的剑技可以说是彼此互补。而且两个人的等级应该也差不多才对。

　　我们谨慎地在并排着圆柱的回廊里前进。虽然说靠着索敌技能的帮助，不怕有敌人偷袭，但在坚硬石板地面上产生回音的脚步声，总是令人感到心神不宁。迷宫里面虽然没有光源存在，但由于周围都充满着不可思议的微光，所以还是可以看得见东西。

　　我仔细观察了一下淡蓝色光线照耀之下的回廊。

　　可以发现迷宫的下半部虽然是由红褐色砂岩所构成，但逐渐向上爬之后，建材就变成潮湿的蓝色石头。圆柱上面有着华丽但令人感到不舒服的雕刻，柱底部分整个没入比路面还低的水道当中。整体而言，建筑物给人的感觉越来越"沉重"。这时地图档案上的空白部分只剩下一点点，如果第六感没有出错，这前面应该就是——

　　回廊尽头有一扇灰蓝色大门等待着我们。大门上满满刻着与圆柱相同的怪物浮雕。虽然这是个全由数据档案制造而成的世界，但总是觉得那扇门内传来不可言喻的妖异气息。

　　我们两个在门前止步，面面相觑。

　　"这个……应该就是……"

　　"应该没错……就是头目的房间。"

　　亚丝娜紧紧拉住我大衣的袖子。

　　"怎么样……要瞧瞧里面的样子吗？"

　　这句话乍听之下似乎是毫不畏惧，但声音里却带着浓浓的不安感。即使是最强剑士，在这种情况下果然还是会感到恐惧。不过这也是理所当然，因为我也一样害怕。

　　"……头目怪物绝不会离开看守的房间。只是打开门，应该……不要紧……才对……"

亚丝娜摆出一副相当无奈的表情，用以回应我那讲到最后已经没什么自信的语气。

"总之还是先准备好转移道具吧。"

"嗯。"

亚丝娜点了点头，从裙子口袋拿出蓝色水晶。而我也跟着这么做。

"准备好了吗……要开喽……"

右手臂依然被亚丝娜拉着，我只好把握着水晶的左手放到门上。在现实世界的话，现在手心应该流满了汗才对。

我缓缓地用力推门，有我身高两倍高的巨大门扉竟然意外平顺地开始动了起来。大门一开始动，就以我们来不及反应的速度同时开启左右门扇。在我和亚丝娜屏息注视之下，完全敞开的大门与强烈的冲击同时停止，接着隐藏在门里的景象便完全呈现出来。

——门虽然开了，但内部仍是一片黑暗。蓝色光线虽然照亮我们立身的回廊，却照不进房间里面。就算我们再怎么睁大双眼凝视，也无法看透那含着冷气的浓密黑暗。

"……"

正当我准备开口的瞬间，离入口不远的两侧地板上，突然"啵"一声各燃起一道蓝白色火焰。这让我们两个同时吓了一跳，整个身体都缩了起来。

稍微远一点的地方，两侧立刻又各燃起一道火焰。接着便一道一道延续下去。

随着啪啪啪啪啪……这样连续的声音，从入口开始一直到房间的中央部分，迅速形成一条火焰道路，最后则是两道相当大的火柱冲天而起。同一时间淡蓝光线便照耀出这个相当深邃的长方形房间里全部的景色。这个房间相当宽敞，刚好可以填满地图上空白的空间。

亚丝娜像是没办法再忍受紧张心情般，用力抓住我的右手腕。但这时候的我根本也没有心情去享受那种感触。因为有一道巨大身影，正从强烈摇晃的火柱后方慢慢出现在我们眼前。

我们得抬头仰望的高大躯体，全身由像粗绳般隆起的肌肉包裹着。肌肤颜色则是不输给周围火焰的深蓝，位于浑厚胸膛上方的，不是人类而是山羊的头。

弯曲的粗大羊角由头部两侧往后方高高立起。眼睛虽然也像燃着蓝白色火焰般散发出光芒，但能够清楚知道它的视线投向我们。它的下半身长满了深蓝色长毛，虽然因为被火焰遮住所以看得不是很清楚，但似乎也不是人类而是动物的下半身。要简单形容这个外貌的话，就是我们口中所谓的恶魔。

虽然从入口到那家伙所在的房间中央还有一段相当远的距离，但我们还是因为极度紧张而无法动弹。到目前为止，虽然和许多怪物战斗过，但还是第一次遇见这种恶魔造型的家伙。虽然这种姿态在许多角色扮演游戏里都有出现过，但像现在这样"直接"面对面之后，还是没有办法压抑内心涌出的原始恐惧感。

我们畏畏缩缩地凝视着怪物，读了一下出现在箭头上方的文字。"The Gleameyes"，没错，它就是这一层的头目，证据则

是在名字前面的定冠词。Gleameyes——闪耀魔眼吗。

当我读到这里的时候，蓝色恶魔忽然抬起高耸鼻尖并发出雷鸣般的吼叫声。同时整排火焰都产生激烈摇晃，震动的感觉还经由地面传递到我们身上。接着它一边从口和鼻中喷出蓝白色蒸汽，一边将右手的巨剑扛到肩上——下一个瞬间，恶魔以猛烈的速度朝我们这边笔直冲了过来，而它的速度甚至让地面产生剧烈震动。

"呜哇啊啊啊啊啊！"

"哇呀呀呀呀呀呀！"

我们两个同时发出惨叫，马上转身全力向前冲刺。就算脑袋里清楚知道"头目怪物不会离开房间"这个原则，但我们还是没办法停下自己的脚步。锻炼出来的敏捷度这时候发挥功效，我与亚丝娜两个人像疾风般穿越长回廊，全力逃跑了。

我和亚丝娜专心朝设于迷宫区中间地带的安全区域跑了过去。虽然途中数度感觉到被怪物盯上，但我们实在没有空去理它们。

冲进被指定为安全区域的房间后，我们两个人都靠在墙壁上慢慢坐下来。用力吐了一口气后看着彼此的脸。

"噗……"

接着两个人同时笑了出来。如果冷静地叫出地图来确认，马上就可以知道那个巨大恶魔没有离开房间，但无论如何就是没有办法停下自己的脚步。

"啊哈哈，逃得可真快！"

亚丝娜整个人坐在地上，一脸愉快地笑着。

"已经很久没有像这样拼命逃跑了。不过桐人你逃得比我还夸张就是了！"

"……"

实在没办法否认。亚丝娜看着我气愤的表情，窃笑着挖苦我。后来好不容易才收起笑容，正色说道：

"……那家伙看来相当棘手呢……"

"说得也是。匆忙一瞥之下，看到它的武器似乎只有一把大型剑，但应该有什么特殊攻击才对。"

"只能在前卫安排许多防御值高的人，然后不断切换了。"

"希望能有十个装备盾的家伙在……不过，到时候也只能先一点一点地进攻，然后摸清它的动作套路再来决定对策了。"

"装备盾吗？"

亚丝娜对我投以有所示意的眼神。

"什，什么啊。"

"你一定有事瞒着我对吧。"

"你忽然在说些什么啊……"

"因为真的很奇怪嘛。一般来说单手剑最大的优点不就是另一手可以拿盾牌吗？但我从没看过桐人你拿盾牌。我是因为会降低细剑的速度，也有人是为了造型而不拿盾牌，你的话应该不属于上述原因。这样真的很可疑……"

被她说中了，我的确拥有隐藏技能。但是到目前为止，我还没有在别人面前使用过。

因为技能情报可以说攸关一个玩家的生死存亡。而且我认为这个技能如果一旦被人家知道了，将会与周围的人产生更深的鸿沟。

不过，这女生的话——就算被她知道应该也没关系吧……

当我想到这里，正准备开口时，她却笑着说道：

"算了，没关系。探查别人的技能本来就是不礼貌的事情。"

失去开口时机的我只好又把嘴闭上。亚丝娜瞄了一下时钟确认时间之后，瞪大眼睛说道：

"哇，已经3点了。虽然已经有点晚了，但还是来吃午餐吧。"

"什么……"

我突然开始兴奋了起来。

"你，你亲手做的吗？"

亚丝娜默默地微笑一下表示肯定后，便开始迅速操纵着选单。她把白色皮革手套装备解除，然后调出一个小篮子。跟这个女的组队至少还有这个好处嘛——当我冒出这种无礼想法的瞬间，她忽然瞪了我一下。

"……你在打什么坏主意？"

"哪，哪有啊。快点给我吃吧。"

亚丝娜虽然气得噘起嘴，但还是从篮子里拿出两大包用纸包起来的东西，并将其中一包递给我。我匆匆打开，发现里面是由薄切圆面包夹大量烤肉与蔬菜所制成的三明治。同时类似胡椒的香味开始飘散在空中。忽然感受到强烈空腹感的我，二话不说便张嘴咬了下去。

"真……真好吃……"

我狼吞虎咽地吃了几口后，感想也不由得脱口而出。外表看起来虽然与艾恩葛朗特NPC餐厅里贩卖的不知名异国风味料理相似，但味道却完全不一样。这种比较浓的甜辣味，就跟两年前我常光顾的日式速食店里的味道完全相同。我忍住因为太过令人怀念的味道而快流下的泪水，专心吃着这个大三明治。

把最后一块吞进去后，我接过亚丝娜递过来的冰茶，一口气喝干。这时我才总算回过气来。

"你是怎么做出这种味道……"

"这可是经过一年的修行与钻研的成果哦。是把艾恩葛朗特里面，那一百种左右的调味料，对味觉再生引擎会产生什么样的数值，全——部解析过后，才完成这种味道。这是把葛罗克瓦树的种子，以及修布尔树的叶子，加上卡利姆水综合起来的结果。"

亚丝娜边说边从篮子里拿出两个小瓶子，拔开一边的瓶盖之后把食指伸了进去。当她把手指拔出来时，已经沾着不知该如何形容的紫色黏稠状物体。她接着说道：

"嘴巴张开。"

虽然感到不解，但还是反射性地张开嘴。亚丝娜瞄准我的嘴巴弹了一下手指。弹进嘴里的黏稠液体，味道着实让我打从心底吓了一大跳。

"……是蛋黄酱！"

"然后这种是阿皮鲁巴豆与萨古叶，再加上乌拉鱼骨头。"

虽然注意到最后一样是解毒剂的原料，但我还来不及确认，液体就又弹进我的嘴里了。这次的味道让我感觉到比刚才还要强烈的冲击，那毫无疑问是酱油的味道。由于实在太过感动，我想也不想就抓起亚丝娜的手，嘴巴直接往手指吸了过去。

"哇呀！"

大叫的同时，亚丝娜将手指抽回去并狠狠瞪着我。但在看见我呆滞的脸孔后，又忍不住笑了出来。

"刚刚的三明治酱料就是用这个做出来的。"

"……太厉害了！无可挑剔！你如果卖这个的话一定会赚大钱！"

老实说，跟昨天的杂烩兔料理比起来，我觉得今天的三明治更加好吃。

"是，是吗？"

亚丝娜一脸不好意思地笑了起来。

"不对，还是不要卖比较好。到时候我吃不到怎么办。"

"你很小心眼耶！等我想做的时候会再做给你吃啦。"

小声说完最后一句话，与我并肩而坐的亚丝娜肩膀稍微碰到了我的肩膀。一股让人几乎忘记我们正在战场的宁静沉默笼罩周围。

如果每天都能够吃到这样的料理，那我倒是可以委屈一下搬到塞尔穆布鲁克……亚丝娜家旁边去……当我不自觉如此想着，甚至差点把这想法说出口时——

忽然，有一群玩家伴随着铠甲发出的声响从下方的入口走了进来。我们两个立刻分开，并且拉开距离坐好。

一看见这六人小队的首领，我的肩膀马上就放松了下来。因为那个男人正是我在这座浮游城堡里认识最久的刀使。

"哦哦，桐人！好久不见了。"

那个高大的男人注意到是我之后，带着笑容往这边走了过来，而我也站起身跟他打招呼。

"你还活着啊，克莱因。"

"你这家伙还是一如既往地狗嘴里吐不出象牙。难得你竟然还有同……伴……"

看见快速把东西收拾好的亚丝娜后，额头上绑着低级图案头巾的刀使瞪大了眼睛。

"啊……那个，在头目战时应该有见过彼此才对，不过还是介绍一下好了。这家伙是公会'风林火山'的克莱因。这位是'血盟骑士团'的亚丝娜。"

我介绍的时候亚丝娜稍微点了一下头，但这时克莱因除了眼睛之外，连嘴巴也维持在张开的状态下动也不动。

"喂，说点话啊。你是卡了吗？"

用手肘戳了一下他的腹部后，克莱因才好不容易闭上嘴，接着用相当夸张的速度低头行了个最敬礼。

"你，你好！我，我，我叫克莱因今年二十四岁单身！"

看到这个慌张到口不择言的刀使，我这次多用了一些力朝他腹部捶了下去。不过还没等克莱因把话说完，在后面的其他五个成员便争先恐后跑上来，全部的人都抢着自我介绍起来了。

"风林火山"的成员全部都是在玩SAO以前便认识了。克莱因他一个人守护全部的同伴，并且指导他们成长到足以担任攻略组的一员。两年前——在这个死亡游戏开始的日子，让我感到胆怯并拒绝承受的重担，他一个人独力扛下来了。

我把渗入心底深处的自我厌恶感吞下肚里，转过身来对亚丝娜说道：

"嗯……虽然领队的脸看起来像是一个坏蛋，但他们都是不错的人啦。"

这次换克莱因用力朝我的脚踩了下去。旁边的亚丝娜看见我们这个样子，忍俊不禁地弯着身子开始笑了起来。克莱因原本脸上还露出害羞般的扭曲笑容，忽然间又像回过神来似的抓住我的手臂，用极力压抑但还是听得出充满杀气的声音问：

"怎怎怎怎么回事啊桐人？"

亚丝娜直接走到穷于回答的我身边，用相当清晰的声音说：

"你好。我这阵子都会跟这个人一起组队，请多指教。"

我听到她这么说时内心吓了一大跳，想着："我们不是只有今天组队而已吗？"而克莱因他们脸上则马上显现出失望与愤怒交织的表情。

　　不久后克莱因用充满杀气的眼神看着我，咬牙切齿地怒吼："桐人，你这家伙……"

　　当我心里想着这下可不是简单就能脱身，并感到相当无奈的时候……

　　从这群人刚刚过来的方向又传来脚步声与金属声，这告知我们又有一群人来了。听到那异常整齐的声音，亚丝娜带着紧张的表情碰了碰我的手腕，悄声说道：

　　"桐人，是'军队'！"

　　我马上往入口那里看去，出现在那里的，果然是曾在森林里见到的重装部队。克莱因举起手要五名同伴退到墙边。军队依然是以两列纵队的排列方式行军走入房间，但已经没有在森林时那么整齐划一了。他们的脚步沉重，从头盔底下的表情也可以看出他们相当疲劳。

　　部队到达安全区域的另一端之后便停了下来。站在前面的男人一开口说"休息"，剩下的十一个人便发出巨大声音倒卧或坐在地上。男人看都不看自己的同伴一眼，便朝我们这里走了过来。

　　仔细一看，可以发现男人的装备与其他十一个人有些许不同。除了金属铠甲是高级品之外，胸口的部分也画有其他人所没有的，以艾恩葛朗特全景为原形设计出来的徽章。

　　男人在我们面前停下脚步，把头盔摘了下来。他是个相当高大的男人，年纪大概在三十岁出头，四角形的脸配上一头极短发，粗眉毛下的小小眼睛闪烁着锐利光芒，嘴巴则紧紧地闭着。他视线往我们这里一扫，对站在最前面的我开口说道：

"我是隶属艾恩葛朗特解放军的柯巴兹中校。"

真让人意想不到。原本"军队"只是集团外部的人为了挪揄他们所取的外号，但不知何时竟已经成为他们的正式称呼了。而且还自称"中校"。我心里虽然感到有点讨厌，但还是简短地自我介绍："桐人，独行玩家。"

男人轻轻点了点头，用傲慢的口气接着问道：

"你们已经攻略过前面的区域了吗？"

"嗯……地图已经记录到头目房间前面了。"

"唔，那希望你能提供地图档案给我。"

看到男人这种一副理所当然的态度，就连我也有点吓了一跳。但站在后面的克莱因跟我不一样，只见他粗声粗气地喊道：

"说什么……要我们提供？你这家伙知道记录地图要花多少心血吗？竟然敢讲这种话！"

未攻略区域的地图档案可说是相当重要的情报。在以宝箱为目标的宝物猎人之间可以卖得很高的价钱。

一听到克莱因的声音，男人马上扬起单边的眉毛，抬起下巴大声回话道：

"我们正为了解放你们这些一般玩家而战！"

接着又说道：

"协助我们也是你们应尽的义务！"

——所谓的蛮不讲理，指的应该就是这种态度吧。明明这一整年来，军队几乎都没有积极参与过楼层攻略。

"等一下，你这人怎么……"

"你这家伙……"

站在左右两边的亚丝娜与克莱因，发出怒气即将爆发的声音，但我用手制止了他们。

"反正本来就准备要回到城镇就公开，给他也没关系。"

"喂喂，你人也太好了吧桐人。"

"我没打算把地图档案拿来卖钱。"

我一边说一边叫出交易视窗，把迷宫区的档案传给自称柯巴兹中校的男人。男人面无表情地接收完档案，用完全听不出有感谢之意的声音说了句"谢谢合作"之后就转过身去。我对着他的背后说道：

"我劝你还是不要随便去攻打头目比较好。"

柯巴兹稍微转了过来。

"这要由我来判断……"

"我们刚刚去看过头目的房间，那不是随便一些人就可以对付的敌人。而且你的同伴们看起来也已经相当疲劳了。"

"……我的部下不是这种程度就会唉唉叫的软脚虾！"

虽然柯巴兹在提到"部下"时，用有点愤慨的口气强调了一下，但那些正坐在地上的"部下"们，却似乎不怎么同意他所说的话。

"你们这些家伙马上给我站起来！"

听到柯巴兹这么说，他们才慢慢站起身，排成两列纵队。柯巴兹看也不看这里便直接站到队伍前面，先举起一只手又迅速向下挥。十二个人整齐举起武器，沉重的装备发出声响，重新开始进军。

　　虽然他们的HP值看起来是全满没错，但SAO内部紧凑的战斗将会带来看不见的疲劳感。留在另一个世界里的真正肉体虽然没有任何动作，但这些疲劳感是得在这边经过睡眠、休息才能够消除的。在我看来，军队的玩家们因为不习惯最前线的战斗，体力已经消耗殆尽了。

　　"……那些家伙没问题吗……"

　　等军队的部队消失在通往上层的出口，而且听不到他们规律的脚步声后，克莱因用担心的声音如此说道。这家伙真是个好人。

　　"就算再怎么笨也不会马上就跑去攻打头目才对……"

　　看来亚丝娜也有点担心。那个叫柯巴兹中校的家伙讲话的口气，确实让人有种他会鲁莽行事的感觉。

　　"……还是跟去看一下比较好吧？"

　　我说完之后，不只克莱因跟亚丝娜，连另外五个人也跟着同意了。

　　我虽然边苦笑边想着"大家怎么人都那么好"，但还是下定决心跟上去看看。如果现在就离开迷宫，之后又知道刚刚那群人没回来的话，会害我晚上睡不好觉。

　　迅速确认完装备，准备往前走时，忽然有声音传进我耳里。

　　可以听见背后的克莱因正小声对亚丝娜说话。当我正觉得这家伙实在是学不乖而露出苦笑时，他们说话的内容却大出我的意料。

"啊——那个，亚丝娜小姐。怎么说才好呢……那家伙，桐人就请你多照顾了。虽然是个不太会说话、又不会做人的笨蛋战斗狂……"

我马上向后冲，用力拉扯克莱因的头巾尾端。

"你、你在胡说些什么啊！"

"因、因为……"

刀使歪着头，搓搓自己下巴的胡子，接着说道：

"你难得会跟人家组队。就算是中了美人计，也算有非常大的进步了。所以我才会……"

"我、我才没有中什么美人计呢！"

虽然我如此反驳，但克莱因和他五个同伴，甚至不知道为什么，连亚丝娜都带着微笑盯着我看，我只好歪着嘴转过身去。

接着又听见亚丝娜对克莱因说"交给我吧"的声音。

我一边用靴子踩出清脆的声音，一边朝通往上层的通路逃了出去。

▶11

运气不好的我们在中途遇上了一群蜥蜴人，当我们八个人到达最上面的回廊时，已经是离开安全区域半小时之后的事了。而我们在途中也没有碰到军队的队伍。

"会不会已经用道具回去了呢？"

虽然克莱因开玩笑似的如此说道，但我们每个人都不觉得他们会这么做。因此我们自然而然地加快了在长廊前进的速度。

大约走到一半的距离时，让我们确定心中的不安已经成为事实的证据，在回廊里发出回音，传进我们的耳朵里。一行人马上竖起耳朵仔细听着。

"啊啊啊啊啊啊……"

虽然只能听到细微的声音，但那毋庸置疑是惨叫声。

而且惨叫还不是由怪物所发出的。我们几个互相对看之后，一起开始跑了起来。由于我和亚丝娜敏捷值较高，所以我们两个离克莱因他们越来越远，但这时候已经没空去理这些事情了。踩过闪烁蓝光的潮湿石板，我们像一阵风似的，朝跟刚刚相反的方向飞奔而去。

不久后，那扇已经往左右两边敞开的大门出现在远处。同时可以看见剧烈燃烧着的蓝色火焰在黑暗中摇晃。除了这些效果外，当然还有那在深处蠢动的巨大身影，以及断断续续响起的金属音和惨叫声。

"笨蛋……"

亚丝娜发出悲痛的叫声，并加快了自己的速度，而我也紧跟在她后面。我们的脚尖几乎没有着地，简直像用飞的一样，我想这已经是接近系统辅助速度的极限了。矗立在回廊两边的圆柱，以非常快的速度往后退。

快到门口时，我和亚丝娜紧急减速，靴子的鞋钉因此飞溅出火花，好不容易才在将近入口的地方停了下来。

"喂，没事吧！"

我一边叫一边把半个身子探了进去。

大门的内部——是一幅恍如地狱般的景象。

整片地板上喷着格子状的蓝白色火焰。而屹立在中央背对着我们的那个巨大金属躯体，就是蓝色恶魔——The Gleameyes。

它正从可憎的山羊头部喷出火焰般的气体，并将右手那可以称之为斩马刀的巨剑左右纵横挥舞着。而它的HP根本减少了不到三分之一。在它对面的，是与恶魔相较之下显得非常渺小的身影——军队的部队，他们正努力四处逃窜。

现在的他们已经毫无纪律可言了。我马上确认一下人数，发现已经少了两个人。如果是已经用转移道具脱离战场的话就好了——

正当我这么想的时候，有一个人被斩马刀的刀身扫中而整个人跌倒在地上，这时他的HP已经进入红色危险范围了。不知道为什么会变成这种状况，但恶魔就盘踞在军队和我们所在的入口中间，如此一来就根本没办法从入口处脱离。我对着倒地的玩家大声叫道：

"你在干什么！快点用转移道具啊！"

但是男人马上将脸转了过来——他被火焰照成蓝色的脸上带着明显的绝望神情，大声回话：

"不行啊……水……水晶没有用！"

"什……"

我整个人说不出话来。这个房间是"水晶无效化空间"吗。虽然这是在迷宫区里偶尔会见到的陷阱，但至今还没有在头目房间遇过这种情形。

"怎么会这样……"

亚丝娜屏住了呼吸。因为这么一来就没办法安心进去里面救人了。这时候，在恶魔另一侧的一名玩家高高举起剑，发出怒吼：

"你们到底在说些什么！我们军人的字典里面没有撤退两个字！起来战斗！快起来作战！"

这毋庸置疑是柯巴兹的声音。

"这个混蛋……"

我忍不住破口大骂。在水晶无效化空间里有两个人不见踪影——也就代表着他们已经死亡、消失了。最应该避免的事态都发生了，这个男人竟然还在说这种话。感觉上我的愤怒已经快让血液沸腾起来了。

克莱因他们六个人这时候才追了上来。

"喂，现在是怎么一回事！"

我简短地把事情经过告诉了他。听完之后，克莱因扭曲着脸说道：

"难……难道就没办法了吗……"

或许我们可以杀进去，为他们开出一条血路来撤退，但在这种无法紧急脱离的空间里，连我们这边都有可能出现牺牲者，现场的人数实在太少了。正当我感到犹像时，在恶魔另一侧的柯巴兹好不容易重整起部队，接着又开口发出命令。

"全员……突击！"

由于十个人里面，已经有两个人的HP减到了极限而倒在地板上。所以剩下的八个人便排成一列各四个人的横列，接着，站在队伍中央的柯巴兹举起剑来开始向前突进。

"快住手！"

但我的喊叫声显然已经传不到他们耳里了。

这样的攻击实在是太过有勇无谋了。像这样八个人同时进攻根本不能顺利使出剑技，只是徒增混乱而已。跟同时进攻比起来，每个人轮流给怪物一点伤害之后，马上进行切换才是有效的战术。

恶魔像仁王般站立着，它边发出引起震动的吼叫声，边从嘴里喷出炫目的气体。看来似乎被它的气息喷中也会受到伤害。他们八个人被蓝白色光辉包围之后，突击的速度便减缓了下来。而恶魔马上趁这时候将手中巨剑挥了过去。他们其中一个人像被捞起来似的砍飞，直接越过恶魔的头上，整个人用力摔在我们面前。

这个人正是柯巴兹。

他的HP完全消失了。带着还不能理解自己身上究竟发生了什么事的表情，嘴巴慢慢动了起来。

——怎么可能。

无声地说完这句话后，柯巴兹的身体伴随着刺激我们神经的效果音，变成无数碎片飞散开来。看见一个人如此简单就在我们眼前死去，旁边的亚丝娜发出了很短的尖叫声。

失去领袖的军队，队伍马上就瓦解了。他们一边哀号一边到处逃窜。而且所有人的HP都已经降到一半以下。

"不行……这样下去……不行……"

听到亚丝娜仿佛好不容易才挤出来的声音后，我吓了一跳，赶紧往旁边看。虽然我马上伸出手准备抓住她……

但还是晚了一步。

"不行啊——"

亚丝娜喊叫着并且像疾风般冲了出去。她与在空中抽出的细剑一同化为闪光，往恶魔刺了过去。

"亚丝娜！"

我大叫并且在没有办法的情况下，也拔剑跟在她后面冲了进去。

"管不了那么多了！"

克莱因他们也一起发出声音，追随我们进到房间里。

亚丝娜奋不顾身的一击，在恶魔没有注意到的情况下击中了它的背部。但是HP却几乎没有减少。

闪耀魔眼随着怒吼声转过身来，以猛烈的速度斩下斩马刀。亚丝娜虽然马上踏步伐闪躲，却因为无法完全闪开而受到余波冲击倒在地上。大剑的连击马上又无情地朝她而来。

"亚丝娜——"

几乎让整个身体冻僵的恐惧感袭上心头，我奋力朝亚丝娜与斩马刀中间跳去。千钧一发之际，我的剑成功将恶魔的攻击轨道稍微错开来。紧接着便是一阵难以想象的冲击传遍全身。

互相交错的刀身先是迸出火花，接着由上方挥下的巨剑撞击在距离亚丝娜身边一点点的地面上，伴随着爆炸声，地上出现了一个深邃大洞。

"快退下！"

我大叫并准备抵挡恶魔的追击。接着不断向我招呼过来的每一剑，都带有足以致死的压倒性威力，令我根本没有反击的机会。

闪耀魔眼所使用的基本上是双手大剑技，但却又跟一般大剑技有些微妙的差异，让人无法先读出攻击模式。我将全部精神集中在使用武器、步伐来反弹与闪躲等防御动作上，但它每一击的威力实在太过强大，以至于刀刃时常会掠过身体而让HP一点一点慢慢地减少。

从眼角可以看见克莱因与他的同伴们，正将倒在地上的军队玩家拉到房间外面。只不过因为我和恶魔在正中央战斗，所以搬运动作进行得相当缓慢。

"呜！"

敌人的攻击终于准确地击中了我的身体。身体受到足以令人麻痹的冲击，HP值也一下子减少许多。

我身上的装备与技能构成原来就不利于防御。再这样下去只有死路一条。死亡的恐惧带着令人僵硬的冰冷感觉贯穿我全身。如今也已经没有脱离的机会了。

唯一剩下的选择就是改为强化攻击模式，用上全部力量来对付敌人。

"亚丝娜！克莱因！帮我撑个十秒钟！"

我这样喊着，右手的剑用力一挥挡开恶魔的攻击，勉强制造出空当时间后便往地上滚开。克莱因马上代替我冲进来用大刀应战。

只不过克莱因的大刀与亚丝娜的细剑都因为是重视速度的武器而缺乏重量。我想他们应该没办法抵挡恶魔的巨剑才对。我滚落在地上的时候，左手向下一挥把主选单调了出来。

现在开始不容许有任何操作错误。我压抑住自己剧烈的心跳，右手手指开始动了起来。首先拉下所持道具选单，点选一样道具并将它实体化。接着将刚才点选的道具设定到装备人偶的空白部分上，然后打开技能视窗，变更目前选择的武器技能。

全部操作结束，按下OK按钮关掉视窗后，我确认了背上新增加的重量，抬起头来喊道：

"可以了！"

我看见克莱因吃了一记攻击，HP一边减少一边向后退。这时候原本应该马上使用水晶恢复体力才对，但水晶在这个房间里面没有办法发挥效用。现在与恶魔对峙的亚丝娜的HP也在数秒钟之内就因为低于五成而变成黄色了。

听到我的声音之后，亚丝娜背对着我点了点头，然后伴随尖锐的喊叫声使出突刺技。

"呀啊啊啊啊！"

划出纯白残光的一击，在空中与闪耀魔眼的剑互相冲突而飞散出火花。两者随着剧烈的声音往后退开，接着出现了空当时间。

"切换！"

看准这个时机喊完之后，我便朝敌人正面冲了过去。刚刚从僵硬状态恢复过来的恶魔将剑高高举了起来。

我右手的爱剑将对方划着火炎般轨迹斩落的剑反弹回去后，左手马上就绕到背上握住新剑的剑柄。拔剑之后的第一击，立刻往恶魔身体上招呼。这第一次的完全攻击，好不容易可以看见那家伙的HP有所减少。

"唔哦哦哦哦哦！"

发出愤怒的吼叫声，恶魔再度施放由上段向下砍的斩击。这次我交叉手里的剑来稳稳接住它的攻击，然后将剑推了回去。到目前为止一直采取守势的我，决定趁那家伙失去平衡时，来个一笔勾销，于是我便展开一连串的攻击。

右手剑从中段砍进去，左手剑马上跟着刺进恶魔的身体。右、左、再接右。脑部思考回路以快要燃烧起来的速度，控制我不断挥着剑。尖锐的效果音不断响着，流星般飞散的白光照耀整个空间。

这就是我的隐藏技，特别技能"二刀流"。现在使出的就是它的上级剑技，连续十六次攻击的"星爆气流斩"。

"唔哦哦哦哦哦啊啊啊！"

毫不理会恶魔的剑弹开了几次攻击，我只是吼叫着然后不断把自己的剑往恶魔身上砍。我的眼眶发热，眼里只看得见敌人的身影。虽然恶魔的剑也不时碰到我的身体，但感觉上那股冲击就像是从另一个遥远世界传过来一般。肾上腺素在全身发挥作用，每当剑击中敌人时，脑神经都像遭到电击一般。

快点，再更快一点。这时我已用比平时快两倍的速度来挥动双剑了，但已经紧绷到极限的神经还是感到不够迅速。只见我用甚至超乎系统辅助以上的速度不断进行攻击。

"……啊啊啊啊啊啊啊啊啊!!"

与吼叫声同时绽放出来的第十六击，贯穿闪耀魔眼的胸口中央。

"唔啊啊啊啊啊啊啊啊啊啊啊!"

回过神来，才发现吼叫的不只是我自己而已。仰望天空的巨大恶魔一边从口鼻喷出大量气息，一边咆哮着。

当我发现敌人全身僵硬住的瞬间——

闪耀魔眼就变成巨大蓝色碎片炸开来。房间里降下了许多闪烁着光芒的粒子。

结束……了吗？

我因为战斗的余热而感到晕眩，但还是在无意识中将双剑甩了一下，同时收进背上交叉吊着的剑鞘里。我立刻确认了一下自己的HP。可以看见红色的线上仅剩下一点点残值。当我事不关己似的注视着HP时，忽然感到全身瘫软，接着没有发出任何声音地倒在地板上。

我瞬间失去了意识。

"……醒！桐人醒醒啊！"

亚丝娜近似哀号的叫声将我的意识勉强拉了回来。贯穿头部的疼痛感让我不由得板着脸撑起上半身来。

"痛痛痛……"

看了一下周围，发现这里是刚刚的头目房间。而空中还飞舞着蓝色光线残渣。看来我失去意识的时间只有几秒钟而已。

亚丝娜蹲在地上，将整张脸靠近我的眼前。可以见到她眉头深蹙，嘴唇紧咬，好像快哭出来的模样。

"笨蛋……这么乱来！"

她这么叫着的同时，也以很快的速度搂住我的脖子，我则是因为这突如其来的状况而吓到忘了头痛，只能不断眨着眼睛。

"……你再抱得这么紧，我的HP就会完全消失啦。"

我带着开玩笑的语气如此说道，但亚丝娜听完后脸上却出现了真正生气的表情。接着我的嘴里被塞进了小小的瓶口。流进嘴里那类似绿茶混合柠檬汁味道的液体，是高级回复药水。如此一来，五分钟过后HP值便能完全恢复了，但全身的倦怠感应该没有那么容易消除才对。

亚丝娜确认我将瓶里的药水喝完之后，面容便开始扭曲了起来。为了隐藏自己这样的表情，她将额头靠在我的肩膀上。

我听到脚步声响抬起头来后，就看见克莱因有些顾忌地对我说道：

"残存的军队那群人已经恢复完毕，不过柯巴兹和另外两个家伙不幸死了……"

"……这样啊。上一次头目攻略战出现牺牲者，已经是第六十七层时的事了……"

"这根本不是什么攻略。柯巴兹那个混账……人死了还有什么用呢……"

克莱因嘴里吐出这句话后，摇着头深深叹了一口气。接着像要转换心情般开口对我问道：

"话说回来，你刚刚那是什么技巧？"

"……不说行吗？"

"当然不行！我可从没见过那种剑技！"

我这时才发现，房间里除了亚丝娜之外，每个人都沉默着等我开口说话。

"……是特别技能啦。叫做'二刀流'。"

哦哦……这种惊叹声从军队的残存者以及克莱因的同伴之间传了出来。

各式各样的武器技能通常是依据一定顺序的修行来循序渐进习得。以剑来当例子的话，基本的单手直剑技能成长到某种程度，并满足某种条件之后，选单上就会出现可以选择的"细剑"或"双手剑"等技能。

克莱因脸上出现非常有兴趣的表情，马上急着问道：

"出，出现条件是？"

"知道的话我早公开了。"

面对摇着头的我，刀使也低声答了句"说得也是"。

有人说，出现条件仍未知的武器技能可能是由随机条件决定，因此才会称为特别技能。现在在我身边的克莱因，他的"大刀"也是特别技能之一。只不过大刀技能并不是那么罕见，只要不断修行曲刀就有很高的几率会出现。

像这个样子，目前所知道的十几种特别技能，大概最少都有十个人以上成功习得，只有我的"二刀流"和另一个男人的技能不是如此。

这两种技能应该都各自只有一名习得者，可以称之为"独特技能"。至今为止我一直隐藏自己的二刀流技能，但从今天开始，我是第二名独特技能拥有者这件事，应该就会传遍大街小巷吧。毕竟已经在这么多人面前用出来，就不可能再隐瞒下去了。

"真是，太见外了吧桐人。有那么厉害的技能还瞒着我。"

"如果知道怎么才能让技能出现的话，我就不会隐瞒了。但说真的，连我自己也搞不懂是怎么回事。"

面对克莱因的抱怨，我也只能耸耸肩如此回答。

我所说的没有半点虚假。一年前的某一天，当我随性看着视窗时，里面就已经出现"二刀流"这个名称了。根本不知道出现条件是什么。

之后我在进行二刀流技能修行时都会选择没有人烟的地方。在几乎完全习得之后，当独自进行攻略面对怪物时，也只有在非常紧急的状况下才会使用二刀流。除了是把这种技能当成危急时救命的法宝外，自己也实在不喜欢因为这种技能而引人注目。

　　我甚至还希望赶快出现除了我之外的二刀流使用者，但却事与愿违——

　　我用指尖搔着耳朵周围，继续小声地说道：

　　"……如果让人知道了我有这种罕见的技能，不但会一直被人追问……还会招来不少麻烦，所以……"

　　克莱因深深点了点头。

　　"线上游戏玩家很容易嫉妒别人。当然像我这种心胸宽大的人是不会啦，不过的确是有很多小鼻子小眼睛的家伙。再加上呢……"

　　说到这里他便闭上嘴，但用似乎意味着什么的眼神，看着紧紧抱住我身体的亚丝娜，接着对我微笑了一下。

　　"嗯……你就把接下来的辛劳也当成修行的一部分，好好努力吧，年轻人。"

　　"少胡说八道了……"

　　克莱因弯下腰拍了一下我的肩膀之后，转身朝"军队"的生存者们走了过去。

　　"你们几个可以自己回本部吗？"

　　其中一个看起来只有十几岁的人点了点头，回答道：

　　"可以。那……那个……谢谢你们。"

　　"你们要道谢的人应该是他。"

　　克莱因用大拇指朝这边指了一下。军队的玩家们摇摇晃晃地站起身来，对着坐在地上的我和亚丝娜深深一鞠躬，便离开了房间。一到回廊便一个个拿出水晶传送离开了。

蓝色光芒消失之后，克莱因双手叉腰，一副准备进行下一个步骤的模样。

"我们打算直接到第七十五层的传送门那边让它开始运作，你要来吗？你可是今天的大功臣，要不要由你来启动？"

"不了，交给你们吧。我太累了。"

"这样啊。那回去的时候，路上小心……"

克莱因点了点头之后对同伴打了个招呼。之后六个人便一起走向房间深处的一扇大门。门的另一边应该有通往上层的阶梯才对。刀使在门前停了下来，稍微转过身子来对我说道：

"那个……桐人啊。你冲进去帮助军队那群人的时候……"

"……怎么样？"

"我啊……该怎么说呢，我真的觉得很高兴。我要说的只有这些，再见了。"

真不知道他在说些什么。克莱因对感到疑惑的我伸出右手大拇指比了一下之后，打开门与同伴们一起消失在门的那头了。

只剩下我和亚丝娜两个人留在宽广的房间里。从地板喷出的蓝色火焰不知何时已经沉静下来，席卷整个房间的妖气也像骗人般消失无踪。四周围充满与回廊相同的柔和光线，地板上甚至连刚才死斗的痕迹都没有留下。

我对着头还靠在我肩膀上的亚丝娜说道：

"喂……亚丝娜……"

"……我好害怕……心里想着……要是你死掉了我该怎么办……"

她颤抖的声音里带着至今从未听过的软弱。

"……你还敢说，是你先冲进去的吧。"

我一边说着一边把手放在亚丝娜肩膀上。虽然像这样毫不顾忌地碰她，会有被误认为是性骚扰的危险性，但现在不是考虑那么多的时候。

我把她轻轻拉了过来，同时右耳传来几不可闻的微弱声音。

"我暂时不去公会了。"

"不，不去了……为什么？"

"……不是说过要暂时跟你组队……你忘了吗？"

听到这句话的瞬间……

内心深处竟然会有一股强烈的渴望油然而生，这让我自己也吓了一跳。

我——独行玩家桐人，是为了在这个世界存活下去而舍弃其他所有玩家的人。是在两年前，一切事情开始的那一天，背弃自己唯一的朋友，无情转身离开的胆小鬼。

这样的我，连同伴都没资格拥有了——何况是比同伴更亲密的存在呢。

我应该已经从无可挽回的惨痛经验里学习到这件事才对。我已经发下重誓不再犯同样的过错，不再奢望得到别人的心了。

但是……

我僵硬的左手就是怎么样也没办法离开亚丝娜的肩膀。就是没办法离开因互相碰触而传来的假想体温。

我抱着巨大的矛盾、犹豫以及另一种莫名的情感，简短地答道：

"……那好吧。"

听到我的回答，靠在我肩膀上的亚丝娜点了点头。

隔天。

我从早上就躲进艾基尔的杂货店二楼。整个人陷在摇椅里面，跷着脚带着不愉快的心情，啜着味道很奇怪的茶。我想这茶应该是店里的不良库存吧。

整个阿尔格特——不对，大概全艾恩葛朗特都在讨论昨天的"事件"。

原本光是完成楼层攻略、通往新城镇的传送门开通这些事情，就已经充满话题性了，现在还多了好几个话题。例如"让军队的庞大部队全灭的恶魔""二刀流使单独击败恶魔时的五十连击"等等，整件事情被渲染得太过夸张了。

不知道他们从哪里得来的消息，一大清早就有些剑士和情报贩子跑到我住的地方，害我不得不使用水晶才得以脱身。

"我一定要搬家……搬到某个超乡下楼层，让人绝对找不到的村庄里……"

艾基尔微笑着，向不断碎碎念的我走了过来。

"哎呀，别这么说嘛。偶尔当个名人也不错啊。对了，要不要干脆办个演讲啊。会场和门票方面就交给我来……"

"谁要办啊！"

我大叫着把右手上的杯子瞄准艾基尔右边五十厘米的地方扔了过去。但习惯成自然的动作引发了飞剑技能，发出亮光的杯子以超快的速度飞出去，撞上墙壁后发出巨大声响。

所幸建筑物本身是无法破坏的物体，所以只见到"Immortal

Object"的系统标签浮现在眼前。如果击中家具的话，必定早就粉碎了吧。

"呜哇，想杀了我吗！"

店主夸张地大叫。我只好举起右手做了个抱歉的手势，然后再度陷进椅子里去。

艾基尔目前正在鉴定我在昨天的战斗中入手的宝物。看他不时发出怪声的样子，就知道里面应该有不少贵重物品才对。

原本准备将卖出的所得与亚丝娜平分，但她却在过了约定时间之后仍然没有出现。我已经发了好友消息给她，所以应该已经知道我在这里才对……

我们昨天是在第七十四层主要街道的传送门前互相告别。亚丝娜表示要到公会去提出休假申请，接着便往第五十五层的格朗萨姆出发了。因为之前曾发生过克拉帝尔的事情，所以我原本提出要与她同行的提议，但她笑着说没问题，我也只好打消这个念头。

现在已经超过原本约定好的时间两个小时了。这么晚了人还没出现，难道是发生什么事了吗？还是应该坚持与她同行才对。为了压抑自己内心的不安，我把茶一口气喝完。

当我将面前大茶壶里的茶喝光，艾基尔也差不多鉴定完毕的时候，楼梯下终于传来了咚咚向上爬的脚步声。接着门迅速地被打开来。

"嗨，亚丝娜……"

我把几乎脱口而出的"怎么这么晚才到"这句话吞了回去。身穿一贯制服的亚丝娜一脸苍白，大大的眼睛带着不安。她将双手紧握在胸前，紧咬两三下嘴唇之后，才像快哭出来似的说道：

"怎么办……桐人……事情闹大了……"

将新沏好的茶一口气喝完后，脸上才好不容易恢复一点血色的亚丝娜开口一点一点地将事情娓娓道来。这时懂得察言观色的艾基尔已经先离开，到一楼的店面去了。

"昨天……我回到格朗萨姆的公会本部后，将发生的事全部向团长报告。等报告完想暂停在公会的活动后，我就先回家了……原本以为今天早上的例行会议会通过我的申请……"

与我相对面坐的亚丝娜低下头，用双手握紧茶杯说道：

"结果团长他……说可以允许我一时脱团，但有条件……条件就是……想要跟桐人你交一次手……"

"什……"

我一时间没办法理解亚丝娜说的话。交手……也就是说想跟我对决吗？亚丝娜想暂时离开公会，为什么会变成要跟我对决呢？

提出这个疑问之后……

"我也不知道……"

亚丝娜看着地上摇了摇头。

"我已经很努力想说服他，这么做根本没有意义……但他无论如何就是不肯听……"

"不过……这可真是难得呢。那个男人竟然也会提出这种条件……"

我脑海中浮现他的身影，然后说道。

"就是说啊。团长他平常别说是公会活动了，就连楼层攻略事宜也全权交由我们处理，他根本完全不曾发过命令。但不知道为什么这次会……"

虽然KoB的团长靠着他压倒性的魅力，掌握了自己公会甚至是全攻略组的心，但令人意外的是，他从没发过指示或者命令。我在头目战时也曾和他并肩作战过几次，他那一语不发，只是默默支持着战线的身影，实在让人感到相当敬佩。

这样的男人这次竟然会对亚丝娜的申请提出异议，而且内容还是要求与我对决，这究竟是怎么回事呢？

虽然感到百思不解，但为了让亚丝娜安心，我还是开口如此说道：

"……总之我就走一趟格朗萨姆吧。我去跟他直接交涉看看。"

"嗯……真抱歉。老是给你添麻烦……"

"我什么都愿意做。因为你可是我……"

亚丝娜一直凝视着为了寻找适当名词而沉默下来的我。

"重要的攻略伙伴……"

虽然似乎有点不满地噘起嘴巴，但亚丝娜终于还是露出了一点微笑。

最强的男人、活生生的传说、圣骑士……被赋予血盟骑士团公会长的称号，可以说一只手也数不完。

他的名字是希兹克利夫。在我的"二刀流"技能传遍街头巷尾之前，他就以在大约六千名玩家之中，唯一的"独特技能拥有者"这个身份而闻名于艾恩葛朗特。

使用模拟十字架形状的一对剑与盾，能够使出攻守自如剑技的技能名称是"神圣剑"。我曾在他的身边见过几次这种技能，特别值得一提的就是其拥有的防御力。据说到目前为止还没人见过他的HP陷入黄色区域。在死伤者众多的第五十层头目攻略战时，他一个人便撑下几乎快要崩坏的战线长达十分钟，而这件逸事至今仍为人所津津乐道。

没有任何武器可以贯穿希兹克利夫的盾。

这已经是艾恩葛朗特里最被大家深信的定律之一了。

与亚丝娜一起来到第五十五层的我，心里有着说不出的紧张。当然我没有与希兹克利夫交手的打算。目的只是要拜托他让亚丝娜暂时离开公会而已。

第五十五层的主要街道区，格朗萨姆市又称"铁之都"。之所以会有这种名称，是因为与其他城镇大多是由石头建造而成不同，这个城镇的主要建筑物——巨大尖塔，全用闪烁着黑色光芒的钢铁建造而成。虽然因为冶炼与雕金工艺相当兴盛而有许多玩家定居于此，但完全没有行道树的街道，在这个秋意渐浓的时节里，让人有种风一吹就特别寒冷的感觉。

我们横越传送门广场，走在由洗练的钢板连接起来后，用铆钉固定的宽广道路上。亚丝娜的脚步看起来非常沉重，可能是在担心接下来不知道会发生什么事情吧。

在并排的尖塔群之间走了差不多十分钟，眼前出现了一座更高的尖塔。巨大门扉上有许多银枪突出来，上面挂着的白底红色十字旗被寒风吹得到处飘扬。这里就是血盟骑士团的本部。

亚丝娜在我前面一点的地方停了下来，抬头看向尖塔。

"以前本部是设在第三十九层乡下城镇的一栋很小的房子里，大家都一直抱怨实在太窄了。我也不是说公会发展起来不是件好事……但这个城镇实在太冷，我不喜欢……"

"那就赶快把事情解决，去吃点热的东西吧。"

"真是，你就只想到吃。"

亚丝娜笑着举起左手轻轻握着我右手的指尖。她看也不看心跳不已的我，维持这样的姿势过了几秒钟，说了句"好，充电完毕"之后才将手放开，然后就这样迈开步伐朝着尖塔走去。我急忙跟在她后面。

爬上宽广的阶梯后，有扇左右敞开着的大门，但两侧站有装备长枪的重装甲卫兵。亚丝娜一边让靴子上的鞋钉发出声音，一边往门口走去，卫兵们一看见她便举起长枪敬了个礼。

"辛苦你们了。"

无论是利落地举起单手回礼，还是充满朝气的走路方式，都让人无法相信现在的她，跟一个小时前在艾基尔店里那个沮丧的女孩是同一个人。我畏畏缩缩地跟在亚丝娜后面，经过卫兵身边进到塔里面去。

这座高塔与街道同样是以黑色钢铁建造，它的一楼是相当通透的大厅，现在里面一个人都没有。

我一边心想这栋建筑物给人比街道还冰冷的感觉，一边走过由各式各样金属组成的精致马赛克模样地板后，一座巨大螺旋状楼梯出现在面前。

大厅里响起我们爬上楼梯时发出的金属声响。这种高度，力量值较低的人绝对在半途就累得受不了了。经过好几扇门，当我开始想着不知道要爬多高时，亚丝娜的脚步终于在一扇冰冷的钢铁门前停了下来。

"就是这里吗……"

"嗯……"

亚丝娜无精打采地点了点头。接着她像终于下定决心似的，伸出右手用力敲了敲门，然后不等里面的人回答便直接将门推开。由门内溢出的大量光线让我的眼睛眯了起来。

里面是占据了塔内一整层空间的圆形房间，四周墙壁全是透明玻璃。而从玻璃外透进来的灰色光线让整个房间染上同一种色调。

房间中央放着一张半圆形的巨大桌子，排在桌子对面的五脚椅子上分别坐着几个男人。左右的四个人我没有见过，只有坐在中央的那个人我绝不会认错。那是圣骑士希兹克利夫。

他的外表看起来完全没有压迫感。年纪应该在二十五岁左右吧。他有一张看起来像学者的尖瘦脸孔。铁灰色的头发垂在秀逸的额头上。他那高大但略显瘦削的身体包裹在一件宽松的鲜红色长袍里。这样的身影看起来与其说像个剑士，倒不如说像是不存在于这个世界的魔法师。

但最有特色的，应该是他的眼睛。那不可思议的黄铜色瞳孔里散发出强烈的磁性，让与他对峙的人感到胆怯。虽然已经不是第一次见到他了，但现在我在气势上就已经输了一大截。

亚丝娜边让靴子发出声音边走到桌子前，对着他轻轻行了个礼。

"我是来向你们道别的。"

听到她的话之后，希兹克利夫稍微苦笑了一下说道：

"别那么快下结论。让我和他说点话吧。"

说完他便盯着我看。于是我把帽子脱下走到亚丝娜身边。

"这是我第一次在头目攻略战的场所外与你见面吧。桐人。"

"不……以前在第六十七层攻略会议时，我曾与您说过几句话。"

我很自然地就以尊敬的语气回答他的问题。

希兹克利夫轻轻点了点头，双肘置于桌上，然后合起他瘦削的手掌。

"那真是场辛苦的战役。我们公会里也差点有牺牲者出现。虽然我们被称作是最强的公会，但仍时常感到战力不足。而现在你竟然又准备将我们公会里重要的主力玩家带走——"

"如果真的很看重她，就应该更慎选护卫的人才对。"

听见我这种尖锐的回答，坐在桌子右端绷着脸的男人马上脸色一变，准备站起身来。希兹克利夫轻轻用手制止他后说道：

"我已经命令克拉帝尔在家反省自己的过错了。对于给你带来的麻烦，我向你道歉。不过，我们也不能这么轻易就让你把副团长带走。桐人——"

希兹克利夫紧紧盯着这边看。从他那有金属色泽的双眼里，散发出强烈的意志力。

"想带走亚丝娜，就靠你的剑——用你的'二刀流'来将她夺走。跟我交手，如果你获胜，就可以带走亚丝娜。不过，若是你败给了我，就得加入血盟骑士团。"

"⋯⋯"

感觉上我有点理解这个神秘男人的想法了。

原来，这个男人也是个深深为剑斗着迷的人。而且还对自己的技巧拥有绝对自信。即使被困在这个死亡游戏里面，仍然没有办法舍弃身为游戏人的自尊，真是个无可救药的家伙。也就是说，他跟我是同一类的人。

听完希兹克利夫所说的话，到目前为止一直保持沉默的亚丝娜也沉不住气开口说道：

"团长，我也不是说要退出公会。只不过想离开一阵子，好好思考一些事情而已。"

我把手放到还想继续说下去的亚丝娜肩上，往前走了一步，直接从正面接收希兹克利夫的视线。然后像半自动般开口说道：

"好吧。如果你那么希望剑下见真章，那我们就以对决来分出高下吧。"

153

"真是——你这笨蛋笨蛋笨蛋！"

场景再度回到阿尔格特，艾基尔的店二楼。把探出头来想要确认状况的店主踢下楼去后，我努力安抚着亚丝娜。

"我费尽心力想要说服他，你却答应要决斗！"

亚丝娜稍微把腰靠在我坐的摇椅的扶手上，用她小小的拳头不断捶着我。

"是我不好，都是我不好可以了吧！一时受不了挑衅就脱口而出了⋯⋯"

　　我抓住她的拳头，轻轻捏紧了一下，她才好不容易安静下来，但却气嘟嘟地鼓起腮帮子。这种样子和在公会里的她实在相差太大了，害我得非常努力才能将涌起的笑意吞回肚子。

　　"没问题啦，选的是一击结束的规则，所以不会有危险。而且我又不一定会输……"

　　"唔——"

　　亚丝娜坐在扶手上跷起长长的脚，低声说道：

　　"……之前看见桐人你的'二刀流'时，真的觉得像是另一个次元的强度。不过团长的'神圣剑'也是一样……那个人的实力可以说已经超越了游戏的平衡度了。老实说，我真不知道哪边会获胜……不过，你怎么办？如果输了，先不说我不能休假，就连桐人你也得加入KoB了哦。"

　　"其实换个想法，这样也算达成目的。"

　　"咦，为什么？"

　　我努力张开僵硬的嘴巴来回答她：

　　"那个，我呢，只……只要有亚丝娜在，就算加入公会也没关系。"

　　如果是以前，就算打死我也不可能讲出这样的话。亚丝娜瞬时瞪大了眼睛，不久，她的脸就红得像熟透的苹果一样了。接着不知道为什么又鼓着脸从椅子上下来，走到窗户边。

　　越过背对着我的亚丝娜，可以听见一点点在夕阳下的阿尔格特那充满了活力的嘈杂声传了进来。

　　刚刚说的是实话，虽然心里对加入公会这件事多少还是有点抗拒。一想起曾经加入过，但目前已不存在的公会，便让我感到锥心之痛。

哎呀，反正我也不会那么简单就输的……我在心中如此嘀咕着，然后离开椅子来到了亚丝娜身边。不久，亚丝娜的头便轻轻靠在我的肩膀上。

▶13

上周新开通的第七十五层主要街道区里，都是古罗马风格的建筑物。地图上所表示的名称是"科力尼亚"。目前已经有许多剑士与商人玩家进驻此地，另外也有许多不参加攻略，只为了看街道模样的群众涌入，整个城镇可说充满了活力。再加上今天有相当罕见的特殊活动，使得传送门从早上开始便络绎不绝地吐出许多访客。

街道是由切成四角形的白色石灰岩堆积起来建造而成。与神殿风格建筑物、宽广水道并称为城镇象征的，是一座矗立在传送门前的巨大竞技场。我与希兹克利夫的对决正好就决定在这里举行。但是……

"喷火爆米花一杯十珂尔！十珂尔！"

"冰凉的黑啤酒哦！"

竞技场入口处有许多商人玩家的店铺排列着，他们每个人都扯开喉咙放声叫卖，对着大排长龙的观众推销看起来相当可疑的食物。

"……这，这到底是怎么回事啊……"

我被面前的景象吓了一大跳，对着身旁的亚丝娜如此问道。

"我，我也不清楚……"

"喂，那边在卖票的是你们KoB的人吧！为什么会变成这么盛大的活动啊？"

"这，这个……"

"难，难道说这才是希兹克利夫真正的目的吗？"

"不，我想这应该是会计大善先生干的好事。那个人最会精打细算了。"

在"啊哈哈"笑着的亚丝娜面前，我整个人感到非常无力。

"……我们逃吧亚丝娜。躲到第二十层左右的宽广田野去种田。"

"我是无所谓……"

亚丝娜用一脸事不关己的表情说道。

"但现在逃走的话——你一定会被人刷屏喷到体无完肤的。"

"可恶……"

"哎呀，这可是你自己造的孽。啊……大善先生。"

抬起头，马上就见到一名肥胖男子——没有人比他更不适合穿着KoB红白色制服了——一边晃着肥满的肚子一边往这里走了过来。

"唉哟——感谢感谢！"

他在圆滚滚的脸上堆满笑容对我说道。

"多亏了桐人你的帮忙，让我们赚了一大票！说起来，这种活动如果每个月来个一次可就太好了！"

"谁有那种闲工夫啊！"

"来来，休息室在这边。这边请这边请。"

我全身无力地跟在这个走路慢吞吞的男人身后。这时我心里已经决定不管那么多，豁出去了就对了。

休息室是一间面对着竞技场的小小房间。大善带我们到入口后，说了句"还有赌盘赔率要调整"就消失了，而我也已经提不起劲来骂他。观众席似乎早已经客满，隐约有许多欢呼声传进休息室里面来。

当只剩下我们两个人时，亚丝娜才一脸认真地用双手抓紧我的手腕。

"……就算是一击定胜负，但只要正面吃上一记重攻击还是会有危险。尤其是团长的剑技还有许多未知数，一觉得不妙就马上投降，知道吗？又像上次那样乱来的话，我绝不饶你！"

"你还是担心希兹克利夫吧。"

我脸上露出了微笑，用力拍了一下亚丝娜的肩膀。

竞技场宣布对决开始的广播，掺杂在宛如远方雷鸣般的欢呼声中传了进来。我同时将交叉在背上的双剑稍微抽出一点，故意发出"锵"一声后，又将它们收回剑鞘里去。接着便朝那被切下来似的正方形光线圈中走去。

环绕圆形竞技场的阶梯状观众席挤满了人。依我看，至少超过一千人以上吧。在最前排可以看见艾基尔与克莱因的身影，嘴里还嚷着"砍死他""杀了他"这种危险的话。

我走到竞技场中央之后停了下来。紧接着，从对面休息室里出现了一道鲜红的人影。现场的欢呼声变得更加大声了。

平常希兹克利夫所穿着的血盟骑士团制服是白底加上红色的图案，但现在他却身穿完全相反的红底短大衣。虽然他跟我一样，身上几乎没有装备什么防具，但握在左手上的巨大纯白十字盾却格外引人注目。看来剑应该是收在盾的内侧才对，因为在盾的顶端部分可以看见同样十字架形状的剑柄突了出来。

他一派轻松地走到我面前，看了一下周围的观众，忍不住苦笑了一下说道：

"真是抱歉啊桐人。我不知道会变成这个样子。"

"我可要收取演出费哦。"

"不……比赛之后你就是我们公会的团员了。我会把这次的对决当做是会员任务之一。"

希兹克利夫说完后便收起笑容，同时黄铜色的瞳孔迸发出压倒性的气势。我不由得心生胆怯而往后退了半步。我们在现实世界里应该躺在距离彼此很遥远的地方，两个人之间也只有数据档案的对话而已，但即使如此，我现在还是能确实感受到对方那种只能称为杀气的气势。

我把自己的意识切换到战斗模式，由正面接受希兹克利夫的视线。震耳的欢呼声慢慢离我远去，不知道是不是感觉器官已经开始加速运作，我甚至觉得周围的色彩产生了微妙变化。

希兹克利夫把视线从我身上移开后，往后退了十米左右，接着他举起右手，眼睛完全不看视窗便操纵起选单来。瞬间眼前就出现了对决信息，而我当然是选择允许。设定则是选了初击胜负模式。

倒数已经开始。周围的欢呼声已经减弱到像是小小的海浪声一般。

全身血流逐渐加快。用上全部心力压抑住自己渴望战斗的冲动，摒除最后一点犹豫后，我把背上两把爱剑同时拔了出来。我面对的是一开始就得拼尽全力才有机会获胜的敌手。

希兹克利夫从盾里将细长的剑拔了出来，摆出战斗架势。

他那种把盾面向这边，只露出上半身的姿势显得相当轻松自然，看来一点也没有用上多余的力道。我心里知道想要预测敌人第一个动作只会徒增疑惑，便下定决心一开始就全力攻击。

虽然两人视线都没有看向视窗，但在文字"DUEL"出现时，两人还是同时冲了出去。

我压低身子一口气向前冲，几乎贴在地面上滑行似的突进。

在快到希兹克利夫面前时转过身子，右手的剑往左斜下方砍去。十字盾迎上我的攻击，接着爆出激烈火花。但我使出的是两段式攻击，左手剑比右边攻势慢了零点一秒，往盾内侧滑了进去。这是二刀流突进技"双重扇形斩"。

左边一击在快要到达敌人侧腹部时被长剑挡了下来，只有圆环状光线效果空虚地划了一圈。虽然很可惜，但这一击只是用来为这场战斗的开端打个招呼而已。我利用剑技的余势拉开距离后重新摆好姿势。

结果这次换成希兹克利夫像是要回礼般用盾对我发动突击。他的右手臂完全隐藏在巨大十字盾的阴影里，让人根本看不清楚。

"啧！"

我一边咂舌一边向右边冲刺，试着躲过攻击。这是因为我认为只要往盾的方向绕过去，就算看不见一开始的轨道，也可以有较充裕时间来反应对方攻击。

但是希兹克利夫却将盾整个平举起来——

"唔！"

随着厚重的喊叫声，盾前端朝我刺了过来。巨大十字盾拖曳着白色效果光线向我逼近。

"呜哦!"

我马上将两手上的剑交叉起来抵住攻击。这使得强烈冲击传遍我全身,我整个人被弹出好几米外。先将右手剑往地上一插防止自己跌倒,接着在空中一个回转之后落地。

想不到那面盾竟然也有攻击判定,简直就像二刀流一样。原本以为两柄武器的攻击次数较多,可以在一击胜负里面占优势,但现在的情况真是出乎我的意料。

希兹克利夫毫不给我重整态势的时间,再度利用冲刺缩短彼此间距离。右手上十字架剑柄的长剑,以连"闪光"亚丝娜也不及的速度刺了过来。

敌人连续开始展开攻击,我只能用双手上的剑全力防御。亚丝娜在事前已经尽可能将"神圣剑"剑技对我说明过了,但这种临时抱佛脚得到的知识实在靠不住。只能凭借自己的瞬间反应来抵挡由上下杀过来的攻击。

用左手剑将八连击最后的上段斩弹开之后,右手马上使出单发重攻击"魔剑侵袭"。

"呜……呀啊!"

突刺发出红色光芒,伴随着喷射引擎般的金属质声响刺中十字盾中心。我无视于像击中岩壁般的沉重手感,硬是将招式使尽。

"喀锵!"爆炸声响起,这次换希兹克利夫被弹了开来。虽然没办法贯穿盾牌,但多少有损伤"穿透"过去的感觉。对方HP条稍微减少了一点。不过这点伤害还不足以决定胜负。

希兹克利夫轻巧地着地后，拉开我们之间的距离。

"真是了不起的反应速度……"

"你的防御才真是完美呢……"

我说着便再度冲了出去。希兹克利夫也重新摆好架势往这边靠了过来。

接着就是超高速的连续技表演。我的剑技被他的盾抵挡下来，他的剑被我的剑给弹开。两个人周围不断有各式各样的色彩光线飞散，冲击声贯穿整个竞技场的石板地面。彼此间的小攻击偶尔会击中对方，两个人的HP开始一点一点减少。即使没被重攻击命中，只要有一边的HP条低于一半，那么另一个人就算是获胜了。

但这时我脑里压根没想过要以那种方式取胜。自从被囚禁在SAO以来，首次遇到可以称为强敌的对手，让我尝到了前所未有的加速感。每当感到知觉向上提升了一个档次，攻击速度也会跟着加快。

还没到达极限。还可以再快一点。快点跟上来啊，希兹克利夫！

这时，解放所有力量来挥剑的愉悦感包围着我的全身。我想我脸上应该带着笑容吧。随着刀光剑影的斗争越来越白热化，两边的HP条也不断减少，终于来到剩下五成左右的程度了。

接下来的瞬间，一直以来都没有任何表情的希兹克利夫，脸上突然闪过了一丝显露出感情的模样。他是怎么了。开始急躁了吗？我可以感觉到敌人攻击节奏开始逐渐变慢了。

"哇啊啊啊啊啊！"

刹那间我舍弃全部防御，双手的剑开始展开攻击。是"星爆气流斩"。剑就如同由恒星喷出的火焰奔流般往希兹克利夫杀去。

"呜哦……"

希兹克利夫举起十字盾抵挡攻击。我完全不管他的防御，持续由上下左右向他砍去。对方反应变得越来越慢了。

——他挡不住了！

我确定最后一击已经突破他的防御。趁着十字盾挥得太过于右边的时机，我左手的攻击拖曳着光芒，往希兹克利夫身上招呼过去。只要这攻击奏效，他的HP一定会降到五成以下，决斗也将告一段落——

这个时候，世界开始扭曲。

"……"

我不知道该怎么形容才好。还是应该说时间仿佛被人偷走了一样。

感觉上，除了希兹克利夫一个人之外，包含我身体在内的所有东西都暂停了几十分之一秒的时间。而他原本应该在右边的盾，就像录放影机快转般，瞬间移到了左边，将我必杀的一击给弹开。

"什——"

舍身一击被抵挡下来的我陷入致命性的硬直时间。而希兹克利夫当然不会放过这个机会。

从他右手上所发出的单发突刺，给予我准确到令人憎恨且刚好足以结束战斗的伤害，我当场难堪地倒了下去。从眼角可以看见宣告对决终了的紫色系统信息闪烁着。

战斗模式结束，席卷全场的欢呼声开始传进耳里，但我还是没办法回过神来。

"桐人！"

亚丝娜跑过来把我扶了起来。

"啊……啊啊……我不要紧——"

亚丝娜担心地看着我呆滞的脸。

输了吗——

我还没办法相信这件事。希兹克利夫在攻防最后一刻所展现的那种恐怖反应能力，可以说已经超越了玩家——超越了人类的极限。那种不可能存在的速度，甚至让构成他角色的多边形一瞬间产生了扭曲。

我就这么坐在地上，抬头看着站在稍远处的希兹克利夫。

不知为何，这时胜利者的脸上却出现相当险恶的表情。鲜红的圣骑士眯着金属质感双眼瞥了我们一下之后，便一语不发转过身子，在如雷贯耳的欢呼声中慢慢消失在休息室里。

▶14

"这……这是什么啊?"

"哪有什么,就如你所见啊。来,快站起来!"

亚丝娜正在强迫我换上一套新衣服。虽然造型与我穿惯的那件破旧大衣一样,但颜色却是几乎可以称为刺眼的白色。除了领口两侧各有一个小小的红十字架外,背上还染有一个巨大的鲜红十字架。不用说也知道这是血盟骑士团的制服。

"……我,我不是已经拜托过他们尽量拿件朴素一点的给我了吗……"

"这件已经算朴素了。嗯,真适合你!"

我全身无力地整个人倒在椅子上。按照惯例,我们依然在艾基尔的杂货店二楼。我已经完全占据这里拿来当做紧急避难用的住所。因此,可怜的店主只好自己在一楼设置了一张简易的床。之所以没有把我赶出去,是因为亚丝娜几乎每天都会来这里找我,然后顺便帮忙店里的工作。对他来说,没有比这更好的宣传效果了。

我在椅子上发出呻吟之后,亚丝娜也在仿佛已经成为她指定席的扶手上坐了下来。可能是我这身像在过节的模样让她感到相当愉快吧,只见她面带微笑不断摇着椅子,不久后又像是想起什么似的轻轻合起双手说道:

"啊,还没好好跟你打声招呼呢。身为同一个公会的成员,接下来也请你多多指教了。"

由于她突然低下头对我行了个礼，我只好赶紧挺直了腰杆回答：

"彼，彼此彼此。但话说回来，我是一般团员，而你可是副团长大人呢……"

我伸出右手，用食指从她背上摸了下来。

"以后也不能做这种事了吧——"

"哇呀！"

我的上司在大叫的同时跳了起来，往部下头上敲了一下后走到对面的椅子坐下，接着鼓起脸颊。

在这晚秋下午的慵懒光线中，出现了短暂的寂静。

在与希兹克利夫的战斗中败北后时间已经过了两天。依照我的个性也不可能事到如今才又反悔。于是我依希兹克利夫所提出的条件，加入了血盟骑士团。公会给了我两天准备时间，从明天开始就得依照本部的指示，开始进行第七十五层迷宫区的攻略了。

加入公会吗——

发现我轻叹了一口气的亚丝娜从对面瞄了我一下。

"……应该算是我连累你的……"

"不，对我来说这也是个好机会。单独攻略也差不多到极限了……"

"听你这么说我就放心了……那个，桐人……"

亚丝娜淡褐色瞳孔笔直地看向我。

"希望你可以告诉我。你为什么不愿意加入公会……为什么要避开人群……我想一定不只是你身为封闭测试玩家和独特技能使用者这些原因而已。因为桐人的个性明明就很好。"

我低下头，慢慢摇着椅子。

"……很久之前……应该有一年以上了吧，我曾经加入过公会……"

连我自己都很意外，竟然会这么老实地把这件事情说出来。我想，那大概是因为亚丝娜的眼神把我每当触及这些记忆时就会涌起的伤痛感给融化了。

"因为偶然在迷宫里帮了那群人，他们便邀请我加入……那是连我在内总共只有六个人的小公会，名字也很有意思，叫做'月夜的黑猫团'。"

亚丝娜呵呵笑了一下。

"会长是个很不错的家伙。那个名为启太的双手棍使，是一个无论发生什么事，都会优先考虑公会成员的人，因此很受大家信赖。他对我说，成员里面大多是双手用远距离武器的使用者，现在正在找寻前锋……"

老实说，他的等级比我低太多了。不对，应该说是我太过于努力冲等级了。

如果我把自己的等级说出来，启太就会放弃邀请我加入了吧。只不过，当时的我不知道是不是已经厌倦每天自己一个人潜入迷宫的日子了，所以"黑猫团"那种像回到自己家里的气氛让我非常羡慕。他们几个似乎在现实世界里也是朋友，因此他们彼此间的对话没有线上游戏特有的那种距离感，就是这点深深吸引了我。

其实我根本没有向人群求取温暖的资格。当决定以一个独行玩家的身份自私地提升等级时，我就已经丧失这个资格了。但还是勉强压抑了内心的声音，隐藏住等级与自己是封测参加者的事实，加入了他们的公会。

启太对我说，想让公会里两名枪使中的其中一名转职为盾剑士，希望我能当那名剑士的教练。这么一来，前卫包含我在内就有三个人，可以组成攻守相当平衡的队伍。

我负责训练的枪使，是个留着及肩黑色长发，名叫幸的文静女孩。第一次见面时，她就很不好意思地笑着说，虽然玩了很久的网络游戏，但因为自己性格的关系，所以不太交得到朋友。我在公会没有活动时，几乎都跟她在一起并指导她单手剑技能。

说起来，其实我跟幸有很多相似的地方。像是习惯性封闭自己、寡言，甚至连害怕寂寞这点都很相像。

有一次，她忽然对我吐露内心的想法。说她不想死，很害怕这个死亡游戏，而且根本不想到外面的练级区去。

对于她的告白，我能对她说的只有一句，我不会让你死。拼了命隐藏真正等级的我，没有办法再多说任何一句话了。听到我这么说的幸，在哭了一会儿后便破涕为笑。

之后又过了一段日子，某一天，公会除了启太之外的五个人一起潜入迷宫。而启太则带着好不容易存够的资金，去与卖家交涉购买公会本部用房子的事宜，所以没和我们一起行动。

虽然我们去的迷宫是已经攻略完毕的楼层，但里面还残留有未开拓的区域。当我们准备离开时，有一个成员发现了宝箱。

当时我主张不打开它，因为在靠近最前线的迷宫里，怪物等级都很高，成员的解除陷阱技能也很令人担心。但反对的人就只有我和幸，投票之后就以三比二这样的票数决定打开宝箱。

结果里面是众多陷阱里可说是最糟糕的警报陷阱。才刚打开，尖锐的警报声便响起，房屋的所有入口全涌进了无数怪物。我们只能马上准备用紧急转移来逃走。

但没想到这是个双重陷阱。房间里面是水晶无效化空间——水晶根本发挥不了作用。

怪物的数量实在多到我们没办法支撑下去，成员们也因此陷入了恐慌当中。我使出了至今一直隐藏着的高级剑技，希望能开出一条血路，但陷入恐慌状态的成员根本没能来得及从通道脱出，HP就一个一个变成零，然后带着惨叫化成碎片消失了。当时，我内心想着至少要救出那个女孩，于是毫不停歇挥舞着手中的剑。

但终究还是来不及。只见幸为了向我求援而拼命伸出手，但怪物的剑还是无情地将她砍倒在地。在她像玻璃雕像般悲惨地粉碎消失前，她的眼神还是深信着我会解救她。她是如此相信、冀望我的帮助。只因为我的那句没有根据又薄弱，最后也真的变成谎言的承诺。

启太准备好新总部的钥匙，在我们一直拿来当作本部的旅馆里等着我们回去。当仅剩下我一个人存活着回到旅馆，对启太说明究竟发生什么事时，他一言不发地听着，只在我说完后问了我一句"为什么只有你活着回来"。我便将自己真正的等级和参加过封测的事说了出来。

启太用仿佛看着什么怪物似的眼神瞥了我一眼，嘴里仅说了一句话。

——像你这样的封弊者，根本没有资格加入我们。

这句话就像钢铁的剑一般将我劈裂开来。

"……那个人……后来怎么了？"

"自杀了。"

坐在椅子上的亚丝娜，身体抖了一下。

"从外围跳了下去。我想……他到最后一刻时，一定都在诅咒我……吧……"

感觉自己已经快发不出声音了。原本封印在内心深处的记忆因为这首次告白，而让当时的痛楚又鲜明地苏醒过来。于是我紧咬着牙关。虽然想对亚丝娜伸手寻求她的救赎，但心底那句——"你没有资格这么做"的叫声让我只能紧握住自己拳头。

"是我杀了大家。如果没有隐瞒我是封弊者的事，他们就会相信那时的陷阱真的非常危险。是我……是我杀了启太……还有幸……"

我睁大眼睛，把话从咬紧的牙关里挤了出来。

亚丝娜忽然站起身，向前走了两步后用两手捧着我的脸。她绽放出安详笑容的美丽脸庞靠到我的眼前。

"我不会死的。"

那声音听起来像是呢喃，但又异常清晰。全身僵硬的我忽然得以放松。

"因为，我呢……是我要守护你啊。"

　　说完，亚丝娜把我的头紧紧抱在自己胸前。我感到温柔又温暖的黑暗正覆盖着自己。

　　闭上眼可以看见记忆深处，坐在洋溢着橘色光芒的旅馆柜台上往这边看的黑猫团员们。

　　我绝不可能被饶恕。也不可能有赎罪的机会。

　　即便如此，此时此刻，在记忆里的他们，脸上似乎都带着些许笑容。

　　隔天早上，我穿上亮眼的纯白色大衣，和亚丝娜一起往第五十五层格朗萨姆出发。

　　从今天起，我就要以血盟骑士团员的身份活动。话虽如此，原本是由五个人一组进行攻略的规定，也因为副团长亚丝娜发动特权而变成可以两个人组队就好，所以实际上的状况跟之前也没有什么不同。

　　只不过，在公会本部等待着我们的是出乎意料的命令。

　　"训练？"

　　"没错。包含我在内共四名团员组成一队，从第五十五层迷宫区开始突破，直到抵达五十六层主要街道区为止。"

　　之前与希兹克利夫面谈时，同席四个人当中的其中一位对我如此说道。他是个留着一头杂乱卷发的高大男子，看起来似乎是斧战士。

　　"等一下，哥德夫利！桐人就由我……"

　　面对紧追不舍的亚丝娜，哥德夫利挑起一边眉毛后，以大刺刺，或者该说是毫不客气的态度回话：

　　"就算你身为副团长也不能无视纪律。关于实际攻略时的组队也就算了。但至少也得让我这个负责指挥前锋的人鉴定一下他的实力。即使是独特技能使用者，也还不知道能不能派上用场呢。"

"凭，凭桐人的实力，才不会给你这种家伙添麻烦呢……"

我制止已经有点抓狂的亚丝娜后开口说道：

"如果想看的话那就让你看吧。只不过我不想在这种低层迷宫里浪费时间。一口气突破的话应该不要紧吧？"

这个名叫哥德夫利的男子一脸不愉快地紧闭着嘴，最后只丢下"三十分钟后城镇西门集合"这句话，便踩着沉重脚步离开了。

"什么态度嘛！"

亚丝娜气愤地用靴子往旁边的铁柱踢了下去。

"抱歉哦，桐人。早知道应该听你的，我们两个人逃亡就好了……"

"这么做的话，我会被公会成员诅咒到死。"

我笑着把手轻轻放在亚丝娜头上。

"呜呜，本来以为今天可以一直在一起……那我也跟你们一起去好了……"

"马上就回来了。你在这里等一下。"

"嗯……小心点……"

亚丝娜一脸寂寞地点了点头。对她挥挥手之后，我便离开了本部。

只不过，在指定场所——格朗萨姆西门集合时，我发现了一件更让人讶异的事。

克拉帝尔——

我最不想见到的人就站在哥德夫利身边。

▶15

"这是怎么回事……"

我对着哥德夫利小声问道。

"唔，我已经知道你们之间的事了。不过今后就是同一个公会的同伴，我想借这次训练来将你们过去的恩怨一笔勾销！"

当我呆呆望着哈哈大笑的哥德夫利时，克拉帝尔竟慢慢地走了出来。

"……"

我全身戒备，让自己处于不论遇到什么事情都能马上反应过来的状态。虽说是在街道圈内，但根本没办法预料这男人会做出什么事。

但完全出乎我意料，克拉帝尔突然低下了头。从他垂着的刘海下传出细微到几乎听不见的声音。

"前几天……给你添麻烦了……"

这次我真是打从心里吓了一大跳，只能张大嘴巴，说不出任何话来。

"我不会再做那种无礼的事了……请原谅我……"

阴沉的长发盖住了脸，所以看不见他的表情。

"啊……嗯嗯……"

我勉强点了一下头。这到底是怎么回事？难道是接受人格改造手术了吗？

"好啦好啦，那这件事就这么告一段落了！"

哥德夫利再度发出洪亮的笑声。虽然我心里还是没有办法接受，并觉得这当中一定有什么隐情，但从低着头的克拉帝尔脸上，没办法判断出他这时的心境。由于SAO的感情表现过于夸张，反而很难看出一些细微的差别。我只好先在这里接受他的道歉，同时告诉自己绝对不能放松警戒。

不久后另一名团员也来到现场，人一到齐我们便准备朝迷宫区出发。当我正要迈开脚步时，哥德夫利用他粗犷的声音叫住了我：

"等等……今天的训练要以最接近实战的形式进行。为了观察你们的危机处理能力，请把所有水晶道具都交给我保管。"

"转移水晶也是吗？"

对于我的问题，哥德夫利理所当然般地点了点头。这时我心里其实有很强烈的反感。因为水晶，特别是转移水晶，可以说是这个死亡游戏里最后的保命道具。我的装备里从来没有缺少过这项道具。原本想要拒绝这种要求，但想到一旦在这里引发争执，亚丝娜的立场也会跟着变糟，只好把话给吞了回去。

看见克拉帝尔与另一名团员乖乖交出道具，我只好也心不甘情不愿地交了出去。哥德夫利甚至还仔细检查了我的小袋子。

"嗯，好。那就出发吧！"

哥德夫利一声令下，我们四个人便离开了格朗萨姆市，往可以看到位于遥远西方的迷宫区出发了。

第五十五层练级区是植物非常稀少的干燥荒野。我因为想赶紧把训练结束然后回家，所以便提出一路跑到迷宫区的提议，但哥德夫利手臂一挥便拒绝了。我想一定是因为他只锻炼筋力而忽视敏捷度的缘故，所以我也只好打消念头，乖乖在荒野里走着。

途中遭遇了好几次怪物，但只有这点，我实在没办法慢慢等待哥德夫指挥，全都一刀将它们迅速了结。

不久，当我们不知越过第几个有点高度的岩山时，迷宫区那灰色岩石构造的威容便出现在我们眼前。

"好，在这里暂时休息！"

哥德夫利以粗厚声音说完后，队伍便停了下来。

"……"

虽然非常想一口气突破迷宫，但想到就算提出意见也一定不会被接受，我只好叹口气在附近石头上坐下。这时，时间已经将近正午时分了。

"那现在开始发放食物。"

哥德夫利说完后便将四个皮革包裹实体化，然后将其中一个朝我这丢了过来。我用单手接住后，不抱任何期待地将它打开，里面果然只是一瓶水与NPC商店里卖的烤面包。

原本应该吃着亚丝娜亲手做的三明治才对，我内心一边诅咒自己的霉运，一边将瓶盖拔开，喝了一口水。

这时候，克拉帝尔一个人远远坐在岩石上的身影忽然映入我的眼帘。只有他一个人没碰那包裹。在垂下的刘海下面的眼睛正对我们投以黯淡的视线。

到底在看什么？

突然有一股冰冷的战栗感包裹住我全身。那家伙在等待些什么。我想……那大概是——

我马上将水瓶扔开，试着将嘴里的液体给吐掉。

但已经太迟了。我忽然全身无力，当场倒了下来。在我视线右边角落可以看见HP条。而那条状物现在正被平常不会存在的绿色闪烁框线给包围着。

没有错。我们是中了麻痹毒了。

往旁边一看就可以发现哥德夫利与另一名团员也同样倒在地上挣扎着。我马上用手肘以下还稍微可以动的左手往腰间袋子一探，但这只是更加深自己的恐惧感而已。解毒水晶与转移水晶全都交给哥德夫利了。虽然还有回复用的药水，但那对中毒没有效果。

"哼……哼哼哼……"

我的耳边传来了尖锐的笑声。坐在岩石上的克拉帝尔用双手抱住自己的身体，全身扭曲着笑了起来。他深陷的三白眼里浮现出以前曾经见过的疯狂喜悦。

"呜哈！咿呀！咿哈哈哈哈！"

克拉帝尔像是再也忍受不住似的望着天空放声大笑。哥德夫利先是一脸茫然地注视着他，接着开口说道：

"怎……怎么回事……这些水不是……克拉帝尔你……准备的吗……"

"哥德夫利！快点使用解毒水晶！"

听见我的声音后，哥德夫利才用慢吞吞的动作开始摸索腰间的袋子。

"呀——"

克拉帝尔边发出怪声边从岩石上跳了下来，抬起靴子将哥德夫利的左手踢开。绿色水晶也因此从他手上掉落下来。克拉帝尔将水晶捡起，接着又把手伸进哥德夫利的袋子里，将剩下的水晶抓出来扔进自己的腰袋。

万事休矣。

"克拉帝尔……你，你究竟想怎么样……这也是……什么训练吗？"

"蠢——货！"

克拉帝尔的靴子朝哥德夫利那搞不清楚状况仍在胡乱发问的嘴狠狠踢了下去。

"呜哇！"

哥德夫利的HP稍微减少，同时显示克拉帝尔的箭头也由黄色变成表示犯罪者的橘色。不过这点变化对目前的事态并没有任何影响。因为像这种已经攻略完毕的楼层，是不可能那么巧会有人经过的。

"哥德夫利啊，我本来就知道你是个大笨蛋，但是想不到你还真是一个笨到极点的没脑家伙啊！"

克拉帝尔尖锐的声音在荒野里回响着。

"虽然还有很多话想对你说……但在你这个开胃菜上浪费太多时间可就不好了……"

克拉帝尔一边说着一边拔出双手剑。只见他将瘦削的身体往后拉到极限，接着用力挥了一下剑。太阳光在他厚厚刀身上一闪而逝。

"等，等等克拉帝尔！你……到，到底在说什么啊？这……这不是训练吗？"

"真啰唆。给我去死吧。"

嘴里吐出这句话的同时，他手上的剑也毫不客气砍了下来。随着厚重的声音响起，哥德夫利的HP大大减少。

哥德夫利到这时才好不容易理解到事情严重性，开始发出大声的惨叫。只不过一切都已经太迟了。

双手剑伴随着无情闪光继续砍了第二下、第三下，而每一剑都实实在在地让哥德夫利的HP逐渐减少，当终于进入红色危险区域时，克拉帝尔停下了手。

当我以为他就算再怎么疯狂也不至于杀人时，克拉帝尔却马上将反手握着的剑，慢慢地刺进了哥德夫利身体里。只见他的HP一点一滴慢慢减少。接着克拉帝尔更直接将全身重量加在剑上。

"呜啊啊啊啊啊啊啊！"

"哇哈哈哈哈哈哈哈！"

克拉帝尔仿佛要掩盖住哥德夫利的惨叫般发出了怪声。随着剑尖一点一点往哥德夫利身体里送，HP条也以一定速度慢慢变短——

在我与另一名团员的无声注视下，克拉帝尔的剑贯穿了哥德夫利的身体到达地面，同时HP也就这么归零了。我想直到变成无数碎片飞散开来之前，哥德夫利都还没能理解究竟发生了什么事吧。

克拉帝尔将插在地面的剑慢慢拔出之后，用像个机械玩偶般的动作，只将头部转向另一名团员。

"咿！咿！"

团员发出短短的悲鸣并挣扎着想要逃走。然而，克拉帝尔则用摇摇晃晃的奇怪脚步往他靠了过去。

"……虽然跟你无冤无仇……但在我的剧本里面，生还者只有我一个人……"

他嘴里一边喃喃自语一边再度挥起剑。

"咿啊啊啊啊！"

"你知道吗？我们的队伍呢——"

完全不理会团员的哀号，剑继续由上往下砍落。

"在荒野里被一大群犯罪者玩家袭击——"

又一剑。

"虽然英勇作战，但还是有三个人死亡——"

再补上一剑。

"最后只剩下我一个人，成功击退犯罪者而活了下来——"

在第四击时，团员的HP条消失，接着响起让人全身起鸡皮疙瘩的效果音。但克拉帝尔却像听到女神的歌声一样。只见他站在物体爆炸的碎片当中，脸上带着恍惚的表情全身痉挛着。

我可以肯定这不是他第一次杀人了……

的确，这家伙的箭头是刚刚才变成表示犯罪者的橘色，但实在有太多卑鄙方法可以在不引起判定下杀人了。只是，如今了解到这一点，也于事无补了。

克拉帝尔终于将视线转向我这边。从他脸上可以看出难以压抑的喜色。他将右手上的大剑在地上拖行发出刺耳声音，慢慢向我走了过来。

"哟……"

我狼狈地整个人趴在地上，克拉帝尔在我身边蹲下后，细声细语说道：

"为了你这个小鬼，我可是杀了两个毫不相关的人呢。"

"但我看你在杀人时倒是蛮开心的嘛。"

我一边回答一边拼命想着，有什么方法可以改变目前状况。我只有嘴巴和左手还能动。在麻痹状态之下没办法打开选单视窗，所以也没办法发送信息给任何人。虽然心里知道这不会有什么作用，但我还是在克拉帝尔看不见的死角悄悄动着左手，同时嘴里继续说道：

"像你这样的家伙怎么会加入KoB？我看犯罪者公会还比较适合你吧。"

"哼，那还用说嘛。当然是为了那个女人。"

克拉帝尔咬牙切齿说完，用他尖细的舌头舔了一下嘴唇。当我注意到他说的是亚丝娜时，全身忽然感到燥热起来。

"你这家伙……"

"别那么凶嘛。说到底也只不过是游戏而已……我会好好照顾你最重要的副团长大人。反正我现在可有许多方便的道具了呢。"

克拉帝尔说着就把旁边装着毒水的瓶子捡起来，摇晃着瓶身发出啪嚓啪嚓声。笨拙地眨了一下眼睛之后继续说道：

"话说回来，你刚才倒是说了蛮有趣的话。说我很适合犯罪者公会对吧。"

"这是事实……"

"我可是在称赞你哦。还蛮有眼光的嘛。"

呵呵呵呵。

一边由喉咙里流出尖锐笑声，克拉帝尔一边像在考虑什么，忽然把左边臂铠解除装备。接着卷起内衣袖子，把露出来的前臂内侧转向我。

"……"

看见他前臂上的东西——我不禁激烈地喘起气来。

那是一幅刺青。图案是用漫画手法所表现的漆黑棺木。盖子上画有带着微笑的双眼以及嘴巴，盖子的缝隙还有化成白骨的手臂伸出来。

"那个……图样是……'微笑棺木'！"

我以沙哑声音脱口说道，克拉帝尔听见之后微笑着对我点了点头。

"微笑棺木"。那是过去曾存在于艾恩葛朗特最大最凶恶杀人公会的名字。他们由一名冷酷又狡猾的头头所领导，不断构思新的杀人手段，最后有三位数以上的玩家死在他们手里。

虽然一度希望以谈判方式来解决这个问题，但接到他们信息而前去谈判的男人也马上被他们杀掉。由于没有人可以理解，他们究竟是基于何种动机而进行这种等同于削弱完全攻略游戏可能性的PK行为，所以无法跟他们进行谈判。不久之前，才由攻略组组成与对头日战阵容相同的联合讨伐部队，经过几番血战后才好不容易将他们组织消灭。

我和亚丝娜虽然也参加了讨伐队伍，但不知是从哪里泄露了情报，杀人者们早已做好迎击准备。我当时为了守护同伴而陷入半错乱状态，结果不小心夺取了两名微笑棺木成员的性命。

“这是……为了复仇吗？你是微笑棺木残存者吗？”

听见我用沙哑声音如此问道，克拉帝尔从嘴里吐出了这样的答案：

“哈，才不是呢。这么逊的事我才不干呢。我是最近才得以加入微笑棺木。当然只是精神上加入而已。这个麻痹技也是他们在那时教我的……唉哟，糟糕糟糕……”

克拉帝尔用机械般僵硬的动作站起身来。

“话就说到这里为止，不然毒效都快过了。开始进行最后工作吧。从对决那天开始，我每天晚上做梦……都会梦到那个瞬间……”

克拉帝尔那双几乎睁成圆形的双眼里燃烧着偏执的火焰。他那笑开到脸颊两端的嘴里吐出长长舌头，踮起脚尖准备用力将剑向下挥落。

在他展开行动之前，我只用手腕力量将捏在右手里的投掷用短锥发射出去。虽然瞄准能让他受到很大伤害的脸部，但由于麻痹导致的命中率低下判定让轨道偏离，钢锥刺进了克拉帝尔左手臂。克拉帝尔的HP仅减少了一丁点，这让我几乎陷入了绝望深渊中。

“……很痛啊……”

克拉帝尔皱起鼻梁，噘起嘴唇，用剑尖刺进我右手臂。然后像要刨开它似的，在里头转了两三圈。

“……”

虽然没有疼痛感。但遭受强力麻醉之外，又直接被刺激神经那种不快感却传遍了全身。当剑刨着我手臂时，HP也些微但确实地下降。

还没吗……毒效还没过吗……

我咬紧牙关忍耐着，等待身体恢复自由的瞬间。虽然依据毒性强度而有所不同，但一般来说，麻痹毒大概只需五分钟就能恢复到正常状态。

克拉帝尔把剑拔了出来，接着往我左脚刺了进去。麻痹神经的电流再度跑遍全身，伤害值无情地加算到我身上。

"怎么样……怎么样啊……马上就要死了的感觉如何……告诉我嘛……快啊……"

克拉帝尔一边嚅嗫着一边直盯着我脸看。

"你倒是说点话啊小鬼……哭着说我不想死啊……"

我的HP条终于因为低于五成而变成黄色。但这时我还没从麻痹状态中恢复过来。全身开始慢慢变冷，死神带着冰冷的空气从我脚底向上爬。

我在SAO里已经目击过许多次玩家死亡。他们每个人在变成无数闪亮碎片消散的瞬间，脸上都带着相同的表情。那表情像是问着"我真的会就这样死去吗"这个简单的问题。

或许我们每个人心里，都还不愿意相信"在游戏里死亡就等于在现实世界里死去"这个已经成为游戏大前提的规则吧。

心里都还存着"说不定HP归零消灭之后，马上就会平安回到现实世界当中"这种近似希望的猜测。当然要证实这个猜测是否为真，就只有自己亲身经历游戏里的死亡才行了。这么一想，就觉得或许在游戏里死亡也算是一种脱离游戏的方法也说不定。

"喂喂，说点话嘛。马上要死喽？"

克拉帝尔把剑从我脚上拔了出去，接着刺进我腹部。HP大量减少，已经到达红色危险区域，但我觉得这完全不关自己的事。我一边被剑折磨着，思绪一边闯进一条毫不透光的小路里，意识仿佛蒙上一层又厚又重的纱。

不过——忽然有一股强烈的恐惧感袭上我心头。

亚丝娜，我要丢下她从这世界里消失了。亚丝娜将会落入克拉帝尔手中，受到与我相同的折磨。这种可能性化为无可忍耐的痛楚而让我意识恢复清醒。

"呜哦！"

我睁开双眼，用左手抓住克拉帝尔刺在我腹部的剑身，使尽全力慢慢将剑从腹部抽了出来。这时HP只剩下一成左右。克拉帝尔则发出惊讶声音说道：

"哦……哦？什么嘛，结果还是怕死吗？"

"没错……我……还不能死……"

"哈！哇哈哈哈！没错，就是要这个样子！"

克拉帝尔一边发出像怪鸟般的叫声，一边将全身重量加到剑上。我用单手死命支撑着。系统现在正计算着我与克拉帝尔的力量数值，以及一堆复杂的补正效果。

最后结果——剑尖再度缓慢而确实地向下落，我则陷入一片恐怖与绝望之中。

到此为止了吗？

我真得命丧于此吗？就这样把亚丝娜一个人留在这个疯狂世界吗？

我拼命抵抗着逐渐靠近的剑尖与心中产生的绝望感。

"死吧——去死吧！"

克拉帝尔用尖锐声音大叫着。

披着暗灰色金属外衣的杀意一厘米一厘米往下降。终于，剑尖接触到身体——接着微微刺了进来……

这时，忽然吹起一阵疾风。

那是一阵带着红白两色的风。

"什……么！"

杀人者带着惊讶的叫声抬起头，立刻连人带剑一起飞了出去。我无声地注视着飞降到眼前的人。

"赶上了……好险赶上了，神啊，谢谢您让我赶上了……"

她那颤抖着的声音，听起来足以媲美天使拍动羽翼的美声。亚丝娜像崩落般跪了下来，嘴唇不断颤抖，睁大了眼睛看着我。

"还活着……你还活着吧桐人……"

"……嗯……还活得好好的……"

我用自己听了也感到惊讶的、沙哑又虚弱的声音回答。亚丝娜用力点了点头，右手从口袋里拿出粉红色水晶，左手放在我胸口喊着："回复！"水晶马上粉碎，我的HP也一口气回复到最右端。亚丝娜确认我已经恢复之后，小声对我说：

"你等我一下……马上就结束了……"

接着便站起身来，以优美动作拔出细剑往前走去。

成为她目标的克拉帝尔在这时候好不容易才准备站起来。

他确认走过来的人是谁后，瞪大了双眼。

"亚，亚丝娜大人……您，您怎么会在这里……不，不是，这只是训练、没错，训练时发生了一些意外……"

克拉帝尔像装了弹簧似的弹起身子，用紧张的声音替自己辩解，但他的话却没能说完。因为亚丝娜右手一闪，剑尖便已经撕裂了克拉帝尔嘴巴。因为对方的箭头早已变成犯罪者颜色，所以亚丝娜并没有遭受犯罪判定。

"呜哇！"

克拉帝尔用单手遮住嘴，头整个往后仰，就这么停顿了一会儿。当他把头抬回来时，脸上已经带着熟悉的憎恶表情。

"这臭女人……别太过分了……哼，也算来得正好。反正迟早也要把你干掉……"

只不过这句话也同样没办法说完。因为亚丝娜已经展开怒涛般的攻击。

"哦……呜啊啊！"

克拉帝尔虽然用双手剑死命应战，但根本不是亚丝娜的对手。只见亚丝娜的剑尖在空中拖曳着无数光芒，以恐怖的速度不断切裂并贯穿他的身体。就连等级比亚丝娜高出几级的我，也完全没法看出攻击轨道。只能呆呆地望着那如同跳舞般挥舞着剑的白衣天使。

实在太美丽了。亚丝娜甩动栗色头发，全身缠绕着愤怒火焰，面无表情地追击敌人的身影实在美丽到了极点。

"咕啊！呜啊啊啊啊！"

克拉帝尔这时已经开始陷入恐慌，手中乱挥一气的剑根本碰不到亚丝娜。只见他HP明显越来越少，终于由黄色进入了红色危险地带，克拉帝尔终于把剑丢出去，两手一举喊着：

"好，好了！我知道了！是我错了！"

接着便直接趴在地面上。

"我，我会退会！再也不出现在你们两个面前！所以——"

亚丝娜只是静静听着他的尖锐叫声。

接着她慢慢举起手中细剑，在手掌上利落地换成反手握剑。

原本放松的右手开始用力，将剑抬高了几厘米，准备一口气朝跪在地上的克拉帝尔背上刺去。瞬间，杀人者又发出更为尖锐的哀号。

"咿咿咿咿！我，我不想死啊——"

剑尖像碰上透明墙壁般停了下来。娇小的身躯剧烈地颤抖起来。

我完全能感受到亚丝娜心中的矛盾、愤怒与恐怖。

就我所知，她在这个世界里尚未夺取过任何玩家的性命。何况在这个世界将人杀死，死亡者在真实世界里也就跟着丧生。虽然这里是用PK这种网络游戏用语来称呼这种行为，但这可以说是真真正正的杀人。

——没错，快住手亚丝娜。你不能这么做。

虽然在内心如此喊叫，但我同时也在想着完全相反的事情。

——不行啊，不要犹豫。那家伙就是在等这一刻。

预测在零点一秒之后马上实现了。

"嘿呀啊啊啊啊啊啊！"

原本跪着的克拉帝尔不知何时已经重新拿起大剑，伴随突如其来的怪叫往上挥去。

亚丝娜右手上的细剑发出"喀锵"的金属声弹了开来。

"啊……"

发出短暂的悲鸣后，身体失去平衡的亚丝娜头上闪烁着金属光辉。

"太天真啦——副团长大人！"

克拉帝尔发出疯狂的吼叫声，手中的剑毫不犹豫地一边散发出暗红色效果光线，一边挥了下来。

"呜……哦哦哦哦哦啊啊啊！"

这次换我发出怒吼。好不容易解除麻痹的右脚往地面一踢，瞬时往前飞了数米后，用右手将亚丝娜推开，以左手臂挡住克拉帝尔的剑。

喀滋。

令人讨厌的声音响起，左手臂从手肘以下被切飞出去。部位缺损符号马上闪烁了起来。

不顾左手的切断面洒出许多代表血液的鲜红色光线，我的右手五根手指伸得笔直——

手刀就这么刺进护甲接缝当中。手臂伴随黄色光辉与潮湿触感，深深贯穿克拉帝尔腹部。

我反击时所用的体术技能零距离技"腕甲刺击"，成功将克拉帝尔剩下两成左右的HP彻底消耗殆尽。与我紧贴着的瘦削身体激烈抖动着，接着立刻全身无力。

随着大剑掉落地面的声音，他在我耳边以沙哑声音嚅嚅道：

"你这……杀人者……"

接着又哼哼笑了一声。

克拉帝尔全身变成无数玻璃碎片。发出"框啷！"一声后，飞散的多边形群产生了冰冷风压将我向后推，于是我整个人便往后倒去。

疲惫不堪的意识暂时只听得见响彻练级区里的风声。

不久，以不规则脚步踩着砂石的脚步声响起。把视线移过去，可以见到脸上带着空虚表情往这里走来的娇小身影。

亚丝娜低着头摇摇晃晃地走了几步路之后，像个断线木偶般跪在我身边。虽然朝我伸出了右手，但在我碰到她之前又忽然将手缩了回去。

"……对不起……都是我……都是我害的……"

她带着悲痛表情，以颤抖声音挤出这句话。泪水从她的大眼睛里涌出，闪烁着宝石般的光辉不断滴落到地面。由于我的喉咙也是异常干渴，所以好不容易才挤出一句简短句子——

"亚丝娜……"

"对不起……我……再也……没有脸见……桐人了……"

我努力撑起好不容易才恢复知觉的身体。全身因为受到严重伤害的缘故，直到现在仍残留着令人不舒服的麻痹感，但我还是努力伸出右手及被切断的左手，将她身体抱了过来。接着用自己嘴唇封住她樱桃色的小嘴。

"……"

亚丝娜全身僵硬，用两手推着我抵抗，但我使尽全身力气抱紧她瘦小的身体。这样的行为很明显已经触犯了性骚扰防范规则，亚丝娜视线里应该会有发动保护指令的系统信息出现，只要她按下OK钮，我就会在一瞬间被转移到黑铁宫的监狱区里。

但是我的双臂丝毫没有放松的意思，离开亚丝娜的嘴唇，顺着她的脸颊缓缓移动头部，直到靠在她肩上后，才低声对她呢喃道：

"我的性命是属于你的，亚丝娜。我将为你而活。到最后一刻我都会跟你在一起。"

我用受到三分钟部位缺损状态处罚的左腕，更加用力地抱住她的背部将她拉了过来。亚丝娜用颤抖的声音呼了一口气后，也小声地回答我：

"……我也是。我也一定会守护你。今后我将永远守护你。所以……"

最后亚丝娜已经说不出话来。于是我们就这么紧紧相拥，持续听着亚丝娜的呜咽。

由彼此身体传过来的热气，让我们冻结的内心一点一点开始融化。

亚丝娜说她在格朗萨姆等待时，一直在地图屏幕上确认我的位置。

当她看见哥德夫利的反应消失时，就从城镇里冲了出来。也就是说我们走了一个小时，大约五公里的路程，她只花了五分钟左右就走完了。这种速度真可说已经超越敏捷参数补正的极限。当我指出这一点时，她只是微笑着说"这都是爱的力量"。

我们回到公会本部后，向希兹克利夫报告整件事的始末，接着便直接申请暂时退团。当亚丝娜说明退团的理由是对公会的不信任时，希兹克利夫先是沉思了一下，后来还是答应了她的要求。但他最后露出神秘的微笑，对我们说了一句"但你们不久之后便会回到战场上吧"。

离开本部来到街上时已是傍晚时分，我们手牵着手朝着传送门广场走去。

两个人一路上都没有说话。

我们以从外围射进来的橘色光线为背景，漫步在铁塔群所描绘的墨黑色剪影当中。这时我脑袋里开始漫无目的地想，那个死去的男人的恶意究竟从何而来。

在这个世界里的确有不少喜欢犯罪的人。从偷窃、强盗到像克拉帝尔以及之前"微笑棺木"那样冷血杀人的犯罪者玩家，据说已经超过一千人。在大家的观念里，他们的存在已经像是会自然出现的怪物那样。

但是仔细一想，便会觉得他们实在是非常奇怪的一群人。因为应该所有人都很清楚，以犯罪者这种身份来伤害其他玩家，是对完全攻略游戏这个最终目标有害而无利的事。而这么做也就等于他们并不想离开这个世界。

不过当我见识到克拉帝尔这个男人的所作所为后，又觉得他并非如此。他不想去支援或阻止其他人从游戏里逃脱，可以说是处于完全的思维停滞的状态。也就是他不愿回顾过去，也不想预测未来，只是让自己的欲望无止境地增大，最后就开出那充满恶意的花朵——

但话说回来我又怎么样呢？我也没办法充满自信地说，自己是认真以完全攻略游戏为目标的。倒不如说，自己根本只是习惯性为了赚取经验值而潜入迷宫罢了。如果战斗只是为了强化自己，来获得优于他人力量的那种快感，那其实我也不是真心想让这个世界结束吧？

忽然感到脚下的铁板变得不牢靠甚至开始下沉，我只好停下脚步，接着像在期求亚丝娜的手拉我一把似的，用力握紧牵着的右手。

"？"

亚丝娜歪着头看看我，在瞥了她一眼后，我迅速低下头并自言自语般说：

"无论发生什么事，我都会让你……回到那个世界……"

"……"

这次换亚丝娜用力地握紧了我的手。

"回去时要两个人一起回去。"

说完她露出微微一笑。

不知不觉之间我们已经来到转移门前面。在让人感到冬天即将到来的寒风中，只有少数几个玩家缩着身体在路上走着。

我笔直地转向亚丝娜。

我想，从她那坚韧的灵魂所散发出来的温暖光芒，是唯一能正确指引我方向的明灯。

"亚丝娜……今天晚上……我想跟你在一起……"

我无意识地说出这句话。

我不想离开她。过去从没有如此接近的死亡恐惧紧贴在我背上，直到现在仍然无法轻易将它挥去。

如果今天晚上一个人睡，绝对会做噩梦。我确定自己一定会梦见那个疯狂的男人、往下刺过来的剑，以及右手刺进肉体时的触感。

虽然亚丝娜瞬间瞪大了眼睛凝视着我，但她应该可以听懂我话中的含义——

不久，她才双颊微红地轻轻点了一下头。

第二次造访亚丝娜位于塞尔穆布鲁克的房间，发现在这里迎接我的依然是奢华的摆饰，以及令人感到相当舒适的暖和度。从房间四处那些带着点缀效果的小东西，就可以看出主人的品位。虽然我是这么想的，亚丝娜本人却说：

"哇，哇啊——因为我最近都没怎么回来，房间里面都乱成一团了……"

然后她嘿嘿笑着，迅速将那些东西收拾干净。

"马上就开饭了。桐人你先看报纸等我一下。"

"嗯，好。"

看着解除武装改穿着围裙的亚丝娜消失在厨房里，我便在柔软的沙发上坐下。接着拿起桌上的大纸张。

说是报纸，其实也不过是以贩卖情报糊口的玩家们，随便把八卦消息收集起来后，冠上报纸名称拿来贩卖的替代品而已。不过这在没什么娱乐的艾恩葛朗特中，已经是相当重要的媒体，甚至有不少玩家长期订阅。我随意看着只有四页的新闻其中一面，但马上又无力地把它丢回桌上。报纸头条记载的，是我和希兹克利夫的对决。

在"新技能·二刀流使用者惨败于神圣剑下"的标题之下，非常贴心地放着我趴在希兹克利夫面前的照片——在游戏里，使用记录水晶就可以拍下照片。也就是说本人又替希兹克利夫的无敌传说增添了新的一页。

不过这么一来，人家对我的评价会下跌，骚动也就会跟着平息吧……我帮自己找了个比较容易接受的理由。当我开始看起稀有道具价目表时，一股浓郁香味从厨房里飘出来。

晚餐是牛形怪物的肉加上亚丝娜特制酱油淋酱的牛排。虽然食材的道具等级不是很高，但调味实在是太完美了。亚丝娜满脸笑意地看着大口咬着肉块的我。

饭后，当我们面对面坐在沙发上悠闲地喝着茶时，亚丝娜不知道为什么变得有点多话。不断讲着喜欢的武器品牌，或是哪个楼层里有什么观光景点这样的话题。

我原本有些惊讶地听着她所说的话，但亚丝娜却又突然停下来沉默不语，这让我开始感到有些担心了。只见她像在找什么东西般一动也不动地盯着茶杯里面看。表情简直就像战斗前那样非常认真。

"……喂，喂，你是怎么了……"

但我话还没说完，亚丝娜便将右手的茶杯用力放在桌子上，然后一边鼓舞自己一边迅速站起身来说道：

"……好吧！"

接着便直接走到窗边，碰了一下墙壁把房间操作选单叫出来，忽然就把四个角落灯光全部关上。黑暗立刻将房间包围住，我的索敌技能补正自动发挥作用，将视线切换成夜视模式。

染上一片淡蓝色的房间里，由窗外射进来街灯的些微光线洒落在亚丝娜身上，让她发出洁白光芒。虽然不清楚现在状况，但我还是因为她的美丽而屏住了呼吸。

她那看起来像深蓝色的长发，以及由短袍里伸出的细长又雪白的手脚，都将光线淡淡地反射回去，看起来简直像本身会发光一样。

亚丝娜就这么无言地站在窗边。她低着头让我看不清表情，只能见到她将左手放在胸前，似乎在犹豫些什么的样子。

正当还搞不清楚状况的我准备向她搭话时，亚丝娜的左手动了起来。她伸到空中的左手无名指轻轻地挥了一下。选单视窗跟"砰"一声的效果音同时出现。

蓝色黑暗当中，亚丝娜的手指在发出紫色系统颜色的视窗上慢慢移动。看起来是在操作左侧，也就是显示人物装备模型的样子。

当我这么想的时候，亚丝娜身上的及膝长袜无声地消失了。拥有完美曲线的腿出现在我眼前。接着她又动了一下手指。这次则换成解除连身短袍这个装备。我不由得张大了嘴、瞪大了眼睛，思考也陷入停止状态。

亚丝娜现在身上只穿着内衣。小小的白色布片仅仅遮住了胸部与腰部而已。

"不，不要……看这边……"

她用颤抖的声音小声说道。但就算她这么说，我的视线还是根本没办法移开。

亚丝娜的双手原本扭扭捏捏地交叉在胸前，但不久便把头抬起来直直看着我，接着把手放了下去。

我承受着灵魂几乎快出窍的冲击，呆呆看着她。

眼前的她已经不是用一个"美"字就可以形容的了。她有着蓝色光线缠绕的光滑肌肤，以及媲美最高级丝绢的长发。至于比想象中还要有分量的那两处隆起部位，这么说虽然有点矛盾，但感觉上无论什么绘图引擎都没有办法呈现出如此完美的曲线。从纤细腰部直到双脚，都由那带有弹性、让人联想起野生动物的肌肉包裹着。

实在无法相信这样的她只是3D物件而已。真要打个比喻，应该说是用上巧夺天工的技术，灌注了灵魂的雕像才对。

SAO玩家在首次登录时，就会按照调整NERvGear测定器时所取得的大略档案，半自动地产生玩家的肉体。这么一想，就会觉得眼前这个完美的肉体真可以说是一种奇迹。

我只能痴痴盯着半裸的亚丝娜。如果不是因为她羞到忍受不住，而用双手遮住身体开口讲话，就算过了一个小时，我还是会维持同样的状态。

亚丝娜的脸红到就算在淡蓝色的阴暗房间里，也可以分辨得出来。她低着头开口说道：

"桐人你也快点脱啊……只有我这样，羞，羞死人了……"

听完这句话之后，我才终于了解亚丝娜为什么会有这样的行动了。

也就是说，她对于我所说的——今晚想跟你在一起这句话，做出了比我更深一层的解释。

我在理解这件事的同时，也陷入更深的惊慌状态之中。结果，这让我犯下了到目前为止人生中最大的错误。

"啊……不是，那个……我会那么说……只是今晚想要和你住在同一个房间里……"

"咦？"

我这个笨蛋把自己当时的想法老实说出来后，这次换成亚丝娜脸上出现呆滞表情僵在当场。但不久之后，她脸上就浮现出混合了非常羞耻与愤怒的表情。

"笨……笨……"

她紧握的右拳涌出了眼睛也能看见的杀气。

"笨蛋！"

亚丝娜将敏捷度发挥到淋漓尽致的正拳快速向我挥了过来，在即将击中我脸颊时，被犯罪防止规则阻止，随着超大声响迸出紫色火花。

"哇，哇啊——等等！不好意思，是我不对！刚刚的话当我没说过！"

我激烈挥着手，对不顾一切准备挥出第二拳的亚丝娜努力解释着。

"是我不对，我不好！但……但是，话又说回来……那个能够做到吗？在SAO里面……"

"你，你不知道吗……"

"不知道……"

听到这里，亚丝娜脸上表情忽然又从激怒转变为害羞，然后小声说道：

"……那个……在选项选单里最下面的地方……有一个'限制级规范解除设定'……"

这可是我第一次听说。封测时绝对没有这种东西，而且说明书上面也没有记载。想不到贯彻独行玩家身份，对战斗情报以外没有任何兴趣的报应，会在这种情况下出现。

但是亚丝娜刚才的话又让我心中产生一个无法忽视的新问题。在思考能力还未恢复的同时，我不小心又把问题直接脱口而出：

"……那个……你已经有使用经验了吗？"

亚丝娜的铁拳再度在我面前炸裂。

"当，当然没有啦笨蛋——我是听公会的女孩子说的！"

我急忙整个人趴在地上不断地道歉，花了好几分钟的时间才让亚丝娜逐渐平息怒气。

　　桌子上唯一一盏亮着的小蜡烛发出细微光芒，隐约照着在我臂弯里熟睡的亚丝娜。手指轻轻地从她雪白的背上划过。光是从指尖上传来的这种温暖且无比光滑的触感，就足够让人陶醉不已了。

　　亚丝娜微微睁开眼睛往上看着我，眨了两三次眼睛之后笑了一下。

　　"不好意思，吵醒你了？"

　　"不会……我刚刚做了个怪梦。是关于原来那个世界……"

　　她保持着笑容，将脸埋在我胸前。

　　"我在梦里面想到，如果进入艾恩葛朗特和遇见桐人都是一场梦该怎么办，然后我就感到很害怕。幸好……不是做梦。"

　　"你这家伙真是奇怪。难道不想回去吗？"

　　"当然想啊。虽然想回去，但也不想失去在这里生活的记忆。虽然……拖得有点久才了解到……但这两年对我来说真的很重要。现在更是这么认为。"

　　她忽然变得一脸认真，握住我放在她肩膀上的右手，紧紧地抱在自己胸前。

　　"……真的很抱歉，桐人。原本……原本应该是我自己得做个了断才对……"

　　我轻轻吸了口气，马上又深深呼出来。

　　"不……克拉帝尔的目标是我，把他逼到这种地步的人也是我。那是属于我的战斗。"

　　我凝视着亚丝娜眼睛，慢慢点了点头。

　　淡褐色眼睛里泛着些许泪光，亚丝娜静静地将嘴唇印在我那被她紧握着的手。她嘴唇的轻柔触感直接传达到我身上。

"我也会……跟你一起背负这件事。你身上所有的重担，我都会跟你一起承担。我向你保证，接下来的日子里我一定会守护你……"

这正是——

我从过去到现在一直都没能说出口的话。但是这个瞬间，我的嘴唇发抖，可以听见从自己喉咙——或者可以说从自己灵魂里流露出这样的声音。

"我也是……"

非常细微的声音，悄悄回荡在空气中。

"我也会守护你。"

这么一句简单的话，我却说得如此小声，如此靠不住。我不由得苦笑了起来，回握亚丝娜的手呢喃道：

"亚丝娜……你真的很坚强。比我要坚强太多了……"

亚丝娜听完之后，眨了几下眼睛，然后便微笑了起来。

"没这回事。我在真实世界里也是习惯躲在人家背后。这个游戏也不是我自己买的。"

她像是想起什么般呵呵笑着。

"本来是哥哥买的，但他忽然要出差，所以就在游戏开始营运当天借我玩一下而已。他当时看起来真的很不情愿，结果就这么被我独占了两年，我想他一定很生气吧。"

虽然心里想着，变成替死鬼的亚丝娜还比较倒霉，但我还是点了点头说：

"……那得快点回去跟他道歉才行。"

"嗯……得更努力一点才行……"

亚丝娜嘴里虽然这么说，但低下头的模样却显得相当不安，接着整个身体往我这边靠了过来说道：

"那个……桐人。虽然跟刚刚说的话有些矛盾……但我想先离开前线一阵子好吗……"

"咦？"

"总觉得有点害怕……现在我们两个人好不容易在一起了，我好害怕如果立刻就上战场，会发生什么不幸的事情……我可能真是有点累了吧。"

静静地顺了一下亚丝娜头发后，我竟然出乎自己意料地乖乖点了点头。

"说得也是……我也累了……"

就算各项数值没有什么变化，但连日的战斗的确让我囤积了不少无形疲劳。而像今天这种十分紧急的状况就更不用说了。其实无论是再强韧的弓，若每天不断紧绷着，总有一天会折断。所以的确需要适当休息才行。

我感到一直强迫自己不断战斗的那种，近乎危机感的冲动正在离我远去，目前我只想加深与这名少女之间的羁绊。

我把双臂绕过亚丝娜身体，边把头埋在她那如丝绢般的头发里边说道：

"第二十二层西南区域里，在那充满森林与湖的地方……有个小村庄。那边是个没有怪物会出现的好地点。现在刚好有几栋圆木房屋在出售。我们两个人搬到那边去吧……然后……"

"然后？"

我努力鼓动自己僵硬的舌头，把接下来的话说完。

"……我，我们结婚吧。"

我想我一辈子都忘不了这时亚丝娜脸上所露出的最美丽的笑容。

"好……"

她静静点了一下头，在脸颊上滑落一颗豆大的泪珠。

▶17

按照系统上的规定，SAO的玩家之间总共有四种关系存在。

首先，第一种是毫无关系的他人。第二种则是好友。彼此有将对方登录到好友名单里面的玩家，不论在什么地方都可以传送短消息给对方，也可以在地图上搜寻朋友现在位置。

第三种则是公会的同伴。除了上述的机能之外，战斗时与公会成员组队的话，可以得到战斗力稍微提升的Buff。但相对的，入手的珂尔里也得有固定比例要上缴给公会当作资金。

到目前为止，我和亚丝娜已经共有过朋友以及公会成员这两种关系，虽然目前我们暂时脱离公会，却决定成为最后一种关系。

虽然说是结婚——但手续其实非常简单。只要一方传送求婚信息然后对方接受，就算是结婚了。不过，两个人结婚之后所产生的变化，可不是朋友和公会成员这两种关系所能相比。

结婚在SAO里所代表的意思，简单来说就是全部情报与道具都与对方共有。彼此之间可以自由观看对方的状态画面，就连道具画面也会统合成一个。其实这也就是将自己最重要的生命线交到对方手里的行为，在充斥着背叛与诈欺的艾恩葛朗特里面，就算感情再好的情侣也很少发展至结婚关系。当然，男女比例非常不平均也是重要理由之一就是了。

第二十二层楼可以说是艾恩葛朗特人口最稀少的楼层之一。因为楼层低所以面积相当宽广，但常绿树森林与散布在各处的无数湖泊占据了大部分土地，主要街道区规模可说只有一个非常小的村落而已。练级区里面不会出现怪物，迷宫区难度也相当低，所以仅仅三天便被攻略下来，在玩家记忆里可以说几乎没有留下什么印象。

　　我与亚丝娜在第二十二层的森林里买了一栋小小圆木房屋，然后搬到那里去生活。房子虽然小，但在SAO要买下一整栋房子还是得花上一笔相当可观的金额。原本亚丝娜打算要将位于塞尔穆布鲁克的房间卖掉，但我强烈反对她这么做——因为要放弃一间布置得如此完美的房间，不是说句太可惜了就能算了的——最后是透过艾基尔的协助，我们两个人将手边的稀有道具全部卖完之后，才好不容易凑足了钱。

　　虽然艾基尔一脸遗憾地表示，我们可以随意使用他商店的二楼，但借住在杂货店里的新婚生活实在让人感到太过悲惨。再加上超有名玩家亚丝娜结婚了这种事情一旦公布出来，不敢想象将会引起什么样的骚动。我想，在人烟稀少的第二十二层里，我们应该可以过一段平静的生活才对。

　　"呜哇——风景真美！"

　　这里虽然称为寝室，但其实房子里也只有两个房间而已。亚丝娜将房间南侧窗户整个打开后，身体探出窗外。

　　外面的风景的确很漂亮。因为这里相当接近外围部分，所以放眼望去可以见到闪耀着光芒的湖、浓绿的森林，以及远处那一整片开阔天空。平常我们都是处于盖在我们头上一百米左右的石盖下生活，所以如此接近天空所带来的开放感可说是笔墨难以形容。

"不要光看漂亮风景，太接近外围可是会掉下去的哦。"

我放下手边整理家具类道具的工作，从背后抱住亚丝娜的身体。这位女性现在已经是我的妻子——一想到这里，类似冬日阳光的温暖、不可思议的感慨，最后还有惊讶我们竟然可以发展成夫妻关系，这样复杂的感觉便涌了上来。

被囚禁在这个世界之前，我只是个漫无目的地往来学校与家庭之间的小孩子。但现在现实世界对我来说已经变成遥远的过去了。

如果——如果这个游戏攻略完成，我们就能回到原来世界了……虽然这应该是包含我和亚丝娜在内所有玩家的希望，但是一想到那时的事情，老实说就令人感到不安。我抱着亚丝娜的双臂在不知不觉中越来越用力。

"好痛哦桐人……你怎么了？"

"抱……抱歉……那个，亚丝娜……"

虽然我一时之间说不出话来，但无论如何还是想问个清楚。

"……我们两个人之间的关系，是仅限在游戏里面吗？回到那个世界之后是不是就消失了呢……"

"我要生气喽，桐人。"

转过头来的亚丝娜，用完全燃烧着怒火的眼神看着我。

"就算这是一个没有陷入异常状态的普通游戏，我也不是随便就会喜欢上人的女生。"

她用两手夹紧我脸颊后说道：

"我在这里只学会一件事。那就是不到最后关头绝不轻言放弃。如果回到了现实世界，我一定会再度和桐人你相遇，然后重新喜欢上你。"

已经不知道是第几次为亚丝娜的率直与坚强而感动了。或者说这只是我太软弱了呢。

不过，就算是我软弱也无所谓。长时间以来，我根本已经忘了有人可以依靠、有人支持自己是如此令人高兴的事。虽然不清楚可以在这里待到什么时候，但是至少在离开战场的这段时间里——

我放任自己的思绪随处飘荡，只将精神集中在怀中那甘甜芳香以及柔软的触感上。

18

　　垂在湖面上的钓线前端绑着鱼漂，但这鱼漂根本连动也没动一下。我只是盯着在水面乱舞的柔和光线傻看着，不久睡魔便开始侵袭而来。

　　我大大地打了个呵欠，把钓竿拉了回来。钓线前端的银色钓钩只是空荡荡发着光，挂上去的鱼饵早已不见踪影。

　　搬到第二十二层来已经过了十几天。我为了取得每天的食材，特别将技能格子里很久之前曾修行过的双手剑技能移除，然后换上钓鱼技能。接着便模仿起姜太公在溪边钓鱼的模样，但不知为什么鱼就是完全不上钩。技能熟练度也差不多超过六百，这时候就算钓不到大鱼也应该可以钓到些什么了才对，但每天都还只是平白浪费在村子里买的整箱钓饵而已。

　　"钓不下去了……"

　　我小声咒骂了一下，接着把钓竿丢到一旁，然后整个人躺了下去。掠过湖面吹过来的风虽然寒冷，但亚丝娜用裁缝技能帮我做的超厚防寒外套让身体相当温暖。她的裁缝技能也正在修行当中，所以当然不像跟商店定做的那样完美，但只要能保暖就没问题了。

　　艾恩葛朗特现在进入了"柏树之月"的季节。以日本来说的话就是11月。虽然已经将近冬天，但在游戏里，钓鱼与季节没有关系。搞不好是幸运值因为娶到漂亮老婆而全部用光了。

想到这里，我整个人都高兴起来，脸上大剌剌地露出笑容，然后继续躺在地上睡觉。忽然，有个声音从头上传了过来：

"成果怎么样？"

我整个人因为惊吓而跳了起来，转过去一看，只见一个男人站在那边。

他身上穿的厚重衣服有外加可以覆盖住耳朵的帽子，还跟我一样拿着钓竿。不过令人惊讶的是这名男子的年纪。他怎么看都应该超过五十岁了。戴着铁框眼镜的脸上已经刻有表示刚进入老年的皱纹。在充满重度游戏狂的SAO里面，如此高龄的玩家倒是相当少见。应该说从来没有见过才对。难道说——

"我可不是NPC哦。"

男人像是看透我想法般苦笑了一下，接着慢慢从土坡上走了下来。

"真，真是抱歉。我也是觉得不太可能，但……"

"不会不会，也难怪你那么想。我想我应该是这个游戏里面最高龄的玩家吧。"

只见他晃动着健壮的身体，哇，哈，哈地笑了起来。

男人说了句"抱歉"就在我身边坐下，从腰间小袋子里拿出饵箱后，用不习惯的手势把弹出式选单调了出来，选取钓竿之后把饵挂了上去。

"我叫西田。在这里的职业是钓师，现实里则是日本一间名叫东都快速线的公司的保安部长。没有名片真是不好意思。"

说完他又笑了起来。

"啊啊……"

　　我大概知道这个男人为什么会出现在游戏里了。东都快速线是与ARGUS合作的网络营运公司。应该也有负责管理连往SAO服务器群的网络才对。

　　"我叫做桐人，最近才从上层搬过来。西田先生的公司，应该就是……负责维护SAO网络线的……"

　　"基本上我就是这部分的负责人。"

　　我带着复杂心情看着点头的西田先生。这么说来，这个男人应该是因为工作才会跟这次的事件扯上关系的。

　　"哎呀，本来上面的人也说不用登录游戏没关系，但我的个性就是一定要亲眼确认一下自己的工作成果才行，不肯服老的结果就是遇上这种事情。"

　　看他笑着用流畅的动作将钓竿甩了出去，就能感觉到他是个很专业的钓师。他似乎很喜欢说话，不等我开口就继续说道：

　　"除了我之外，也有二三十个年纪比较大的老爹，因为各种原因而来到这个世界。他们大概都乖乖待在起始之城镇里，但我实在没办法放弃这个兴趣。"

　　说着还拉了一下钓竿给我看。

　　"不断找寻好的河川与湖泊，最后就爬到这种地方来了。"

　　"原，原来如此……不过这层也没有怪物会出现就是了。"

　　西田听到我说的话，只是微微一笑没有回答。反而问我：

　　"怎么样，上面还有不错的钓鱼地点吗？"

　　"嗯……在第六十一层的全面湖，应该说是海才对，听说可以钓到相当大的鱼。"

　　"这样啊！那我可得去试试看才行。"

这时候，男人投出的钓线末端上的鱼漂开始剧烈地浮浮沉沉。西田准确地配合着钓竿的节奏动起手腕。他本身的钓鱼技巧应该就很不错了，而且钓鱼技能的数值也相当高才对。

"呜哦，好，好大！"

我急忙探出身子，西田在我身边悠然操纵着钓竿，一口气将一尾发出蓝色光辉的大鱼拉出水面。鱼在男人手边跳了几下之后，就自动收进道具栏里消失了。

"了不起……"

西田不好意思地搔着头说道：

"没有啦，这里钓鱼都只是靠技能数值而已。"

接着又笑说：

"不过，能钓到鱼是不错，但之后还真不知道该怎么料理。虽然很想吃炖鱼和生鱼片，但没有酱油根本没办法……"

"啊……那个……"

我稍微犹豫了一下。我们是为了躲避众人才搬到这里来，但我判断这个男人应该对八卦消息没什么兴趣才对。

"……我知道有跟酱油非常类似的调味料……"

"你说什么！"

西田眼镜底下的眼睛发出光芒，往我这里靠了过来。

亚丝娜在迎接我回家时看见了西田先生，她有些惊讶地瞪大双眼，不过马上就露出微笑说：

"你回来啦，有客人？"

"嗯，这位是钓师西田先生。而——"

转向西田的我，正准备向他介绍亚丝娜时，却因犹豫而说不出话来。这时亚丝娜对着上了年纪的钓师笑了一下之后说：

"我是桐人的妻子亚丝娜。欢迎到我们家来。"

说完后很有精神地点了点头。

西田张大了嘴，呆呆望着亚丝娜。身穿朴素长裙与亚麻衬衫，挂着围裙披着头巾的亚丝娜，虽然与KoB时代那种英姿焕发的剑士姿态完全不同，但美丽丝毫没有改变。

眨了好几次眼睛后才好不容易回过神来的西田开口说道：

"哎，哎呀，真是失礼，我完全看呆了。我叫做西田，今天来你们家里打扰……"

他一边搔头一边哇哈哈地笑着。

亚丝娜发挥料理技能，将从西田那里拿到的鱼调理成生鱼片与炖鱼后摆在饭桌上。她自制酱油的香味飘散在房间里，西田露出一脸感动的样子不断动着鼻子。

虽然说是淡水鱼，但尝起来的味道却像是盛产季时充满油脂的青甘鱼。根据西田所说，这是钓鱼技能不到九百五十以上就钓不到的种类。我们三个人聊了一会儿，就专心地动起自己手上的筷子。

桌上的盘子马上就被清空了，饭后西田手上拿着装了热茶的杯子，一脸陶醉地长长叹了一口气。

"……哎呀，实在是太好吃了。谢谢你们的招待。不过，还真没想到在这个世界竟然会有酱油……"

"啊，这是我们自己做的。不嫌弃的话请带回去吧。"

亚丝娜从厨房里拿出了一个小瓶子交给西田。不过我想还是不要跟他说明素材里含有解毒剂原料比较好。她笑着对不好意思的西田说了句"没关系，你也跟我们分享了那么美味的鱼啊"之后，又接着说道：

"而且桐人他根本没钓到过什么鱼回来。"

忽然被人把矛头指向自己，我只好不太高兴地啜了口茶后回答：

"在这附近的湖钓鱼难度太高了。"

"其实不是这样。难度高的就只有桐人你刚才钓鱼的那片大湖而已。"

"什……"

西田说的话让我不禁哑口无言。亚丝娜则是捧着肚子不断窃笑。

"为什么会设定成这个样子呢……"

"其实那个湖泊呢……"

西田放低了声音说道。我跟亚丝娜把身体靠了过去。

"好像是有主人的。"

"主人？"

西田对着异口同声的亚丝娜和我微微一笑，一边把眼镜往上推，一边继续这么说道：

"村子的道具屋里有一种特别贵的钓饵。我想东西要买来试才知道效果，所以就买来用了。"

我不由得吞了一下口水。

"但是，用这个钓饵完全钓不到鱼。在许多地方试过之后，我才想到会不会是要用在那个难度最高的湖泊。"

"结、结果钓到了吗？"

"确实是上钩了。"

他深深点了点头。但马上又露出很可惜的表情说道：

"只不过，我但力量不足以把鱼拉起来，钓竿也被整个拖走。我在最后稍微看见一点影子，那可不只是大而已啊，可以说是怪物了。当然我指的不是像在练级区里出现的那些怪物。"

西田大大地张开了自己的双臂。在湖边时，我对他说这里没有怪物会出现时，他露出了一个别有含义的笑容，指的就是这个意思吧。

"哇啊，真想看一下！"

亚丝娜两眼发光地说。西田则说了句"这就是我想跟你们商量的事"，便将视线移到了我这边。

"桐人，你对自己的力量值有自信吗？"

"嗯，应该算还可以吧……"

"那要不要跟我一起钓呢！上饵之前都由我来负责。上钩之后就交给你。"

"啊啊，钓鱼的'切换'吗？那种事能办得到吗……"

亚丝娜一脸兴奋对感到怀疑的我说道：

"就试试看嘛桐人！听起来很有趣！"

她依然是想到什么就急着去做。不过事实上，我自己对这件事也感到很好奇就是了。

"那就试试看吧……"

我说完后，西田露出满脸笑容，说了句"这样才对嘛"，便哇哈哈地大笑了起来。

当天晚上。

亚丝娜嘴里喊着好冷好冷，然后钻进我被窝里把身体紧紧黏着我之后，喉咙里发出了满足的声音。她一边眨着睡意浓厚的眼睛，一边像是想起什么般浮现出笑容。

"……这里真是有各式各样的人呢……"

"他真是个讨喜的老先生。"

"嗯。"

原本笑着说话的亚丝娜忽然收起笑容小声说道：

"至今一直待在上层战斗，根本忘了也有人在这里过着普通的生活……"

"不是说我们比较特别，但既然有可以在最前线战斗的等级，也就代表了我们对这些人有责任。"

"……我从来没想过这种事……只觉得变强是让自己在这里存活下来的首要条件……"

"我想现在一定有很多人对桐人有所期待。当然也包含我在内。"

"可惜我的个性是，听到人家这么对我说第一反应就会想要逃走……"

"真是的……"

亚丝娜一脸不满地噘起了嘴。我抚摸着她的刘海，在内心祈祷着可以再多过一阵子像这样的生活。为了西田和其他玩家，我们总有一天要回到战场上去。但至少现在——

　　从艾基尔与克莱因发过来的信息里可以知道，第七十五层攻略陷入了困境。但我真心认为，对我来说，目前在这里跟亚丝娜的生活才是最重要的事。

19

西田是在三天后的早晨才通知我们钓鱼的日期。看来他是到处去跟钓鱼伙伴宣传这件事，当天据说会有三十个左右的观众来参加。

"这可真是糟糕。亚丝娜……怎么办？"

"嗯——"

老实说，这样的通知让我们有点手忙脚乱。这里是我们为了躲避情报贩子等人所选择的藏身地点，所以不想在多数人面前露面。

"你看这样如何！"

亚丝娜将栗色长发盘在头上之后，用大头巾将脸深深埋住。然后又在操作视窗换上一件超大厚外套。

"哦，哦哦。不错哦，就像个为生活忙碌的农家主妇。"

"……你这是在夸奖我吗？"

"当然。我的话，不带武器应该就不会被认出来了。"

中午前，我和拿着便当篮子的亚丝娜一起离开家门。虽然跟她说到现场再将篮子实体化就好，但她坚持这是变装的一部分，非要一直提在手上不可。

今天的气温在这个季节算是温暖。我们在宽阔的针叶树森林里走了一阵子之后，就从树干间看见了闪烁的水面。湖畔已经人头攒动了。带着有点紧张的心情走过去后，那名相识的矮壮男子便伴随着熟悉笑声举起手来。

"哇，哈，哈，天气是晴天真是太棒了。"

"你好，西田先生。"

我和亚丝娜对他点了一下头。这是个网罗各种年龄层的集团，据说每个人都是西田主办的钓鱼公会成员。怀着紧张心情与他们打过招呼后，发现似乎没有人认出亚丝娜来。

话说回来，这老先生比我想象中的还要有行动力，在公司里面应该是个很好的上司吧。在我们到达之前就经为了营造气势先举办了钓鱼比赛，整个场面相当热闹。

"嗯——那马上就要展开我们今天的主要活动了！"

单手握着长大钓竿的西田大声宣布之后，周围的人们便热情地欢呼了起来。我的视线随意往粗大的钓线看去，在看见吊在最前面的东西之后吓了一跳。

那是一只蜥蜴，而且是非常庞大的蜥蜴。大概有一个成年人的上臂那么大。身上那看起来充满毒性的红黑突起表面，像是要展示新鲜度般发出了光泽。

"呜咿……"

比我晚了一点注意到那物体的亚丝娜绷着脸，往后退了两三步。如果这是饵，那准备钓的究竟是什么东西啊？

但我根本还来不及开口，西田便转向湖面，把钓竿高举过头顶。接着奋力一挥，用漂亮的姿势将钓竿挥出去，巨大蜥蜴在空气中发出呼一声后划出一道弧形，没多久便在稍远的水面上溅起大量水花并落入湖里。

SAO里的钓鱼几乎没有等待时间。只要将鱼饵丢进水里，数十秒之内就可以知道究竟是猎物成功上钩，或者是饵被吃走了这样失败的结果。我们吞了口口水盯着沉没在水里的钓线。

果然不久之后，钓竿前端便震动了两三下。不过拿着钓竿的西田却一动也不动。

"来，来了啊！西田先生！"

"现在还太早了！"

西田那双在眼镜后方原本慈祥的双眼这时发出了绚烂光辉，他仔细看着不断震动的钓竿前端。

结果钓竿尖端被向下拉的角度变得更大。

"就是现在！"

西田短小的身躯向后挺，用全身的力量抬起钓竿。钓线的紧绷状态就连旁观者也一目了然，"乓"一声的效果音在空气中响起。

"上钩了！接下来就交给你了！"

我谨慎地试着拉拉看从西田那拿到的钓竿，却是连一动也不动，感觉就像鱼钩不小心钩到了湖底的地面似的。正当我因为不确定这究竟是不是真的上钩而感到不安，用眼睛瞄了西田一眼的瞬间——

突然有一股猛烈的拉力将钓线往水里拖去。

"呜哇！"

我急忙两脚用力，重新拉起钓竿。使用的力量瞬间就超过日常生活模式了。

"这，这个用力拉没问题吗？"

我担心钓竿与钓线的耐久度，因此对西田如此问道。

"这是最高级品！你尽管用力拉没关系！"

我对因为兴奋而满脸通红的西田点了点头，重新摆好握竿姿势，开始用上全部的力量。钓竿从中间部分呈现的倒U字形越来越大。

在升级之后，每个玩家都可以自由选择要提升力量或者是敏捷。理论上来说，像艾基尔那样的斧头使当然是优先提升力量，而亚丝娜这样的细剑使则是提升敏捷度。虽然属于正统派剑士的我两种数值都有选择，但我因为个人喜好而比较倾向提升敏捷度。

不过，或许是等级实在提升得太高，这场拔河看来是我比较占优势。我站稳了双脚慢慢地向后退，虽然速度缓慢，但谜样的猎物确实正在逐渐浮上水面。

"啊，可以看见了！"

亚丝娜探出身子，手往水中一指。我因为离开岸边且整个身体向后仰，所以无法确认猎物目前的状况。观众们先是产生了一阵骚动，接着每个人争先恐后冲向水边，从岸上以斜角往湖水深处看去。我禁不住自己的好奇心，股起全部力量用力把钓竿向上一拉。

"……"

突然之间，在我眼前那些探出身子看着湖面的群众们身体一震。然后每个人都往后退了两三步。

"怎么……"

我话还没说完，那些家伙就一起转身并以猛烈速度跑了起来。而在我左边的亚丝娜与右边的西田也脸色发白地跑了过去。

感到惊讶的我，转头准备往他们的方向看去时——两手上的抗力突然消失，我整个人便向后倒去，屁股重重坐到地上。

"糟糕，线断了吗？"一想到这点，我便迅速抛下钓竿并起身往湖面跑去。但这时候，眼前闪耀银色光辉的湖水向上隆了起来。

"什——"

我瞪大眼睛张开嘴巴僵在当场，这时从远方传来了亚丝娜的声音。

"桐人，危险啊——"

转身一看，包含亚丝娜与西田在内全部人马都已经冲上岸边堤防，距离我有一段相当远的距离。我心里浮现很不好的预感，再度转头往回看去。

那里站着一只鱼。

详细一点说明的话，是只介于鱼类与爬虫类之间，那种进化到一半，长得像空棘鱼但更接近爬虫类的家伙。它全身滴着像瀑布般的水滴，六只粗壮的脚踩在岸边草上俯视着我。

之所以会用俯视来形容，是因为那家伙总高度至少有两米以上。那看起来一口就可以吞下整只牛的嘴在我头上稍微高一点的地方，嘴角还露出之前那只蜥蜴的脚。

巨大的古代鱼那位于头部两侧，有篮球那么大的双眼与我四目相对，我视线里自动出现了表示怪物的黄色箭头。

之前西田曾说湖泊主人是只野怪，某种程度上可以称之为"怪兽"。

什么叫"某种程度上"，这家伙根本就是只地地道道的怪兽啊。

我脸上浮现出僵硬的笑容，往后退了几步。接着就这么转身，宛如脱兔般向前奔跑。背后的巨大鱼发出雷鸣般咆哮之后，理所当然踩着让地面产生震动的脚步，往我奔了过来。

我将自己的敏捷度全开，像要飞起来般全力冲刺。几秒之后，当我到达亚丝娜身旁时，对她发出了强烈抗议：

"太，太太太狡猾了！竟然自己逃走！"

"哇啊，桐人！现在不是说这种事的时候了！"

"哦哦，竟然在陆上跑……是肺鱼吗……"

"桐人，现在没空说这些无关紧要的事了！得快点逃走！"

这次换成西田慌张地叫了起来，瞧他的样子像快要脚软了一样。其他数十名的观众们也因为这突如其来的状况而僵住了，里面甚至还有不少人表情茫然地坐倒在地。

"桐人，你有带武器来吗？"

亚丝娜一边把脸往我耳边靠近一边小声问道。的确，要让这群已经陷入恐慌与混乱状态的人井然有序地逃走，可以说相当困难——

"抱歉，我没带……"

"真是没办法……"

亚丝娜边摇着头边转身面对朝这里逼近的巨大长脚鱼。接着她用相当熟练的动作迅速操纵起视窗。

在西田与其他观众们茫然注视之下，背对着我们直挺挺站着的亚丝娜用两手将头巾以及厚外套同时脱掉。反射着太阳光闪闪发亮的栗色头发随着风在空中飞舞。

外套下虽然是草色长裙与生麻制成的衬衫这种朴素装束，但左腰上那镀银的细剑剑鞘闪烁着刺眼光芒。她用右手高声将剑拔出，悠闲地等着发出巨大声响杀过来的巨大鱼形怪物。

在我旁边的西田，这时候才好像恢复思考能力般抓住我的手臂大叫：

"桐人！你太太，你太太她危险啦！"

"不，我想交给她就可以了。"

"你在说什么啊！这、这样的话只好由我……"

他从旁边的伙伴那将钓竿一把抢了过来，然后带着悲壮表情摆好姿势，准备往亚丝娜那边冲过去，我只好赶紧阻止这位上了年纪的钓师。

鱼怪突进的速度不减，张开排列着无数尖牙的大嘴，像要一口将亚丝娜吞噬般跳了起来。面对那张血盆大口，侧着半边身子的亚丝娜右手拖曳着白银色光芒向前冲了过去。

随着类似爆炸的冲击声，鱼怪嘴里爆发出刺眼的闪光效果。整只鱼被炸上了天空，但亚丝娜的位置却完全没有改变。

虽然怪物的巨大身躯的确让我看了胆战心惊，但我原本就预测它的等级不会太高了。因为这里是低楼层，而且又是在与钓鱼技能相关的任务里出现，应该不会出现那种不合理的强敌。SAO这个游戏不会违反一般线上游戏的常理。

巨大鱼在落下之后发出巨响，HP条也因为吃了亚丝娜一记重攻击而大大减少。这时，亚丝娜又毫不留情地补上不辜负她"闪光"封号的连续攻击。

亚丝娜一边踩着像极了跳舞般的华丽脚步，一边不断使出无数必杀技，而西田与其他参赛者只能在旁边痴痴地望着她看。不知道他们是为亚丝娜的美丽抑或是她的强劲实力所着迷呢？我想应该是两者都有吧。

亚丝娜边挥剑边散发出压倒周围群众的强烈存在感，当她发现敌HP条已经进入红色状态时，为了取出距离而先轻轻往后一跳，在落地的同时马上又发动突进攻击。全身宛如彗星般拖着发光的彗尾从正面往鱼怪冲去，这是最高级细剑技之一的"闪光穿刺"。

彗星伴随着如同音爆般的冲击声，直接从怪物的嘴贯穿到尾巴，当亚丝娜经过漫长滑行之后停下身来，身后的怪物立刻变成巨大发光碎片四处飞散。过了一会儿，轰然破碎声响起，在湖面上造成了巨大波纹。

亚丝娜"锵"一声将细剑收入剑鞘之后，一派轻松地往这里走了过来。西田他们则是维持着张大嘴巴的姿势，站着一动也不动。

"嘿，辛苦了。"

"太狡猾了，让我一个人对付那家伙。你一定要请客才行。"

"我们的财产不是都整合在一起了嘛。"

"呜，对哦……"

我与亚丝娜闲话家常了一阵子之后，西田才好不容易边眨眼边开口说道：

"哎呀……这可真是惊人啊……这位太太，你，你可真是强啊。不好意思，请问你现在的等级是？"

我与亚丝娜面面相觑。在这个话题上打转太久的话，对我们来说实在不太妙。

"先，先别讲这件事，你看，从刚刚打倒的鱼那边出现道具了。"

亚丝娜操纵了一下视窗，一根闪耀着白银光芒的钓竿便出现在她手里。因为是从任务怪物里出现的，所以应该是属于非卖品的稀有道具才对。

"哦，哦哦，这个是？"

西田眼睛发亮，将钓竿拿了起来。四周的参加者也一起发出惊叹声。正当我认为已经成功蒙混过去时……

"你……你是血盟骑士团的亚丝娜小姐吗？"

其中一个年轻玩家靠过来两三步之后紧盯着亚丝娜看，接着他的眼中瞬间发出光芒。

"没错，果然没错。因为我有你的照片啊！"

"呜……"

亚丝娜僵硬地笑了笑，往后退了几步。周围又发出比刚才大了一倍以上的惊叹声。

"太，太感动了！竟然可以在这么近距离看见亚丝娜小姐的战斗……对了，可，可以请你帮我签名……"

年轻男人话说到这里忽然闭起嘴巴，视线在我和亚丝娜之间来回看了两三次。最后以呆滞的表情说道：

"你……你们，结婚了吗……"

这次轮到我脸上露出僵硬的笑容了。在我们这两个不自然地笑着的人四周，忽然一起发出了许多悲叹与吼叫声。只有西田一个人还搞不清楚状况般不断眨着眼睛。

　　我和亚丝娜的秘密蜜月生活，也就因此在仅仅两个星期之后便结束了。不过，以结果来说，最后能参加一次愉快的任务，也可以算是非常幸运吧。

　　那天晚上，我们收到了一条由希兹克利夫所传来，邀请我们参加第七十五层头目攻略战的信息。

　　隔天早上。

　　当我坐在床边垂头丧气看着地上时，已经整装完毕的亚丝娜，一边踩着脚步让靴子的鞋钉发出声音，一边走到我面前。

　　"嘿，你要沮丧到什么时候！"

　　"但只有两个星期而已啊！"

　　我像个小孩子似的边回答边抬起头来。但事实上我不能否认，身穿久违了的白红骑士装的亚丝娜看起来实在魅力十足。

　　其实只要考虑到造成我们暂时退出公会的原因，我们大可拒绝这次的邀请。

　　但是信息最后面出现的"已经有牺牲者出现了"这样的字眼，实在让我们两个人感到难以心安。

　　"还是至少去听一下他们怎么讲嘛。好啦，时间到了！"

　　背上被拍了一下之后，我才不情愿地起身，打开装备画面。因为我们还是处于暂时退团状态，所以我穿上熟悉的黑色皮大衣，戴上最少限度的防具，最后把两把爱剑交叉地插进背上剑鞘。背上传来沉重感，可能是它们对于我在这么长一段时间当中只把它们摆在道具栏里所发出的无言抗议吧。我像是要安抚两把剑似的稍微将它们抽出来，接着同时迅速将它们收回剑鞘

228

里，房间里因此响起了一阵清澈的金属声。

"嗯，果然还是这种打扮比较适合桐人。"

亚丝娜面露微笑，跑过来挽住我的右臂。我转头看了一下这个即将短暂告别的新居。

"……赶紧把事情解决之后就回来。"

"没错！"

两个人点了点头后，我便把门打开，朝着冬日气息浓厚的早晨的寒冷空气跨出脚步。

第二十二层传送门广场上，可以见到西田那抱着钓竿的熟悉身影正等着我们。我们事先只有跟他说了出发时间。

听到他说"可以稍微聊一下吗"之后我点了点头，于是三个人便并排坐在广场长椅上。西田一边看着上层的底部一边缓缓说道：

"老实说……至今为止，上面楼层里有许多以完全攻略游戏为目标的玩家存在这件事，对我来说就像另一个世界的事情一样。可能是内心早已经放弃离开这里的念头了吧……"

我与亚丝娜无言地听着他所说的话。

"我想你们也知道在科技产业这个行业里，技术是日新月异的。因为这是我从年轻时代便开始从事的工作，所以之前还能勉强跟上技术的进步，但现在已经离开现场两年，我想怎么样也跟不上了。反正回去也不知道能不能回公司上班，如果要承受被人当成包袱一脚踢开的悲惨遭遇，那我还宁愿待在这里面钓鱼，我是这么想的……"

话语至此，他停了下来，充满皱纹的脸上浮现微微笑容。

我找不到可以安慰他的话。因为这个男人在变成SAO囚犯之后，所失去的东西已经超出我能想象的范围了。

"我也是——"

亚丝娜如此呢喃：

"我在半年前也跟你想着同样的事情，每天晚上都一个人哭泣。总觉得每在这个世界多过一天，家人、朋友、升学等等这些属于我的现实就会跟着被毁坏，整个人像快要疯掉一样。睡觉时也总是会梦见原来的世界……便心想只有赶快变强，早点将游戏攻略下来才是唯一的解决方法，于是死命地提升关于武器的技能。"

我吃惊地凝视着身旁亚丝娜的脸。

虽然我从以前就不怎么去注意别人……但与我相遇时，根本看不出来她有那样的想法。

亚丝娜看向我之后微微一笑，接着继续说道：

"但是，半年前左右的某一天，当我转移到最前线准备朝迷宫出发时，广场草地上有个人躺在那边睡觉。由于他等级看起来相当高，所以我便很气愤地对那个人说'你有空在这里杀时间，还不如快点去帮忙攻略迷宫'……"

说到这里她用手捂着嘴窃笑着。

"结果那个人竟然回我'今天是艾恩葛朗特最棒的季节里最棒的天气设定，在这种日子跑进迷宫实在是太浪费了'，然后手指着旁边草地说'你也来睡吧'。真的很没礼貌。"

亚丝娜收起笑容，视线望向远方接着说道：

"但是，我听到他的话之后吓了一跳。心里想'这个人确实地在这个世界里生活着'。不去在意现实世界的生活一天天消失，而是专注于在这个世界里每一天的经验累积。我发现原来也有这样的人……于是我便让公会的人先离开，然后试着在那个人身边躺了下来。风迎面吹拂的感觉真的很舒服……暖洋洋的天气也很怡人，于是我就这么睡着了，而且完全没有做噩梦。那可能是我来到这个世界之后第一次能睡得那么熟吧，当我醒来时已经是傍晚了，那个人还在我身边摆出一脸不耐烦的样子。而那个人呢，就是他……"

　　说完之后，亚丝娜紧握住我的手。但我内心其实感到万分狼狈。我的确还隐约记得那天的事情，可是……

　　"抱歉亚丝娜……我那时候说的并没有那么深的含意，纯粹只是想睡午觉而已……"

　　"这我当然知道。这种事不用你说我也知道！"

　　亚丝娜噘起嘴来，之后笑着转向听着她讲话的西田接着说：

　　"我呢……从那天起，每天晚上都想着他的事入睡，结果就真的不会做噩梦了。之后我努力找出他的基地，特地腾出时间去见他……慢慢开始期待起明天的到来……一想到自己应该是恋爱了就感到非常高兴，决定要好好珍惜这种感觉。那是我第一次觉得，能来到这个世界真是太好了……"

　　亚丝娜低下头，用戴着白手套的手揉了揉眼睛，接着深深吸了口气。

　　"桐人他对我来说，是我这两年来生活的意义，也是我仍活着的证明，更是我明天的希望。我是为了与这个人相遇，才会在那一天戴上NERvGear来到这里。西田先生……我可能还没有资格对你说这种话，但我觉得西田先生在这个世界里面一定也有所收获才对。这里确实是假想中的世界，眼睛所能看到的一切都是由数据构成的假货。但是对我们来说，我们的心是真实存在的。这样一想，我们所经历、所获得的东西也全部都是真实的。"

西田不断眨着眼睛，点了好几次头。可以看见他眼镜深处闪着光芒。其实我自己也拼命忍住不让眼眶发热。

"……你说得没错，真的是这样……"

西田再度抬头仰望天空说道：

"能够听到亚丝娜小姐方才的这一番话，也是很宝贵的经验。当然钓到超过五米的大鱼也是……人生真的不能随便放弃。不能轻言放弃啊。"

西田用力点着头，然后站起身来。

"啊，都浪费你们那么多时间了。我深信，只要有像你们这样的人在上层作战，不久我们就能回到那个世界了……虽然我什么忙都没办法帮上，但至少可以给你们鼓劲。请你们加油。"

西田先生握住我们的手不停地上下摇着。

"我们还会回来。那时候还要请你再陪我呢。"

我伸出右手食指做出拉竿的动作，西田看了之后脸上露出大大的笑容，用力点了点头。

我们坚定地握手之后，便朝着传送门走去。

踏进像海市蜃楼般摇晃的空间，和亚丝娜互望了一下之后，两人同时开口说道：

"传送——格朗萨姆！"

在我们眼前扩散开来的蓝色光芒，将不断挥着手的西田逐渐掩盖了起来。

▶20

"侦查队全灭？"

隔了两周时间回到血盟骑士团本部时，等待着我们的是一个冲击性的通知。

我们目前身处公会本部的钢铁塔上层中，之前和希兹克利夫会谈时所使用的那间全是玻璃墙壁的会议室里。半圆形大桌子中央有希兹克利夫那穿着贤者般长袍的身影，左右两边虽然坐着公会干部们，但这次与之前不同的是，已经没有哥德夫利这个人了。

希兹克利夫将骨瘦如柴的双手在脸前合了起来，眉间刻画着深谷，缓慢地点了点头。

"是昨天的事。收集第七十五层迷宫区的地图档案虽然花了不少时间，但总算是在没出现牺牲者的情形下结束了。不过原本就已经预测到，对上头目时将会有一番苦战……"

当然我也不是没有想过会有这种情形。因为到目前为止攻略过的无数楼层里，只有第二十五层与第五十层的头目怪物拥有突出的巨大身躯与强大战斗力，所以在攻略这两层时作出了很大牺牲。

第二十五层双头巨人型头目让军队的精锐几乎全灭，而这也是造成他们现在组织弱化的主要原因。接着在第五十层时，长得像金属制佛像的多臂型头目发动猛攻，让许多玩家胆怯，因而擅自紧急转移离开战场，造成战线一度崩溃，如果救援部队来得再迟一点，我们恐怕就难逃全灭的命运。而那时独立支撑战线的，就是现在在我眼前的这个男人。

如果说每隔二十五层就会出现强力头目，那这次第七十五层同样出现强力头目的可能性应该相当高。

"……于是我们派出了由五个公会共同组成，总共有二十人的队伍。"

希兹克利夫缺少抑扬顿挫的声音继续说道。由于他半闭着眼睛，所以无法从他黄铜色瞳孔里看出他现在的情绪。

"侦查是在非常慎重的行动之下进行。我们派十个人当做后卫，在头目房间的入口处待机……先进入的十个人到达房间中央，就在头目出现的瞬间，入口的门便关上了。接下来的情形就是由担任后卫的十个人所报告。他们说门关闭有五分钟以上，当时不论是开锁技能或者直接加以打击，都没办法让门开启的样子。等门好不容易打开时——"

希兹克利夫嘴角紧紧地抿了起来。闭起眼睛一下子后，接着说道：

"房间里面已经没有任何东西了。十个人和头目的身影全都消失。现场也没有转移脱离的痕迹。而他们也没有回来……为了确认，我们还派人前往底层黑铁宫，去确认金属碑上的死亡名单，结果……"

他没有把话继续说下去，只是左右摇了摇头。我旁边的亚丝娜先是屏住呼吸，接着马上小声从嘴里挤出一句话来：

"十……个人都……怎么会这样……"

"是水晶无效化空间？"

"也只有这种可能性了。根据亚丝娜的报告，第七十四层似乎也是如此，所以我认为大概今后所有的头目房间都会是如此吧。"

"怎么会……"

我不禁叹了口气。无法紧急逃出的话，因为意想不到的事故而死亡的人数将会大大提高。"不出现牺牲者"，这是在攻略这个游戏时的最大前提。但不打倒头目的话就不可能完全攻略游戏……

"开始越来越像死亡游戏了……"

"但也不能因此而放弃攻略……"

希兹克利夫闭起眼睛，用听起来像呢喃但又铿锵有力的声音如此说道：

"除了没有办法用水晶逃出之外，这次的房间在构造上似乎是当头目出现，将同时断绝背后的退路。这么一来，只剩派出在利于指挥的范围内最大人数的部队去攻略这个办法了。原本我也非常不愿意召唤新婚的你们回来，但希望你们可以了解我的苦衷。"

我耸了耸肩如此回答：

"让我们帮忙吧。不过，我会以亚丝娜的安全为最优先考虑。如果遭遇危险状况，比起队伍全体，我会选择先保护她的安全。"

希兹克利夫脸上浮现些许笑容。

"当一个人有想要守护的人存在时，总是能发挥出强大力量，我很期待你的奋战。我们将在三个小时后开始攻略。参加人数加上你们两个总共是三十二人。下午1点在第七十五层科力尼亚市传送门前集合。那么,解散。"

说完这些话之后,红衣圣骑士以及他属下的那些男人一起站了起来走出房间。

"三小时后吗——我们要做什么呢……"

亚丝娜在钢铁长椅上坐下之后对我如此问道。我一言不发凝视着她的身影。包裹在白底红色图案的连身战斗服下那赏心悦目的四肢、细长又有光泽的栗色头发、浑圆且闪耀着光辉的褐色瞳孔——她的模样就像绝世宝石那么美丽。

发现我丝毫没有将视线移开的意思之后,亚丝娜光滑洁白的脸颊上隐约出现一抹红霞,她害羞地笑着说道:

"你……你是怎么了?"

我吞吞吐吐回答她:

"……亚丝娜……"

"什么事?"

"……你不要生气先听我说。今天的头目攻略战……你能不能不要参加,留在这里等我回来呢?"

亚丝娜先是盯着我看,接着有点悲伤地低下头说道:

"……你为什么要对我说这种话呢?"

"虽然希兹克利夫那么说,但在无法使用水晶的地方根本不知道会发生什么事。我很害怕……我只要一想到……你有可能遭遇什么事故……"

"……你是说你要自己到那种危险地方,然后要我在安全

237

的地方等你吗？"

亚丝娜站起身来，昂然走到我面前。她的眼睛里燃烧着熊熊怒火。

"如果桐人你一去不回，那我也会自杀。除了已经没有活下去的意义之外，我也不能原谅待在这里等待的自己。如果要逃就两个人一起逃。桐人你想这么做的话，我愿意一起逃走。"

说完，她将右手手指贴在我胸口正中央。眼神开始变得温柔，嘴角也浮现出些许笑容。

"不过……我想今天参加攻略战的每个人都感到恐惧，也都想要逃走。但即使害怕，还是有十几个人愿意参加，那是因为团长和桐人，这两个应该是这个世界最强的人，愿意站在前面带领大家的缘故……我是这么想的……我知道桐人你很不喜欢背负这种责任。但是，这不只是为了别人，也是为了我们自己……为了让我们回到原来世界，然后再一次相遇，我希望我们能一起努力。"

我举起右手，悄悄地握住亚丝娜贴在我胸前的指尖。不想失去她的强烈感情充斥着我的胸口。

"……抱歉……我实在太害怕了。老实说，我真的很想就这样两个人一起逃走。我不想亚丝娜你死掉，当然我自己也不想死。现实世界……"

我凝视着亚丝娜的眼睛，把接下去的话说完：

"就算回不去现实世界也没有关系……我想和你一直生活在那个森林小屋里。就我们两个人……一直到永远……"

亚丝娜用另一只手抓紧自己的胸口。接着像是在忍耐什么似的闭着眼睛，皱着眉头。最后从微张的嘴里吐露出无奈叹息。

"啊啊……真像是在做梦。如果真的可以那样就太好了，每天都可以跟你在一起……直到永远……"

话说到这里便停了下来，像要切断那微小愿望般把嘴唇紧紧闭了起来。张开眼睛，抬头看着我时，脸上的表情相当认真。

"桐人，你有想过吗……我们在真实世界里的身体究竟怎么了？"

这个突如其来的问题让我一时答不出话来。其实所有玩家应该都有这个疑问才对。但既然没有与现实世界联络的办法，就算再怎么想也没有用。大家心里虽然隐约有着恐惧，但还是勉强不去面对这个问题。

"还记得吗？这个游戏刚开始时，那个人……茅场晶彦的游戏说明。他说NERvGear可以容许两个小时的断线。而那个理由是……"

"……为了让我们的身体被搬运到有完善看护设备的医院去……"

听见我的呢喃后，亚丝娜用力点了一下头。

"实际上过了几天之后，大家都遭遇到持续断线一个小时的事件对吧。"

的确是有这么回事。我看着眼前断线的警告，不断地担心会不会就这样过了两个小时然后被NERvGear给烧死。

"我想那时候应该所有玩家都一起被搬运到各家医院去了。一般家庭是没有办法看护像我们这种植物人长达好几年的时间的。所以应该是被搬到医院后，重新连接上网络才对……"

"嗯⋯⋯说不定是这样⋯⋯"

"如果我们的身体是在医院床上，连接了许多管线才能维持生命的状况下⋯⋯我不认为可以毫无异常地一直持续下去。"

忽然有一种自己全身开始变得稀薄的恐怖感侵袭而来，为了确认彼此的存在，我用力抱住亚丝娜。

"⋯⋯也就是说⋯⋯不论我们能不能完全攻略游戏⋯⋯都会有一个最终期限存在⋯⋯"

"⋯⋯而这个期限将因每个人的身体状况而有所不同⋯⋯在游戏里面，关于'外面'的话题算是禁忌，所以这件事我从来没有跟别人说过⋯⋯但桐人你不一样。我⋯⋯我呢，想要一辈子在你身边。想要好好跟你交往，真正地结婚，一起白头到老。所以⋯⋯所以⋯⋯"

她已经没办法说出接下去的话了。亚丝娜将脸埋在我胸前，终于忍不住呜咽起来。我慢慢抚摸她的背，帮她把接下去的话说完：

"所以⋯⋯我们现在一定得作战⋯⋯"

其实恐怖感并没有消失。但是亚丝娜努力忍着想要逃走的心情，准备要开创自己的命运，我又怎么能够在这里放弃呢。

没问题——一定没问题的。只要我们在一起，一定——

为了甩掉袭上心头的恶寒，我的手臂更加用力地紧抱住亚丝娜。

21

第七十五层科力尼亚市的传送门广场前，已经有一看就知道等级相当高的玩家们聚集在那里，我想他们应该就是攻略组了。我和亚丝娜从传送门里出来，往他们那边走了过去，众人在看到我们之后都紧闭着嘴，面露紧张表情对我们行注目礼。里面甚至还有用右手对我们行公会式敬礼的人在。

我有点不知所措，不由得停下脚步，但身旁的亚丝娜却以熟练的动作回礼，然后往我腹部戳了一下。

"我说啊，桐人你也算是领袖级人物了，不好好跟人家回礼不行哦！"

"怎么会……"

我只好以僵硬的动作敬了个礼。到目前为止的头目攻略战里，我也曾隶属于许多集团，但还是第一次受到这样的瞩目。

"哟！"

我因为肩膀被人用力拍了一下而回头一看，就看到刀使克莱因那绑着低级图案头巾的脸孔在那边笑着。令人惊讶的是，他旁边竟然站着一个巨大的身躯，那是手拿双手斧，身上全副武装的艾基尔。

"什么……你们竟然也要参加啊。"

"有必要这么惊讶吗！"

一脸愤慨的艾基尔粗声粗气说道：

"听说这次作战相当辛苦，我才会丢下买卖跑来帮忙。你竟然没有办法理解我这种无私无欲的伟大情操……"

艾基尔用夸张的动作不断说着话，我则拍了一下艾基尔的手臂对他说道：

"我现在很了解你无私的精神了。那在分配战利品时可以不用算你那份喽？"

一听到我这么说，眼前这个巨汉便把手放在他光溜溜的头上，眉头皱成八字形回答：

"哎呀，这，这个嘛……"

克莱因与亚丝娜听到他没骨气地开始含糊其辞，两个人便同时开朗地笑了起来。笑声感染了其他聚集在这里的玩家，大家的紧张似乎稍微得到舒缓。

下午1点整，传送门里又出现了几名新玩家。那是身穿红色长衣，手拿巨大十字盾的希兹克利夫与血盟骑士团的精锐部队。看见他们的身影后，紧张气氛再度笼罩在玩家们身上。

单纯从等级强度来看的话，比我和亚丝娜等级高的应该就只有希兹克利夫本人而已，但他们那种团结的模样就是能让人感到相当有压迫感。除了白红的公会颜色相同之外，他们每个人武器都不一样，但从身上散发出的集团力量，与之前曾见过的军队部队可以说有天壤之别。

圣骑士与他四名手下将玩家集团分成两边后，直接朝我们走了过来。当克莱因与艾基尔被压迫感逼得往后退了几步时，亚丝娜却一脸轻松地与他们互相敬了个礼。

停下脚步的希兹克利夫对我们轻点一下头后，便面向集团开始发言：

"看来没有任何人缺席。感谢大家的参与，我想大家都已经知道状况了。接下来等待我们的，将会是一场严酷战役，但我相信靠着各位的力量一定能够成功渡过危机。让我们为了解放日而战吧！"

随着希兹克利夫强而有力的叫声，玩家们也一起发出了振奋的吼声。我对他那种宛如磁力的强大魅力感到咂舌不已。在普遍欠缺集团领导能力的线上游戏狂热分子里面，竟然会有像他这样拥有领袖气质的人物存在，还是该说是这个世界让他发现自己在这方面的才能呢？他在现实世界里究竟是从事哪方面的工作啊……

像是感应到我的视线般，希兹克利夫转向我后浮现出些许笑容，接着开口：

"桐人，今天就拜托你了，我很期待你'二刀流'的表现。"

那低沉而柔软的声音中，完全感觉不到任何胆怯，面对可以想见的苦战，竟然还能保持这种轻松的态度，让人不得不说，真是了不起。

在我无言地点头回应后，希兹克利夫再度转头面对玩家集团，轻轻地举起一只手说道：

"那我们出发吧。我会打开直接通往头目怪物房间前面回廊的传送门。"

说完后便从腰间袋子里拿出了深蓝色水晶，其他玩家看到之后马上发出"哦哦"的惊叹声。

一般的传送水晶仅能打开将使用者个人转移到指定街道的

传送门，但现在希兹克利夫手里的"回廊水晶"道具，可以记录下任何地点，然后打开瞬间到达记录地点的传送门，可以说是非常便利的道具。

只不过它虽然方便，但数量相当稀少，NPC商店里也没有贩卖。入手方法只有开启迷宫宝箱或是打倒强力怪物后抬取，所以就算入手之后也很少会有玩家直接拿来使用。刚才由众人嘴里所发出的惊叹声，与其说是见到稀有的回廊水晶，倒不如说是因为看见希兹克利夫若无其事地将它拿来使用而发出的吧。

希兹克利夫像丝毫不在意众人眼光似的将右手高举，嘴里喊出"回廊开通"。极为高价的水晶霎时粉碎，他面前的空间出现摇曳着蓝色光芒的漩涡。

"那么，各位，跟我来吧。"

将我们所有人看过一遍之后，希兹克利夫红衣一翻，便往蓝色光芒中踏了进去。他的身影瞬间被炫目闪光包围，接着消失。四个KoB成员也马上跟着他走了进去。

不知何时开始，传送门广场周围聚集了许多玩家。应该是听闻头目攻略作战的事而来替我们送行的吧。就在激励喊叫声当中，剑士们一个接着一个纵身进入光之回廊里，往目的地转移而去。

最后剩下来的只有我和亚丝娜。我们两个轻轻点了点头，手牵着手，同时往光之漩涡里跳了进去。

在经过类似轻微晕眩的转移感觉之后，睁开眼便发现我们已经置身在迷宫当中。这是一条相当宽广的回廊。墙壁边排列着粗大的柱子，可以在最前方见到一扇巨大的门。

第七十五层迷宫区是由类似有点透明感的黑曜石材质所构成。与下层迷宫那种粗略切割过的凹凸不平的表面不同，这里的地板是由磨得像镜子一样的黑色石头呈直线状排列而成。除了空气又冷又潮湿之外，还有淡淡云霭在地面上缓缓环绕着。

站在我身边的亚丝娜像觉得寒冷般用双臂抱着身体，接着说道：

"……总觉得……有种很不好的预感……"

"嗯嗯……"

我也同意她的看法。

到今天为止的两年内，我们攻略了总共七十四层迷宫区，打倒了同样数量的头目。在累积了这么多经验之后，现在光是看见头目栖息地就大概可以预测出它拥有什么程度的力量了。

为数三十人的玩家团队在我们周围三三两两打开选单视窗，开始检查着身上的装备与道具，但可以看得出他们表情都非常僵硬。

我和亚丝娜一起靠在一根柱子的阴暗处，我用手臂悄悄地环抱她纤细的身躯。在战斗之前，一直压抑住的不安整个爆发而出。身体开始发起抖来。

"不要紧的……"

亚丝娜在我耳边呢喃：

"桐人就由我来守护。"

"不……我不是害怕战斗……"

"呵呵……"

发出小小笑声之后，亚丝娜继续说：

"所以……桐人你也要守护我啊。"

"嗯嗯……我一定会的。"

我的手臂用力抱了她一下之后便放开了。希兹克利夫在回廊中央将十字盾实体化之后，全身一震让装备发出声响，然后开口说道：

"大家准备好了吗？这次完全没有关于头目攻击模式的情报。基本上就是由我们KoB担任前卫来抵挡敌人攻击，然后大家趁着这个机会摸清它的攻击模式，随机应变，对它发动反击。"

剑士们无言地点了点头。

"那么——我们上吧。"

用尽可能柔软的声音说完后，希兹克利夫便直接走向黑曜石大门，将右手放到门中央。我们全体都开始感到紧张。

我拍了一下并肩而立的艾基尔与克莱因的肩膀，对转过头来的两人说道：

"别死了啊。"

"嘿，你自己才要多注意一下哩。"

"在靠今天的战利品海捞一笔之前，我是不会死的。"

两个人自大地回答完之后，大门发出沉重的声响慢慢地动了起来。玩家们一起拔出武器，我也同时将背上的两把爱剑拔了出来。我看了身边手持细剑的亚丝娜一眼，点了点头。

最后，从十字盾内侧高声将长剑拔出的希兹克利夫高高举起右手叫道：

"——战斗开始！"

说完他便走进完全敞开的大门里，我们全体则跟在他身后。

房间内部是相当宽广的巨蛋形空间。应该有我和希兹克利夫对决时的竞技场那么大吧。呈现圆弧形的墙壁逐渐向上延伸，一直到了遥远上方才弯曲起来并拢。当三十二个人全部走进房间，围出自然的阵型站定之时——背后的大门马上发出轰然巨响关闭。在头目死亡或者是我们全灭之前，这扇门应该都没有办法打开了。

众人之间维持了数秒钟的沉默。虽然一直注意宽广的地面，但头目却迟迟没有出现。时间就像是要将我们的神经绷紧到极限般一秒一秒地经过。

"喂——"

不知道是哪个人发出了忍受不了的声音，就在这时……

"上面！"

亚丝娜在旁边尖声叫了起来。我赶紧抬头向上看去。

巨蛋的顶端——有个东西贴在上面。

那是个非常巨大而且有长度的东西。

蜈蚣？

在看到的瞬间我便直觉有这种想法。全长应该有十米左右吧。它那由多数体节所组成的身体，与其说像昆虫，倒不如说更像人类的背脊骨。每一段灰白色圆筒形的体节旁都伸出一对骨头整个外露的尖锐步足。视线沿着它身体往前移动之后，可以看见逐渐变粗的前端有着一颗脸型凶恶的头盖骨——而且那不是人类的头盖骨。扭曲成流线型的骨头上有着两对共四个往上高高吊起的眼窝，内侧还闪烁着蓝色火焰。整个往前方突出的下颚骨并排着锐利尖牙，头骨两侧还有宛如镰刀状的巨大骨头手臂往外突了出来。

集中视线看向它之后，怪物的名称便与黄色箭头同时显示出来。"The Skullreaper"——骸骨猎杀者。

骸骨蜈蚣就在我们所有人胆战心惊的无言注视之下，一边蠕动无数步足，一边缓缓地爬上天花板，它所有步足忽然全都大大地伸展开来——从队伍正上方落下。

"别待在那，快散开！"

希兹克利夫的尖锐叫声划破冻结的空气，全部成员到这时才好不容易回过神来开始行动。我们急忙从它应该会降落的地点退开。

但是在落下的蜈蚣正下方的三个人动作稍微迟了一点。他们似乎不知道该往哪边移动，只是停下脚步抬头向上望着。

"快来这边！"

我急忙地叫了起来。三个人猛然惊醒，像解开咒缚般开始往我这里跑——

但是……当蜈蚣在他们背后落下的瞬间，整个地面都产生强烈震动。这让他们三个人脚下踩了个空，而蜈蚣的右腕——光是刀刃部分就有一个人身高那么长的巨大骨头镰刀，对准他们横扫了过去。

三个人同时从背后被砍飞了出去。当他们在空中时，HP条就已经以猛烈速度减少着——一口气从黄色的警戒区域减少到红色危险区域——

"……"

然后就这么直接变成零。仍在空中的三具身体连续化为无数结晶然后碎裂。消灭的声音重叠着响起。

"……"

身旁的亚丝娜不由得屏住呼吸。我也感到自己的身体猛烈僵硬住。

仅仅一击——便造成他们死亡——

在技能与等级并用的SAO里，随着等级上升，HP最大值也会跟着上升，所以不管剑的技巧如何，只要等级高的话就不会那么容易死亡。尤其是今天参加队伍的都是高等级玩家，就算是头目的攻击好了，硬吃上几记连续技应该也能支撑得下去才对——却只吃了一击就——

"这实在太夸张了……"

亚丝娜用沙哑声音嗫嚅。

一瞬间便夺走三条性命的骸骨蜈蚣将上半身高高挺起，发出了震天的吼叫声，接着以猛烈速度朝另一群玩家突进。

"哇啊啊啊——"

位于那个方向的玩家们发出恐慌惨叫声。只见骨头镰刀再度举起。

就在危急之时，忽然有个身影冲进镰刀正下方。而那人正是希兹克利夫。他举起巨大盾牌抵挡住镰刀攻击，几乎要冲破耳膜的撞击声响起，紧接着火花四处飞散。

但是敌人拥有两把镰刀。左侧手腕不断攻击着希兹克利夫的同时，还不忘举起右边镰刀往僵在当场的一群玩家砍了下去。

"可恶……"

我奋不顾身地飞奔而出。像在空中飞舞般瞬间缩短与敌人之间的距离，朝发出轰然巨响往下挥落的骨头镰刀下方冲了进去，接着交叉左右双剑挡下镰刀的攻击。

身上立刻承受超越常理的冲击力。但镰刀没有因此而停下。它一边飞散出火花一边将我的剑弹开，往我眼前逼近过来。

不行，力道太强了！

就在这个时候，一把新出现的剑划出纯白光芒撕裂空气，由下方命中镰刀。撞击声响起。乘着镰刀气势减缓的空当，我马上用尽全身力气将骨头镰刀推了回去。

站在我身边的亚丝娜看了我一眼之后说：

"两个人同时承受的话——可以挡得住！我们能办到的！"

"好——那就拜托你了！"

我点了点头。感觉只要亚丝娜在我身边，就会有无尽气力由身体里涌现出来。

骨头镰刀这次换成横扫，再度朝我们逼近，我和亚丝娜同时使出往右斜下方砍击。两人完全同步的剑带着两道光芒命中镰刀。在产生强烈冲击后，这次换敌人的镰刀被反弹了回去。

我用力大喊：

"大镰刀就由我们来抵挡！大家快从侧面发动攻击！"

我的声音似乎将大家从咒缚中解放开来，玩家们发出怒吼，举起武器朝着蜈蚣身体发动突击。好几记攻击深深地砍入敌人身体，这时候头目的HP条才好不容易有了些微减少。

不过，马上又响起了好几名玩家的惨叫声。我趁着反击镰刀攻击的空当看过去，发现蜈蚣尾巴末端的长枪状骨头将好几名玩家给横扫在地。

"呜……"

虽然巴不得能过去帮忙，但我和亚丝娜，以及在稍远处独力抵抗左边镰刀的希兹克利夫，都没有多余力量可以赶过去了。

"桐人……"

我朝发出声音的亚丝娜看了一下。

——不行啊！老是注意那边的话，你会有危险的！

——说得也是……又攻过来了！

——用左上斩挡下来！

我和亚丝娜只对视了一眼便了解对方的心意，两个人用完全相同的动作将镰刀弹了回去。

我勉强将不时响起的哀号与惨叫声赶出自己脑袋，把精神集中在抵挡敌人那藏着凶猛威力的攻击上。结果很不可思议的，从中途开始我们两个便不用开口，甚至也不用看对方，就有一种仿佛思绪完全连接在一起的超传导感，让我们两个人同时以相同技巧回应，并挡下敌人那丝毫不给人喘息机会的攻击。

这一瞬间——就在这个生死一瞬的死斗中，我体验到过去从未有过的一体感。亚丝娜与我融合为一体，成为一股战斗意识不断挥着剑——从某种意义上来说，这是无可比拟的官能体验。虽然有时在抵挡敌人的重攻击时会被余波所伤而让HP一点一点减少，但我们在这时根本已经不在意这件事情了。

22

战斗整整持续了一个小时。

当这场让人感觉似乎永无止境的死斗终于结束，头目怪物的巨大身躯四处飞散时，我们当中已经没有任何人有多余力气可以发出欢呼声了。有的人像倒下般一屁股坐在黑曜石地板上，有的人则是整个躺在地面上剧烈喘着气。

结束了吗……

嗯嗯——结束了——

这个共同思绪的对话结束之后，我和亚丝娜的"连接"似乎也就中断了。忽然间强烈的疲劳感朝我袭来，这让我承受不住而跪到地板上。我与亚丝娜背对背坐了下来，两个人暂时都无法动弹。

我们一起存活下来了——即使这么想，现在也不是放开胸怀感到高兴的时候。因为牺牲者实在太多了。继战斗开始时就牺牲的三人后，就不断以一定的频率响起刺耳的物体破碎声，当我数到第六个人时就放弃继续数下去了。

"总共牺牲了——几个人？"

在我左边累得蹲在地上的克莱因抬起头，用沙哑的声音对我问道。张开手脚仰卧在克莱因身边的艾基尔，也在这时把脸转向我这边。

我右手一挥将地图调了出来，数了一下上面绿色光点。由出发时的人数反推总共出现了多少牺牲者。

"——总共有十四个人牺牲了。"

虽然人数是我亲自确认的，但我还是难以相信这个事实。

他们每个人都是顶级且经历无数战役的玩家。就算没办法脱离或是瞬间回复好了，只要采取以生存为优先的战斗方式，应该不会马上就死亡才对——虽然是这么想，但——

"骗人的吧……"

艾基尔的声音也失去了平时那种活力。幸存者头上都笼罩了一层阴郁的空气。

好不容易才攻略了四分之三——而上面还有二十五层楼。虽然说仍有好几千名玩家，但认真以攻略为目标，而待在最前线的大概只有几百个人而已吧。如果光是一层的攻略就出现这么多牺牲者，那么我们将面临——最后可能仅剩下一名玩家能够面对最终头目这样的困境。

而在这种情况下，我想最终存活下来的应该就是那个男人吧……

我的视线往房间深处看去。在全部趴在地上的人群中，只有一个身穿红衣的男人挺直了身子毅然站在那里。那个人当然是希兹克利夫。

当然他也不是完全没受伤。将视线对准他，让箭头出现之后，可以见到他的HP条已经减少了许多。我与亚丝娜得合力才好不容易抵挡下来的骨镰刀，他自己一个人便撑完全场战斗。在这样的情况下，除了受到数值上的伤害外，就算因为过于疲惫而倒下也一点都不为过。

但是他那种悠然而立的身影，却让人完全无法感觉他在精神上有任何疲劳。真是令人难以置信的坚韧度。简直就像机械——像是装备着永动机械的战斗机器一样……

　　我在因为疲惫而感到意识朦胧的情况下，不断凝视着希兹克利夫的侧脸。这名传说中的男人表情一直都是如此地平稳。他只是无言俯视趴在地上的KoB成员以及其他玩家。他那温暖又充满慈悲的眼神——就好像——

　　就好像看着在精致笼子里游戏着的小白老鼠群一般。

　　这一刹那间，一股令人恐惧的战栗感贯穿我全身。

　　意识一口气完全清醒了过来。由指尖到脑中央急速开始发冷。在我心中开始产生某种预感。细微的灵感种子不断膨胀，充满疑问的树芽开始向上伸展。

　　希兹克利夫的那种眼神、那种平稳度。那不是体恤受伤同伴所露出的表情。他与我们并不站在同等的立场。他那是由遥远的高处给予我们垂怜的——造物神的表情……

　　我想起之前在与希兹克利夫对决时，他那种超乎常人的恐怖反应力。那已经超越了人类速度极限。不对，应该说是，超越了SAO允许玩家能使出的最快速度。

　　再加上他平常那种态度。虽然身为最强公会领袖却从不曾发出过命令，只将所有事情交给其他玩家、自己则在一旁注视。如果那不是因为信任自己部下——而是因为知道一般玩家不可能得知的情报而对自己的自制呢？

　　不为死亡游戏规则所束缚的存在。但又不是NPC。只是程序的话，不可能表现出那种充满慈悲的表情。

　　既不是NPC也不是一般玩家，剩下来的可能性就只有一个。但要怎么做才能确认这种可能性呢。目前没有……任何办法。

　　不对，应该有。有一个只有在这一刻、在这个地方才能办到的方法。

　　我凝视着希兹克利夫的HP条。在经过严酷战斗之后，它已经大大地减少了，但仍未降到一半以下。勉强维持在将近五成左右的HP条目前仍然显示为蓝色。

　　至今为止从未陷入黄色警戒区域的这个男人，有着常人难以望其项背的压倒性防御力。

　　与我对决时，希兹克利夫就是在HP快要降到一半以下的瞬间，才在表情上出现变化。而那应该不是因为害怕HP条变成黄色才对。

　　不是怕变成黄色——我想那应该是——

　　我慢慢地重新握好右手的剑。以极微小的动作缓缓地将右脚往后移，跟着腰稍微向后一缩，做出低空冲刺的准备姿势。希兹克利夫没有注意到我的动作。他那平稳视线只看向意志消沉的公会成员而已。

　　如果预测不正确，那么我将被打为犯罪者，然后得接受毫不容情的制裁。

　　那个时候……就对不起了……

　　我看了一眼坐在身边的亚丝娜。这个时候她刚好也抬起头，我们两个人便四目相对。

　　"桐人？"

　　亚丝娜露出惊讶表情，只有动嘴而没有发出声音。但这时候我右脚猛地蹬了一下地面。

我与希兹克利夫的距离大概有十米，我以紧贴着地板的高度全力冲刺，一瞬间便跑过这段距离，右手的剑一边旋转一边往上刺去。我用的是单手剑基本突进技"愤怒刺击"。因为威力不强，所以就算命中希兹克利夫也不会伤害到他的性命。不过，如果真如我所料——

希兹克利夫以惊人的反应速度注意到拖曳着淡蓝色闪光由左侧进逼的剑尖后，瞪大了眼睛露出惊愕表情。他马上举起左手盾牌准备抵挡。

但他这个动作我在决斗时就已经见过多次，所以还记得很清楚。我的剑化成一条光线，在空中以锐利角度改变了轨道，擦过盾边缘往希兹克利夫胸口刺去。

就在剑快刺进他胸膛时，碰上了一道肉眼见不到的墙壁。强烈的冲击由剑传到我的手臂。紫色闪光炸裂，我和那家伙之间出现了由同样是紫色——也就是系统信息所显示的颜色。

"Immortal Object"。不死存在。对我们这些弱小且有限制存在的玩家来说，这是绝不可能拥有的属性。对决时，希兹克利夫所害怕的，一定就是让这个宛如神般的保护暴露在众人眼光之下。

"桐人，你做什么——"

看见我突然攻击而发出惊叫声跑了过来的亚丝娜，在看见信息之后瞬间停止了动作。我、希兹克利夫以及克莱因和周围的玩家们也完全没有动作。在一片寂静当中，系统信息慢慢地消失无踪。

我放下剑，轻轻向后一跃，拉开与希兹克利夫之间的距离。往前走了几步的亚丝娜来到我右边与我并肩站着。

"系统上不死……这是怎么回事啊……团长？"

听见亚丝娜困惑的声音之后，希兹克利夫没有做出回答。他只用相当冷峻的表情盯着我。我垂着两手上的剑，开口说道：

"这就是传说的真相。系统似乎会保护这个男人的HP，而不会让它陷入黄色警戒区域。能够拥有不死属性的人……除了NPC之外就只有系统管理员了。但这个游戏里面应该没有管理员才对。除了一个人之外……"

我说到这里便停了下来，抬头看了一下天空。

"……其实我在来到这个世界之后就一直有一个疑问……就是那家伙现在究竟是在哪里观察我们，并进行这个世界的调整的呢？但是我一直忘记了一个不论是哪个小孩子都知道的，最单纯的真理。"

我笔直地看着红衣圣骑士，接着开口说道：

"那就是'没有什么事，比站在旁边看人家玩角色扮演游戏还要来得无聊了'。我说得没错吧……茅场晶彦。"

周围充斥着让一切完全冻结的寂静。

希兹克利夫面无表情地紧盯着我看。周围的玩家们没有任何动作。不对，应该说没办法有任何动作。

我身边的亚丝娜慢慢向前走了一步。她的眼睛像是在凝视着什么虚无空间似的，不带丝毫感情。只见她嘴唇稍微一动，接着沙哑的声音便传了出来。

"团长……真的……是这样吗？"

希兹克利夫依然没有回答她的问题，只是稍微侧头对着我如此说：

"……就当是让我做个参考，可不可以告诉我，你为什么会注意到这件事？"

"一开始让我觉得奇怪的，就是在之前那次对决时的最后一瞬间，因为你的速度实在是太快了。"

"果然如此。那的确是让我相当懊悔的失误。因为被你的攻势给压制，导致系统的极限辅助产生了效果。"

他轻轻点了点头，嘴唇的一角微微扬起，露出有点像是苦笑的样子，这也是他脸上首度显露出表情。

"我原本预定攻略到第九十五层时，才要把这件事公布出来。"

慢慢地看了一遍所有玩家，脸上笑容变成超然微笑后，红衣圣骑士充满威严地宣布：

"——的确，我就是茅场晶彦。进一步来说，就是要在最上层等待各位的最终头目。"

这时我感觉到身旁的亚丝娜有点站不稳的迹象，我的视线仍盯着茅场，直接用右手扶住她。

"……你的品味也太差劲了吧。最强玩家直接转变成最凶恶的最终头目吗？"

"你不觉得这是个很好的剧本吗？我原本认为这应该会造成一段不小的高潮，但想不到在进行到四分之三时就被人看穿了。原本就认为你是这个世界里最大的不确定因素，但想不到竟然会有这样的破坏力……"

身为这游戏的开发者，同时也是将一万名玩家的精神囚禁于此的男人茅场晶彦，一边露出似曾相识的浅笑一边耸了耸肩。圣骑士希兹克利夫在容貌上与现实生活中的茅场长得完全不同。但是给人的那种无机质、类似金属般的冷漠气氛，就与两年前降临在我们头上的无脸化身一样。茅场脸上带着笑容继续说道：

"……我本来就预测你将是最后站在我面前的人。在全部共十种独特技能里，'二刀流'技能是赋予全部玩家里拥有最快反应速度的人身上，而那个人将要扮演对抗魔王的勇者角色，不论他最后是获胜或落败。但不管是攻击速度还是洞察能力上，你都已经展现出超乎我想象的力量。不过……这种出乎意料的发展，也可以算是线上角色扮演游戏的醍醐味吧……"

这时候，原本像被冻住而无法动弹的一名玩家缓缓站起身来。他是担任血盟骑士团干部的其中一人。那看起来刚毅木讷的小眼睛里，显露出悲惨又苦恼的感情。

"你这家伙……你这家伙……你竟敢把我们的忠诚——还有希望都……给……给……完全糟蹋了！"

他握紧手里的巨大斧枪，一边怒吼着一边冲了出去。

我们根本来不及阻止他。只见他用力挥舞着重武器朝着茅场砸去——

但是，茅场动作比他快了一步。他左手一挥，在出现的视窗上快速操纵着，结果男人身体马上就在空中停了下来，并掉落在地面发出巨大声响。他的HP条上闪烁着绿色框线。是麻痹状态。茅场的手没有因此停下，继续操作着视窗。

"啊……桐人……"

转过身去，见到亚丝娜已经跪在地上。我立刻确认周围玩家的情况，发现除了我和茅场之外，每个人都以不自然的姿势倒在地上发出呻吟。

我把剑收回背上后，跪在地上把亚丝娜抱了起来，握住她的手。接着抬起头望向茅场。

"……你究竟想怎么样，把我们全部杀了灭口吗？"

"怎么会呢？我不可能做出这么过分的行为。"

红衣男微笑着摇了摇头道。

"既然事情已经到达这种地步，那也没办法了。只有把预定提早，先到最上层的'红玉宫'去等待各位到来。虽然半途抛下了为了让玩家们有对抗九十层以上强力怪物群的力量，而一路培养上来的血盟骑士团以及攻略组的各位玩家并非我的本意，但我想靠你们的力量应该可以到达了最上层才对。不过，在那之前……"

茅场停止说话之后，那双让人感到充满压倒性意志力的双眸便紧盯着我看。接着他将右手上的剑轻轻插在黑曜石地板上，那尖锐又清澈的金属性声音撕裂周围空气。

"桐人，我得给你识破我真面目的奖赏才行，就给你个机会吧。给你现在在这里和我进行一对一对决的机会，当然我会把不死属性解除。如果你获胜，游戏就算被完全攻略，全部玩家都能由这个世界登出。你觉得如何？"

一听到他说的话，我手臂里的亚丝娜拼命动着她麻痹的身体，摇着头对我说道：

"不行啊桐人……他是想趁现在先消灭你……目前……目前我们还是先撤退吧！"

我的理性也告诉我，这个意见是正确的。那家伙是个可以干涉系统的管理人。嘴巴上虽然说要进行公平决斗，但实际上会进行什么样的操作根本不得而知。这里应该先行撤退，然后交换彼此意见来拟定出对应方法才是最好的选择。

但是……

那家伙他刚才说了什么话？说他一路培养了血盟骑士团？说他们一定能到达……

"别开玩笑了……"

我嘴里无意识地漏出细微声音。

这家伙把一万人的精神关进自己创造的世界里，而其中不但已经有四千人的意识已经遭电磁波烧毁，他本人还在旁边看着玩家们按照自己所写的剧本，做出愚蠢又可悲的挣扎模样。以一个游戏管理员来说，这应该是最痛快的体验了吧。

我想起在第二十二层里亚丝娜提到关于她的过去。想起当时她靠在我身上所流下的眼泪。眼前这个男人为了自己创造世界的快感，而让亚丝娜的心受到无数次伤害、流了大量的血，无论如何我都没办法就这么退却。

"好吧，就让我们一决胜负。"

我缓缓地点着头。

"桐人……"

亚丝娜悲痛的叫声再度响起，我把视线朝向手臂中的她。虽然胸口有着像被直接贯穿过去的疼痛，但我还是勉强自己装出笑脸对她说道：

"抱歉。我没办法……在这个时候逃走啊……"

亚丝娜像是还想说些什么似的张开嘴巴，但在途中便放弃了，取而代之的，是她努力挤出来的微笑。

"你没有打算……要牺牲吧？"

"当然……我一定会赢。用我的胜利来终结这个世界。"

"知道了，我相信你。"

就算我落败而被消灭，你也一定要活下去——虽然很想这么说，但终究还是说不出口。我只好一直紧紧地握住亚丝娜的右手，来取代这句话。

放开她的手之后，我把亚丝娜的身体横放在黑曜石地板上，接着站起身来。我一边慢慢走向一言不发看着这里的茅场，一边用两手高声将剑拔了出来。

"桐人！快住手……"

"桐人——"

往声音来源看去，可以看见艾基尔与克莱因两人努力要撑起身体，同时叫着我的名字。我转身面向他们，与艾基尔视线相对之后，对着他轻轻低下头说：

"艾基尔，谢谢你一直以来对剑士职业的帮忙。我知道你把赚到的钱，几乎都用在培养中层区域的玩家上了。"

我对着瞪大眼睛的巨汉微微一笑之后，脸稍微移动了一下。

头戴低级图案头巾的刀使抖动着长满胡须的脸颊，呼吸急促，似乎想找些话来说。

我笔直地望着他那深陷的双眼，深深吸了一口气。这时我的喉头不论怎么努力还是开始哽咽，没有办法控制自己不发出断断续续的声音。

"克莱因，那个时候……抛下你不管真的很抱歉，我一直都很后悔。"

用沙哑声音说完这短短一句话后，老友的双眼边缘出现了小小的发光物体，接着不断滴了下来。

克莱因眼睛里瞬间溢出滂沱的眼泪，他为了再度站起身而剧烈挣扎着，用他那快要撕裂的喉咙如此吼着：

"你……你这家伙！桐人！别跟我道歉！现在别跟我道歉！我不会原谅你的！不在外面的世界好好请我吃顿饭的话，我是绝对不会原谅你的！"

我对着还想继续吼下去的克莱因点了点头后说：

"知道了。就这么约好了，下次就在外面世界见面吧。"

我举起右手，用力伸出大拇指。

最后我又再度凝视着那个少女，是她让我可以说出这两年来深藏在心里的话。

对流着泪露出笑容往我这里看的亚丝娜——

在心里呢喃了一句"抱歉了"后，便转过身去。朝一直保持超然表情的茅场开口说道：

"……不好意思，我有一个请求。"

"什么请求？"

"当然我不觉得会输，但如果我真的落败的话——只要一段时间就好，希望你能限制住亚丝娜，让她无法自杀。"

茅场看起来很意外似的动了一下单边眉毛后，干脆地答应了我的要求。

"好吧，我会设定让她暂时无法离开塞尔穆布鲁克。"

"桐人，不行啊！你不能，你不能这么做啊！"

亚丝娜一边流泪一边在我背后如此叫道。但我没有回头。只是右脚往后一缩，将左手剑往前，右手剑下垂，摆出自己的战斗姿势。

茅场左手操作着视窗，把我跟他的HP条调整至相同长度。那是接近红色区域，只要完整吃上一记重攻击就能分出胜负的体力值。

接着那家伙头上出现"changed into mortal object"——解除不死属性的系统信息。茅场操作到这里后便把视窗消去，拔起插在地板上的长剑，将十字盾摆在自己后方。

我的意识十分冷静而且清澈。"亚丝娜，抱歉了……"这种想法像泡沫般在脑里浮现，接着飞散而去后，我的心便被战斗本能所笼罩，开始变得像刀锋一样锐利。

老实说，我也不清楚自己究竟有多少胜算。之前的对决里，在剑技上来说，并不觉得自己比他逊色。但前提是那家伙不使用他口中的"极限辅助"，那种让我停止而只有他自己能动的系统干涉技才行。

这全得看茅场的自尊心了。从他刚才的说话内容来判断，他应该是准备只用"神圣剑"能力来胜过我才对。这样看来，只有趁他还没有使用特殊能力之前尽快决定胜负，我才能有存活的机会了。

我与茅场之间的紧张感逐渐高扬。感觉上就连空气也因为我们两人的杀气而震动了起来。这已经不是对决，而是单纯的杀人战斗了。没错——我将把那个男人——

"杀了你！"

嘴里锐利地呼出一口气，同时往地上一踹。

在彼此间还有一段距离时，右手剑便横扫了出去。茅场用左手的盾轻松地抵挡了下来。火花飞散，一瞬间照亮了我们两人的脸庞。

金属互相碰撞的冲击声像是吹响了战斗的号角般，两人之间一口气加快速度的刀光剑影开始压迫周围空间。

这是我至今为止所经验的无数场战斗当中最不规则、最人性化的战斗。我们两个人都曾经见识过对方招式。加上"二刀流"还是由那个家伙所设计，所以单纯的连续技一定会被他全部识破才对。这么一想，就可以理解为什么对决时，我的剑技会全部都被抵挡下来了。

我完全不使用系统上所设定的连续技，仅靠着自己的战斗本能来不断挥舞着左右手的剑。当然这样没有办法获得系统辅助，但是靠着被加速到极限的知觉，让双臂轻松超越了平时的挥剑速度。连我的眼睛都因为残像而看见自己手中有数把，甚至数十把剑的样子。但是——

茅场以令人咋舌的准确度不断将我的攻击挥落。而且只要我在攻击中一出现空隙，他便立刻对我施加锐利反击。而我只能靠着瞬间反应能力来加以抵挡。整个局面就这样僵持不下。为了能够多获得一些敌人的思考以及反应的情报，我把自己的意识集中在茅场双眼。这使得我们两人的视线交错。

但茅场——希兹克利夫那黄铜色的双眸一直相当冷淡。之前在对决时曾稍纵即逝的人类感情，如今已经完全消失无踪了。

忽然间我背脊上感到一股恶寒。

我现在面对的是一个无情地杀了四千人的男人。一般正常人能做出这种事来吗？承受四千人的死亡、四千人的怨念这种沉重压力还能保持冷静——那已经不能算是人类，而是怪物了。

"呜哦哦哦哦哦哦哦！"

为了清除自己心底深处所产生的微小恐惧感，我怒吼了起来。我将两手动作更为加快，一秒之间连续发动数次攻击，但茅场的表情仍然没有任何改变。他以肉眼几乎看不见的速度挥动着十字盾与长剑，准确地将我全部攻击弹开。

他根本是把我耍着玩嘛！

心里的恐惧感逐渐转变成焦躁。难道说茅场之所以一直采取守势，其实是因为随时可以对我施以反击，而且有自信可以承受住我的一击而仍能存活吗？

我的心开始被疑虑所掩盖。原来对他来说，根本就不需要动用极限辅助。

"可恶……"

这样的话——这招怎么样！

我切换自己的攻击模式，使出二刀流最高级剑技"日食"。就像日冕般朝全方位喷出的剑尖，以超高速连续二十七次攻击向茅场杀了过去。

但是——茅场他正是在等待这一刻，等待着我使出系统规定的连续技。他嘴角首度出现了表情。而这次出现的是与之前正好相反——是确定自己即将获胜的笑容。

在发出最初几下攻击之后，我就已经发现自己的错误了。竟然在最后一刻不依靠自己的直觉而去寻求系统帮助。连续技已经无法在中途停下来了。攻击结束的同时我将被课以瞬间硬直时间。而且茅场对于我从开始到结束的攻击，全都了然于胸。

看见茅场完全猜测出我剑的方向，令人眼花缭乱地移动着十字盾挡住我全部攻击，我只能在心里默默如此念道：

抱歉了——亚丝娜……至少你一定要——活下去——

第二十七击的左侧突刺命中了十字盾中心，迸出一片火花。接着响起坚硬金属声，我左手握的剑瞬间粉碎了。

"再见了——桐人。"

茅场长剑高高地在停止动作的我头上举起。他的刀身迸发出暗红色光芒。接着剑带着血色光芒往我头上降下——

这个瞬间，我的脑袋里出现了一道强劲、剧烈的声音。

桐人——就由我来——守护！

有一道人影以极快速度冲进茅场那闪烁深红色光芒的长剑以及呆立在当场的我中间。我眼里可以见到栗子色长发在空中飞舞。

亚丝娜——为什么——

处于系统所造成的麻痹状况而应该无法动弹的她，竟然站在我面前。她勇敢挺起胸，大大地张开双臂。

茅场脸上也出现了惊讶表情。但已经没有人可以阻止挥落的斩击。一切就像慢动作般缓慢地进行着，长剑由亚丝娜肩膀一直切划到胸口，然后停了下来。

我拼了命地朝整个人向后仰躺下去的亚丝娜伸出了双手。她就这么无声无息地倒在我的怀抱里。

亚丝娜视线与我相对之后，脸上露出微笑。接着——她的HP条就这么消失了。

时间顿时停止。

夕阳。草原。微风。天气让人感到有些寒冷。

我们两人并肩坐在山丘上，往下看着夕阳所发出的金红色溶化在深蓝湖面上。

四周响起树叶摇曳的声音与倦鸟回巢时的叫声。

她悄悄握住我的手。把头靠在我肩膀上。

天空中的云开始流动。星星一颗、两颗地开始闪烁。

我们两个人丝毫不感厌烦地看着世界一点一点染上另一种颜色。

不久后，她对我说道：

"我有点困了。可以靠在你膝盖上睡一会吗？"

我一边微笑一边回答：

"嗯，当然可以。你慢慢睡吧——"

倒在我怀抱里的亚丝娜就跟那个时候一样，脸上露出静谧的笑容。我凝视着她那充满无限慈爱的眼睛。但那时候所感觉到的重量与温暖，现在却消失无踪。

亚丝娜全身一点一点被金色光辉所包围。最后变成光粒开始散落。

"骗人的吧……亚丝娜……怎么会……怎么会呢……"

我以颤抖的声音呢喃。但是无情的光线慢慢地增强——

从亚丝娜眼里轻轻掉落一颗泪珠，一瞬间散发出光芒后又消失了。她嘴唇轻微地、缓慢地，像要留下最后声音般动了起来。

抱　歉　了。

再　见。

她轻轻地浮起——

在我怀抱中发出更炫目光芒后，变成无数羽毛飘散而去。

接着，到处都看不见她的身影了。

我一边发出几不成声的吼叫，一边用双臂不断地收集着散去的光芒。但是金色羽毛就像被风吹起般上飘，接着扩散，最后蒸发而消失。她就这么消失不见了。

这种事不应该会发生才对。不可能会发生。不可能。不可——我整个人崩溃地跪在地上，最后一根羽毛轻触了一下我撑在膝盖上的右手之后便消失了。

▶23

茅场嘴角扭曲，用夸张的动作张开双臂如此说道：

"这可真是惊人。这不就跟单机版角色扮演游戏的剧本一样吗？应该没有方法能从麻痹状态里恢复过来才对……这种事还真的会发生啊……"

但他的声音已经无法传达到我意识里面。这时我只感觉自己所有感情都已经烧尽，仅有不断往绝望深渊掉落的感觉包围着我。

这么一来，我所有努力的理由都消失了。

不论是在这个世界里战斗，回到现实世界，甚至是继续存活下去的意义全部消失了。过去因为自己力量不足而失去公会同伴时，我就应该了断自己的生命。这么一来，我就不会遇见亚丝娜，也就不会再犯下同样的错误。

让亚丝娜不能够自杀——我怎么会说出如此愚蠢、轻率的话来呢。我根本完全不了解亚丝娜。像这样——心里开了个空虚大洞的情况下，又怎么能够活得下去呢……

我默默凝视着亚丝娜遗留在地板上的细剑。接着伸出左手，一把将它抓了起来。

拼了命凝视着这把太过于轻巧又柔细的武器，希望能从它身上找出任何亚丝娜曾经存在过的纪录，但上面什么都没有。不带有任何感情闪烁着光辉的表面，没有留下任何关于主人的痕迹。我就这样右手握着自己的剑，左手握着亚丝娜的细剑，摇摇晃晃地站了起来。

一切都无所谓了。我只想带着那段两人短暂的共同生活记忆，到同样的地方去找她。

感觉上背后似乎有人在叫着我的名字。

但我没有因此停下脚步，只是用力举起右手的剑朝着茅场杀去。踉跄地走了两三步之后，将剑刺了出去。

看见我这已经不是剑技，甚至连攻击都称不上的动作，茅场脸上出现了怜悯的表情——他用盾轻松地将我手中的剑弹飞之后，右手长剑直接贯穿我胸膛。

我毫无感情地看着金属光辉深深刺进自己身体里。脑袋里根本没有任何想法。有的，只是"这么一来就什么都结束了"这种无色透明的超然领悟。

在视线右端可以见到我的HP条缓慢地减少。不知是不是因为知觉加速仍未停止，似乎可以清楚地见到HP条上消逝的每一分毫血量。我闭上双眼。希望在意识消失那一瞬间，脑袋里能浮现着亚丝娜的笑脸。

但就算闭上眼睛，HP条也仍然没有消失。那可怜地发着红色光芒的条状物，确确实实在逐渐缩短。我可以感觉到至今一直允许我存在的，那名叫系统的神祇，正舔着舌头等待着最后一刻到来。还有十滴血。还有五滴血。还有——

这时，我忽然感觉到一阵过去从未有过的强烈愤怒。

就是这家伙。杀了亚丝娜的就是这家伙。身为创造者的茅场也不过是其中一分子而已。撕裂亚丝娜肉体，消除她意识的，是现在包围着我的这种感觉——这一切都是系统的意思。就是那一边嘲弄着玩家的愚蠢一边无情地挥下镰刀的数据死神——

我们究竟算是什么？被SAO系统这个绝对不可侵犯的丝线所操控的滑稽人偶吗？只要系统说声"好"就能够存活，它喊一声"去死"，我们就得消灭，就只是这样的存在吗？

像是要嘲笑我的愤怒似的，HP条就这么直接消失了。视线里一个小小信息浮现了出来。"You are dead"。"死吧"这个由神所下达的宣告。

强烈的寒冷入侵我全身，身体的感觉逐渐稀薄。可以感觉到大量命令程式为了分解、切割、侵蚀我的存在而正在我身体里蠢动着。寒冷气息爬上我的脖子，入侵到头脑当中。皮肤的感觉、听觉、视觉，什么都逐渐离我远去。身体整个开始分解——变成多边形碎片——然后四处飞散——

怎么能这么简单就消失。

我睁开自己眼睛。看得见。还可以看得见。还可以看到依然将剑插在我胸口的茅场。还有他那充满惊愕的表情。

不知道是否知觉的加速又再度展开了，本来应该在一瞬间被实行的分身爆散过程，现在感觉上进行得相当迟缓。身体轮廓早已变得朦胧，每个部位的光粒都像要裂开般逐渐掉落消失，但我仍存在着。我仍然活着。

"呜哦哦哦哦哦哦哦哦！"

我尽全力吼着。一边吼一边进行对系统、对绝对神的抵抗。

只是为了救我。那么爱撒娇又害怕寂寞的亚丝娜，都可以

274

奋力鼓起自己意志力来打破不可能恢复的麻痹状态，奋不顾身地投入无法介入的剑招里了。我怎么可以什么都不做地就这么被打倒呢。绝对不可以。就算死亡已是不可逃避的结果——但在那之前——有件事我一定要——

我握紧了自己的左手。像将细线连接起来般夺回自己的感觉。这让仍有东西残留在手上的触感重新复苏。亚丝娜的细剑——现在我可以感受到她投注在这把剑里的意志力。能够听见她要我加油的鼓励声。

我的左臂超乎常理地慢慢动了起来。每往上抬起一点，轮廓都会产生扭曲，建模也跟着粉碎。但是这动作并没有停止。一丁点、一丁点地耗费自己的灵魂将手向上抬。

不知道是不是傲慢反抗要付出代价，猛烈的疼痛贯穿我全身。但我仍咬紧牙关持续动着手臂。仅仅数十厘米的距离感觉上却如此遥远。身体仿佛被冷冻似的冰冷。全身只剩下左臂还有感觉。但冷气也开始急速侵蚀这最后的部位了。身体就像冰雕时的碎冰般不断开始散落。

但是，终于，闪烁着白银光芒的细剑前端瞄准了茅场胸口中央。这时茅场没有任何动作。他脸上惊愕的表情已经消失——略微张开的嘴角上浮现了平稳笑容。

一半是我的意识，一半是受某种不可思议的力量引导，我的手臂挺过了这最后的距离。茅场闭上眼睛承受这无声息刺进自己身体的细剑。他的HP条也消失了。

一瞬间，我们就维持着这种贯穿彼此身体的姿势伫立在当场。我用尽了全身力气，抬头凝视着上空。

　　这样就——可以了吧……

　　虽然听不见她的回答，但一瞬间我感到有一股暖气紧紧包围住我的左手。霎时，连接我那即将粉碎身体的力量解放开来。

　　在逐渐沉入黑暗的意识中，感到自己与茅场的身体化为数千个碎片飞散而去。两声熟悉的物体破碎声重叠着响了起来。这次全部的感觉确实离我远去，急速向外脱离。听到叫着我名字的细微呼喊声，我想那应该是来自于艾基尔与克莱因的声音吧。此时系统那无机质的声音像要掩盖其他杂音般响起——

　　游戏攻略完成——游戏攻略完成——游戏攻……

▶24

醒过来时才发现自己待在一个不可思议的地方。

这里有着快让整个天空燃烧起来的夕阳。

脚底下踩着厚厚的水晶地板。透明地板下面有被夕阳染红的云群慢慢流过。抬头仰望，可以见到被夕阳染红的天空无限延伸到远方。一望无际的天空有着由鲜艳朱红色转变为血一般深红，再转变为紫色的层次变化。此外还有些微风声响起。

除了闪烁着金红色光芒的云群外，什么东西也没有的天空，飘浮着一个小小水晶圆盘，而我就站在那圆盘边缘。

……这里是什么地方？我的身体应该已经破裂成无数碎片而消失了才对。难道还在SAO里面吗……还是已经来到死后的世界了？

我试着看了一下自己的身体。皮大衣与长手套这些装备与死亡时的穿着没有两样。但全部都显得有些透明。其实不只是装备而已，就连露在衣服外的身体部分也变成像有色玻璃那样半透明的材质，因为受到夕阳照射而发出红光。

伸出右手，试着轻轻挥了一下手指。熟悉的效果音与视窗同时出现。那么，这里应该还是SAO的内部了。

但是视窗里面却没有人物装备模型以及主选菜单存在。空白的画面上只有小小的文字显示着"最终阶段实行中 现在进度为54%"而已。在凝视当中，数字上升到55%。原本以为身体崩坏的同时也会脑死——然后意识也跟着消灭，但现在这是怎么回事呢？

当我耸了耸肩将视窗消去时，我背后忽然有声音响起。

"桐人……"

如同天籁的声音冲击贯穿了我。

我心里一边祈祷着刚才听见的声音千万不要是幻觉，一边慢慢地转过头去。

背对着那片仿佛快要燃烧起来的天空，她就站在那里。

长长的头发随风飘动。虽然她洋溢着温柔笑容的脸庞就在我伸手可及的距离，但我完全无法动弹。

感觉上视线只要一离开她，她马上就会消失不见——所以我只能无言地凝视着这个女孩。对方也与我一样，全身呈现虚幻的半透明状态。染上夕阳颜色而发出光芒的身影，比这世上任何东西都还要美。

我努力忍住自己盈眶的热泪，勉强挤出了一个笑容。用呢喃般的声音对她说道：

"对不起。我也死掉了……"

"笨蛋……"

女孩一边笑一边从眼睛里落下豆大的泪珠。我张开双臂，静静地叫着她的名字。

"亚丝娜……"

紧紧拥抱住闪烁着泪光，扑到我胸口的亚丝娜。我发誓再也不放手了。不论发生什么事，我都不会再度松开我的手臂。

漫长拥吻之后，我们两个人的脸好不容易才分开，眼睛凝视着对方。实在有太多关于那场最后战役的事想跟她说、想对她道歉了。但是，我想已经不需要任何言语。我转而将视线朝向被夕阳染红的无限天空，开口说道：

"这里……究竟是什么地方？"

亚丝娜无言地将视线往下看去，接着伸出手指。我朝着她指的方向看去。

距离我们所站的小水晶板相当遥远的天空中——可以见到一个东西浮着。那物体有着将圆锥前端切除之后的形状。全体由无数的楼层重叠起来所构成。仔细一看，可以见到层与层之间有许多山与森林、湖泊以及城镇。

"艾恩葛朗特……"

听见我的呢喃之后，亚丝娜点了点头。不会错的，那就是艾恩葛朗特。飘浮在无限天空中的巨大浮游城堡。我们花了两年时间在那个剑与战斗的世界里持续地作战，而它现在正在我们脚底下。

来到这里之前，我曾在现实世界发布SAO时的资料里见过它的外观，但这还是第一次由外部眺望它的实体。一种近似敬畏的感情充斥身体，让我不由得屏住呼吸。

这座钢铁巨城——现在正逐渐地崩毁当中。

就在我们的无言注视之下，底部楼层一部分已经分解成无数碎片，有的飞散，有的向下剥落。竖起耳朵一听，还能听见一些掺杂在风里的沉重轰隆声。

"啊……"

亚丝娜发出小小叫声。底层的一大部分崩毁，无数的树木与湖水混在建材当中不断地落下，最后没入红色的云海里。那边应该是有着我们森林家园的地方附近。浮游城那烙印着我们两年来记忆的每个楼层，就像剥开薄膜般一层层慢慢地崩落。每散落一层，我们胸口就被哀痛的感情刺痛一次。

我抱着亚丝娜，直接在水晶浮岛上坐了下来。

心情不可思议地相当平静。虽然不知道我们到底处于何种状况、接下来会怎么样，却完全没有不安的感觉。我做了自己该做的事，也因此失去了生命，现在和我最爱的少女一起看着这世界的终焉。这样就够了——心里有种满足感。

我想亚丝娜应该也跟我一样才对。在我的怀抱里，她半闭着眼睛凝视逐渐崩坏的艾恩葛朗特。我缓缓地抚摸她的秀发。

"很棒的景色对吧。"

忽然有声音在我身旁响起。我和亚丝娜往右边看去，不知何时已经有个男人站在那里了。

那人正是茅场晶彦。

面容不是希兹克利夫，而是身为SAO开发者本来的面貌。身穿白色衬衫，打着领带，披着一件白色长袍。在他那柔弱、尖瘦的脸上，只有那双带着金属质感的眼睛给人相同的感觉。而那双眼睛现在则是充满着温和的眼神，眺望逐渐消失的浮游城。他的全身也跟我们一样呈现半透明状态。

明明数十分钟前才跟这个男人进行赌上性命的死斗，但见到他之后我的心情仍相当平静。难道说我是将自己的愤怒与憎恨遗留在艾恩葛朗特之后，才来到这个永远是傍晚时分的世界吗？我把视线从茅场身上移开后，再度看向巨城，接着开口：

"那究竟是怎么回事？"

"应该说是……象征性的表现吧。"

茅场的声音也相当平静。

"现在，设置在ARGUS总公司地下五楼的SAO用大型主机，正用上所有记忆体进行将档案完全删除的工作。再过十分钟左右这个世界就会完全消灭了。"

"那里面的人呢……他们怎么样了？"

亚丝娜呢喃道。

"不用担心。就在刚才——"

茅场动了一下右手后，持续看着被叫出来的视窗。

"还存活着的所有玩家，总共六千一百四十七人全部都顺利退出游戏了。"

这么说来，克莱因与艾基尔等在那个世界里的朋友，以及两年来成功存活下来的人们，全都平安回到现实世界里了。

我紧紧地闭上双眼，将渗出的液体拭去之后开口问道：

"……死了的人呢？我们两个也是曾经死掉的人，但还能待在这里，那是不是也能将之前死亡的四千人送回原来世界呢？"

茅场的表情没有任何改变，他将视窗消除之后，把双手插进口袋，然后开口说道：

"生命不是这么简单就能复原的东西。他们的意识再也回不来了。死者注定会消失，这个道理不论在哪个世界都一样。至于你们的话——是因为我最后还想跟你们说点话，才会特别创造出这些时间。"

虽然内心想着"杀了四千人的家伙能说这种话吗",但很不可思议的是我并没有生气,取而代之的是产生了更多疑问。恐怕全部玩家,不对,应该说是知道这次事件的所有人,应该都有这个最基本的疑问。

"为什么——要做出这种事情来呢?"

我感到茅场稍微苦笑了一下。沉默了一阵子之后,他又开口说道:

"为什么吗——我也已经忘了很久了。究竟是为了什么呢?当我知道完全潜行环境系统的开发之后——不,应该说是从更早之前开始,我就是为了创造出那座城堡,那个超越现实世界所有框架与法规的世界而活着的。然后我在最后一刻,见到了能够超越我所创造出来的世界法则的东西……"

茅场充满静谧光芒的眼神先是朝向我,接着又马上移开。

开始变大的风拂动着茅场的白衣与亚丝娜的头发。巨城已经有一半以上崩坏了。拥有许多回忆的城镇——阿尔格特也已经分解,并被峰峰相连的云层吞噬。茅场继续开口说道:

"我们小时候会接连不断地产生各种梦想对吧?我也忘了自己究竟是从几岁开始被这个空中浮游城堡的幻想缠上的……那个幻想中的情境,不论经过多少时间都鲜明地留在我的脑海里。随着年龄增长,影像也越来越真实,越来越宽阔。从地面上飞起,直接到那座城堡去……长久以来,那一直是我唯一的愿望。听我说,桐人。我仍然相信——在某个世界里,真的有那座城堡存在——"

忽然间,我产生了某种错觉:自己是在那个世界出生,是长久以来一直梦想能够成为剑士的少年。而少年在某一天遇见了有着淡褐色瞳孔的少女。两个人坠入爱河，最后终于共结连理，在森林里的小小房屋里永远幸福地生活着——

"啊啊……如果真能那样就太好了。"

我如此呢喃道。怀抱中的亚丝娜也静静点了点头。

我们之间恢复了沉默。再度朝远方望去，发现连浮游城之外的部分也开始崩毁。可以看见原本一望无际的云海与红色天空，在遥远彼端被白光吞没而逐渐消失。光之侵蚀在四处发生，而且似乎慢慢往这里接近。

"差点忘记跟你们说……桐人、亚丝娜，恭喜你们完全攻略游戏。"

听到这句话之后，我和亚丝娜抬头看着站在右边的茅场。而他则是以平稳的表情低头看着我们。

"那么——我也该走了。"

风像是要把他带走似的吹了起来——等我们注意到时，他已不见踪影。红色夕阳光线透过水晶板，微微闪着光芒。这里再度只剩下我们两个人。

他到底到哪里去了呢。难道是回到现实世界里了吗？

不——我想他应该不会这么做。他应该是把自己的意识消除，出发去寻找存在于某处真正的艾恩葛朗特了吧。

假想世界的浮游城已经只剩下顶端部分。结果我们无缘见到的第七十六层开始脆弱地崩坏。将整个世界包围，消除的光之幕也越来越靠近我们。一碰到那摇摇晃晃宛如极光的光线，云海与满是晚霞的天空便裂成无数细微碎片散落然后消失。

艾恩葛朗特最上层有一座拥有华丽尖塔的巨大鲜红宫殿屹立着。如果按照顺序进行游戏，我们将会在那里与魔王希兹克利夫交手才对。

失去主人的宫殿即使在作为地基的最上层崩落了，也像要抵抗命运般持续飘浮在空中。以红色天空作为背景而显得更加鲜艳的宫殿，让人感觉像是浮游城最后残留下来的心脏一样。

不久之后，破坏一切的浪潮无情地包围住鲜红宫殿。它从下部开始分解成无数红球，然后掉落在云层之中。最高尖塔的四散与光幕完全将空间吞蚀，几乎是在同一时间发生。巨城艾恩葛朗特完全消灭，世界仅剩下几朵夕阳照耀下的红云与小小水晶浮岛，以及坐在浮岛上的我和亚丝娜而已。

我想已经没剩下多少时间了。我们现在应该是在茅场给予我们的，极为短暂的宽限时间里。这个世界消灭的同时，NERvGear最终机能也会发动，将我们的一切全部消除才对。

我把手靠在亚丝娜脸颊上后，慢慢地把嘴唇印了上去。这是最后的吻。希望能用上这短暂的时间，将她的全部刻画在我灵魂上。

"要分开了……"

亚丝娜轻轻摇了摇头。

"不，我们不会分开。我们将结合为一体然后消失。所以我们会永远在一起。"

她用细微但极其清楚的声音说完之后，在我怀抱当中改变身体方向，由正面笔直凝视着我。她歪着娇小的头部，面露微笑说道：

"最后告诉我你的名字吧。桐人你真正的名字。"

我感到有些疑惑。好不容易才理解，她是指两年前离开的那个世界里的名字。

自己曾以另一个名字过着完全不同的生活这件事，对我来说就好像发生在某个遥远世界里一般疏远。心里一边抱着不可思议的感慨，一边将由记忆深处浮上来的名字说出来。

"桐谷……桐谷和人。上个月应该满十六岁了。"

感觉上从这个瞬间开始，另一个自己那原本完全停止的时间，开始发出声音流动了起来。和人那藏在剑士桐人内心深处的记忆，开始缓缓浮了上来。就好像在这个世界里穿在身上的铠甲不断剥落一样。

"桐谷……和人……"

一个字一个字清晰地发完音之后，亚丝娜露出有点复杂的表情笑了一下。

"原来你比我小啊。我叫……结城……明日奈。今年十七岁。"

结城……明日奈。结城明日奈。在胸中不断重复着这美丽的五个音符。

忽然，我的双眸溢出灼热液体。

在永远的黄昏里停止运作的感情又再度动了起来。整个人感觉到心脏快撕裂的激烈疼痛感。自从来到这个世界之后，这还是我第一次止不住流泪。我就像个小孩子似的喉头哽咽，紧握住双手放声大哭。

"对不起……对不起……明明跟你约好了……要带你……

回到……那个世界的……我……"

　　说不出话来。到头来我还是无法拯救自己最重视的人。因为自己能力不足，而让她原本应该步上的光辉道路被封闭了起来，如今这种悔恨感变成泪水，不断从我的眼眶溢出。

　　"没关系……不要紧的……"

　　明日奈也哭了。如同宝石般闪烁着七彩光辉的泪珠不停地从她的脸颊上滑落，最后成为光的粒子蒸发消失。

　　"我已经觉得很幸福了。能够与和人相遇，一起生活，这两年是我到目前为止的人生里，最幸福的一段日子。谢谢你……我爱你……"

　　世界的终焉已经接近了。钢铁巨城以及无限云海早已在乱窜的光芒之中消失，在白色闪光之中，只剩下我们两个人还残留着。光线不断吞没周围空间，使之变成光的粒子消散而去。

　　我与明日奈紧紧相拥，等待最后一刻到来。

　　我想在灼热光线当中，连我们的感情也将会被燃烧然后升华吧。心里只剩下对明日奈的爱恋。在所有的一切都被分解、蒸发的过程当中，我只是不断呼喊着明日奈的名字。

　　视线被一片光芒所掩盖。白色帷幕将四周完全遮掩，然后变成极小粒子到处飞舞。眼前明日奈的笑容也与充满整个世界的光线混合在一起。

　　我爱你……我爱你——

　　在最后仅剩的一点意识里面，可以听见那宛若银铃般的动人声音。

　　原来形成我这个存在与明日奈这个存在的轮廓消失，两个人合而为一。

我们的灵魂融合在一起然后扩散开来。

最后消失得无影无踪。

▶25

空气里夹杂着许多味道。

我首先为自己仍存有意识而感到震惊不已。

流入鼻孔里的空气含有大量情报。首先是刺鼻的消毒药水味。接着是干布上被太阳晒过的味道，水果甜香的味道以及自己身体的味道。

我缓缓地将眼睛张开。一瞬间感觉有两道强烈白光像要刺进脑袋深处，只好赶紧再度把眼睛紧紧闭上。

不久后谨慎地试着再次睁开眼睛。眼前可以见到各式光团在飞舞。直到现在才发觉有大量液体囤积在眼睛里面。

眨了眨眼睛，试着将它们排出体外。但液体却不断地涌出。原来这是眼泪。

原来我正在哭泣。是为什么呢？仅有一种由猛烈、深沉的丧失感所造成的悲痛残留在胸口深处。耳朵里面似乎仍有不知是谁发出的细微叫声在回响。

我因为强光而眯起眼睛，然后总算是把眼泪给甩掉了。

我似乎是躺在某种柔软的东西上面。可以看到头上有类似天花板的物体存在。上面有着白灰色光泽的面板呈格子状排列，其中几个似乎有内藏光源而发出柔和的亮光。眼角可以见到应该是空调装置的金属制通风口，从风口里面一边发出低沉的机器声一边吐出空气来。

空调装置……也就是机器。怎么可能会有这种东西。就算冶炼技能再怎么高的达人也没办法做出机器。如果那真的如我所见是机器——那么这里就——

不会是艾恩葛朗特。

我瞪大了眼睛。靠着这些思考，我的意识终于清醒了过来。当我正急忙准备跳起来时——

身体却因为完全使不上力而不听使唤。右边肩膀虽然抬起了几厘米，但马上又不争气地沉了下去。

只有右手好不容易可以开始活动。我试着把它从盖住身体的薄布里头移了出来，抬到自己眼前。

一时之间没办法相信，自己的手臂竟然变得如此骨瘦如柴。这样根本没有办法挥剑。仔细看着病态的白色肌肤，可以看见上面长满了无数汗毛。皮肤下面有蓝色的血管纵横，关节上有着细小的皱纹。一切都真实到令人觉得恐惧。可以说太像生物而让人感到相当不习惯。手肘内侧有着用胶带固定住的点滴金属针头，从针头上能见到相当细的管线向上蔓延。视线顺着管线一路追上去，可以发现它连接着左上方一个吊在银色支柱上的透明袋子。袋子里还剩余七成左右的橘色液体，正由下方的活栓依一定速度向下滴落。

动了一下摆放在床上的左手，试着想要抓住手的触觉。看来我似乎是全身赤裸躺在由高密度凝胶素材所制成的床上。因为我感觉到有种比体温稍微低一点的湿冷感触传到身上来。这时忽然从久远的记忆里，想起自己很久之前曾经看过一则新闻，这种床是为了一直躺在床上的需要看护者所开发。而它具有防止皮肤发炎以及分解、净化代谢物的功能。

接着我把视线投向四周。这是间小小的房间。墙壁与天花板同样是白灰色。右手边有扇相当大的窗户，上面还挂着白色的窗帘。虽然看不见窗外的景色，但能见到应该是阳光的黄色光芒透过窗帘布射了进来。凝胶床左边深处有一架四轮式托盘，上面放着由藤木所编制的篮子。篮子里插着一大束颜色朴素的花朵，而那似乎正是甘甜香味的来源。四轮式托盘后面则是一扇关着的四角形门。

从收集来的情报中可以推测出，这里应该是病房才对。而我则是一个人独自躺在里面。

把视线放回抬在空中的右手，忽然想起一件事。我试着把中指与食指竖起来向下一挥。

什么都没有发生。效果音没有响起，选单视窗也没有出现。我又更用力地挥了一遍。接着又一遍。结果都是一样。

这么说来，这里真的不是SAO里面了。那么是别的假想世界吗？

但从我五感所获得的大量情报，从刚才就一直高声告诉我有另一种可能性。那也就是——这里是原来的世界。是我离开了两年，以为再也没办法回来的现实世界。

现实世界——我花了不少时间才理解这个词语所代表的意义。对我来说，长时间以来只有那个剑与战斗的世界才是唯一的现实。如今还是没办法相信那个世界已经不存在，自己也已经不在那个世界里了。

那么，我是回来了吗？

——即使这么想，也没有特别觉得感动或是欢喜。只感到有点疑惑与些微失落感而已。

这么说来，这就是茅场口中所说的完全攻略游戏的奖赏吗？明明我在那个世界里已经死亡，身体也完全消灭，而我也接受这个事实，甚至还因此感到满足。

没错——我就那么消失就好了。在灼热光线当中分解、蒸发，与那个世界融合，与那个女孩合为一体——

"啊……"

我不由得叫出声来，这使得两年没有使用的喉咙感到相当疼痛。但这时我根本不在意这点事。我睁大双眼，将涌上喉头的名字叫出声来。

"亚……丝……娜……"

亚丝娜，那烙印在我心底深处的疼痛感又鲜明地复苏了。亚丝娜，我的爱人，我的妻子，与我共同面对世界终焉的那个女孩……

难道一切都是梦吗……还是在假想世界里所见到的幻影？我心里一瞬间有了这样的迷惑。

不，她的确存在。我们一起欢笑、哭泣、同眠的那些日子怎么可能是梦。

茅场那个时候说了——桐人，亚丝娜，恭喜你们完全攻略游戏。他的确有提到亚丝娜的名字。如果我也包含在生存玩家内的话，那亚丝娜应该也回到这个世界来了才对。

一想到这里，我内心便涌现对她的爱恋以及令人发狂的想念。我想见她。想抚摸她的秀发。想亲吻她。想用我的声音呼唤她的名字。

我用尽全身力气挣扎着想要站起来，这时才注意到自己的头部被固定着。我用手摸到扣在下巴的硬质安全带后将它解了开来——头上似乎戴着什么沉重物体，我用两手奋力将它摘了下来。

我撑起上半身，凝视着手中的物体。那是一顶上了深蓝色涂料的流线型头盔。由后脑勺部分长长伸展出来的护垫上，有着同样是蓝色的电缆延伸连接到床上。

这是——

NERvGear。我就是靠着它与那个世界连结了两年的时间。NERvGear的电源已经关闭。记忆里它的外观应该是有着闪耀光泽，但现在涂装已经剥落，边缘部分更因为剥落的缘故，让里面的轻合金露了出来。

这个里面，有那个世界的全部记忆——心中忽然有了这种感慨，于是我轻抚着头盔表面。

我想应该不会再有戴上它的机会了。但这东西真的善尽了它的职责……

我在心底深处嘟囔道，然后将它横放在床上。与这顶头盔共同奋战的日子，已经是遥远过去的记忆。接下来在这个世界里有一定得去做的事在等着我。

忽然，我感觉到可以听见远方有嘈杂声音响起。竖起耳朵一听，听觉才像好不容易恢复正常似的，让各式各样的声音冲进我耳里。

确实能够听见许多人的说话声、叫声，还有门的另一边慌忙交错的脚步声以及滚轮转动的声音。

　　我不知道亚丝娜是不是待在这所医院。SAO玩家应该分散在日本各地，以比例来说，她在这所医院里的可能性应该相当低才对。但是，我得先从这里开始找起。不论要花多少时间，我都一定要将她找出来。

　　我将微薄的被单扯下来后，可以见到瘦弱的身体上缠绕着无数管线。贴在四肢上的应该是为了防止肌肉弱化的电极吧。我花了点时间将它们一个个拆了下来。然后完全无视位于床下部面板上亮起的橘色LED灯，以及响彻整个房间的尖锐警告声。

　　我将点滴的针头拔起后，全身才好不容易恢复了自由。我把脚踩到地板上，慢慢地试着用力想要站起来。虽然身体一点一点向上抬起，但膝盖却马上就像要折断似的，这让我不由得苦笑了起来。那种宛若超人的力量数值补正现在已经完全消失无踪了。

　　我抓住点滴架来支撑身体，好不容易站起身来。看了一下房间里面，在放着花篮的托盘下方发现了病服，于是我将它拿起披在自己赤裸的身上。

　　只做了这些许动作，我便已经开始喘气。两年来完全没有使用过的四肢肌肉，正利用疼痛来向我发出抗议。但我怎么能这样就示弱呢。

　　有声音在催促着我快点，快点。

　　我全身都渴望着她的气息。

　　在我重新用自己手臂抱紧亚丝娜——明日奈之前，我的战斗都还不算结束。

握紧手中取代爱剑的点滴架，将身体靠在上面，我朝着门口迈出最初的一步。

（完）

▶后记

这部《刀剑神域》是我为了参加七年前，也就是2002年的电击游戏小说大赛，而写下的有生以来第一篇长篇小说。（注：本书的日文原版出版时间为2009年。）

但是好不容易完成之后，发现原稿张数已经远远超过当时一百二十张的张数上限，而我又没有毅力与能力把它删减到规定内的张数，只能嘴里一边念着"算了"一边抱着膝盖面对墙壁而已。

小心眼的我，虽然没办法好好删减原稿，但心里还是想着"那就试试把它放在网络上公开好了"，并在那年秋天架设了自己的网站。真的是非常幸运，一公开就意想不到获得了许多读者的正面回响。而这些感想也成为我创作的原动力，于是让我接着写了续篇、番外篇，当我准备再接下去写续篇与系列作时，才发现已经过了六年的时光。

时间来到了2008年，好不容易又有了"再挑战一次看看吧"这样的心情，我把当时刚完成的别部作品（虽然又再次远超过规定的张数，但这次总算好不容易删到刚好一百二十张）拿去参加第十五届电击小说大赛，受幸运女神眷顾的我，很惶恐地得到了大奖。但我的幸运还不只是如此而已，当责任编辑读了我率性写下并累积起来的这部《刀剑神域》系列原稿之后，对我说"这部也出版吧"时，我的高兴与感动真是永远难以忘怀。

话虽如此，事实上我心里还是存有一丝不安。因为这部作品里有许多在这里根本列举不完的问题，其中最大的一个就是来自于"之前都在网络上公开的作品，因为要出版就突然把它拿下来真的好吗"这样的犹豫。

但是，我必须要说，决定要出版的时间点，确实是在许多条件都刚好符合的情况下才决定的。只要一想到要不是我那时刚好执笔告一段落，而网络游戏这种东西又开始被社会所认知，最重要的是，如果担任我责任编辑的不是三木一马（工作是恋人）先生的话（在一般业务已经忙翻天的情况下，只花了一周的时间便将我全部原稿读完，真是令我吓了一大跳），这件事便不可能会实现，就更让我有了不努力搭上这一生只有一次等级的幸运连锁，就不是游戏玩家……不对，就成不了作家这样的决心，所以也才会有这部书籍版《刀剑神域1 艾恩葛朗特》的付梓。

一直以来，我都是以"网络游戏、假想世界究竟是什么"这个题目来进行创作，而这部作品可以说是我的原点。而如果各位愿意与我一起走到它的终点，我会感到相当高兴。

用许多完美的设计来点缀"近未来假想游戏里的奇幻冒险"这种棘手的设定内容，并且将战斗中的角色们栩栩如生呈现出来的abec老师，还有仔细阅读仍存有许多问题点的初稿，让这部作品得以新生的责任编辑三木先生，真的很谢谢你们。

此外也由衷感谢长久以来，一直在网络上支持《刀剑神域》

的各位读者。如果没有你们的鼓励，这本书就不会出现在这个世界上，当然也不会有身为"川原砾"的我存在了。

最后，当然还是要对把这本书拿在手上阅读的您，献上我最大的感谢！

2009年1月28日   川原 砾

◎著者·[日]新海 诚

撩动万千观众青春情怀的恋物语，
新海诚亲笔撰写原作小说。

你的名字。

在小镇里土生土长的少女三叶，因周围的环境和家传神社加诸的职责而心生不满，憧憬着能到大都市里生活。某天，她在睡梦中与生活在东京的少年泷交换了灵魂。原本素不相识的少年与少女，在时空奇迹的作用下产生了命运的交集，而唯一维系着两人的便是彼此的"名字"。

定价：38.00元

◎原作·〔日〕新海 诚 ◎著者·〔日〕加纳新太

◎绘者·〔日〕田中将贺 朝日川日和

深度挖掘新海诚『你的名字。』的世界，从不同视角讲述电影里留白的故事。

你的名字。 Another Side: Earthbound

生活在东京的高中男生泷以及生活在乡下的高中女生三叶，以做梦为契机交换了灵魂。泷对女孩的身体感到陌生，对未知的乡下生活感到困惑，但还是逐渐习惯了这种感觉。他想更多地了解这具身体的主人——三叶，而"三叶"不同寻常的举止也让身边的人逐渐生疑……

定价：38.00元

TIANWEN KADOKAWA

图书在版编目（CIP）数据

刀剑神域. 1, 艾恩葛朗特 / (日) 川原砾著 ; (日)abec绘 ; 周庭旭译. — 长沙 : 湖南美术出版社,
2011.8（2022.3重印）
　ISBN 978-7-5356-4626-2

　Ⅰ. ①刀… Ⅱ. ①川… ②a… ③周… Ⅲ. ①长篇小说-日本-现代 Ⅳ. ①I313.45

中国版本图书馆CIP数据核字(2011)第134860号

原著名：《ソードアート・オンライン 1 アインクラッド》，著者：川原礫，绘者:abec
© REKI KAWAHARA 2009
First published in Japan in 2009 by KADOKAWA CORPORATION,Tokyo.
Chinese translation rights arranged with KADOKAWA CORPORATION,Tokyo.
Translation copyright © 2011 by Guangzhou Tianwen Kadokawa Animation & Comics Co., Ltd.
本书中文简体字翻译版由广州天闻角川动漫有限公司出品并由湖南美术出版社出版。未经出版者
预先书面许可，不得以任何方式复制或抄袭本书的任何部分。
湖南省版权局著作权合同登记号：18-2011-106

本书为引进版图书，为最大限度保留原作特色，尊重原作者写作习惯，故本书酌情保留了部分外
来词汇。特此说明。

刀剑神域1 艾恩葛朗特

广州天闻角川动漫有限公司 出品

著　　者	（日）川原砾
绘　　者	（日）abec
译　　者	周庭旭
出　　版	湖南美术出版社
地　　址	长沙市东二环一段622号
经　　销	全国新华书店
出 版 人	李小山
出 品 人	刘烜伟
责任编辑	唐竟恩 曹汝珉
美术编辑	冯沛妮
制版印刷	中华商务联合印刷（广东）有限公司
开　　本	787mm×1092mm 1/32
印　　张	9.75
版　　次	2011年11月第1版
印　　次	2022年3月第18次印刷
书　　号	ISBN 978-7-5356-4626-2
定　　价	38.00元